KERSTIN KLEIN

Vollmeisen

Buch

Die 29-jährige Alice wird von ihrem Freund Simon vor die Tür gesetzt. Damit ist sie nicht nur wohnungs-, sondern auch arbeitslos, denn sie hatte im Spezial-Versand ihres Freundes *In Lack und Leder macht's Spaß mit jeder* gearbeitet.
Alice findet zwar wieder einen Job, aber leider nur als Assistentin eines Porno-Produzenten. Obwohl – ihr Chef ist viel zu süß für diese Branche…
Trotzdem, es könnte so langsam wieder aufwärtsgehen für Alice – wären da nicht ein Mafioso, der sie verfolgt, die Polizei, die ihren Ex des Drogenhandels beschuldigt, der Ex selbst, der telefonisch seine Unschuld beteuert, und vor allem ihre Mutter, die so ihre eigenen Vorstellungen vom Leben hat. Als Alice mal wieder in eine brenzlige Situation kommt, stellt sich heraus, dass Nick, ihr Chef, kein Porno-Produzent ist, sondern als verdeckter Ermittler arbeitet. Und um sowohl den belgischen Drogendealern als auch Simon das Handwerk zu legen, braucht er Alice' Hilfe. Zunächst einmal bringt er sie aus der Schusslinie in ein kleines Dorf, wo niemand nach ihr suchen sollte. Aber damit fangen die Schwierigkeiten erst richtig an, denn Alice schafft es selbst mitten in der Pampa, von einer obskuren Situation in die nächste zu rutschen. Und so kommen ihre Verfolger wieder auf ihre Spur…

Autorin

Kerstin Klein machte zunächst eine Ausbildung zur Rechtsanwaltsgehilfin, bevor sie ein Jahr in Griechenland lebte. Danach kehrte sie nach Hamburg zurück und arbeitete bis zur Geburt ihres Sohnes in einem Fachverlag, dann als Journalistin für eine lokale Zeitungsgruppe in der Nordheide. Seit 2000 wohnt Kerstin Klein mit ihrem Mann in einem sehr kleinen Dorf zwischen Hamburg und Bremen, wo sie bis vor zwei Jahren Pferde und Hängebauchschweine gezüchtet hat – und jetzt ihrer großen Leidenschaft, dem Schreiben, nachgeht.

Kerstin Klein

Vollmeisen

Roman

blanvalet

MIX
Papier aus verantwortungsvollen Quellen
FSC® C014496
FSC
www.fsc.org

Verlagsgruppe Random House FSC-DEU-0100
Das FSC®-zertifizierte Papier *Holmen Book Cream* für dieses Buch
liefert Holmen Paper, Hallstavik, Schweden.

1. Auflage
Originalausgabe März 2012 bei Blanvalet Verlag,
einem Unternehmen der
Verlagsgruppe Random House GmbH, München

Dieses Werk wurde vermittelt durch die Literarische Agentur
Thomas Schlück GmbH, 30827 Garbsen
Umschlagillustration: © bürosüd°, München unter Verwendung
von Motiven von Getty Images/Stone/American Images Inc.
LH · Herstellung: sam
Redaktion: Eva Seifert
Satz: Uhl + Massopust, Aalen
Druck und Bindung: GGP Media GmbH, Pößneck
Printed in Germany
ISBN: 978-3-442-37781-7

www.blanvalet.de

FÜR JOACHIM JESSEN
FÜR ALLES

Ich wartete, bis es richtig dunkel war, und erst dann schob ich mich verstohlen durch das Gartentor und ging auf das Haus zu, in dem ich die ersten neunzehn Jahre meines Lebens verbracht hatte. Gott, war das peinlich, mit neunundzwanzig Jahren wieder zurück zu den Eltern zu ziehen. An der Tür stand mein Vater und schaute nicht gerade so, als wollte er gleich ein Schaf schlachten, aber vielleicht machte man so etwas auch nur für heimkehrende Söhne. Ich warf mich statt in seine offenen vor seine verschränkten Arme und schluchzte: »O Papa, es ist so schrecklich. Wie konnte mir so was nur passieren?«

Doch Papa hielt mit seinem Mitleid noch etwas hinter dem Berg, er seufzte nur resigniert: »Alice. Komm rein, Mama ist in der Küche.«

Auch meine Mutter wirkte nicht ganz so erfreut, wie sie eigentlich sollte. »Ich habe dir das doch gleich gesagt, dass auf diesen Mann kein Verlass ist. Allein diese Schuhe! Welcher vernünftige Mensch läuft schon in solchen Cowboystiefeln durch die Gegend? So einer ist kein Mann zum Heiraten.«

Na ja. Ich glaubte eher nicht, dass es an seinen Stiefeln lag. Aber woran es sonst lag, dass es mit uns nicht funktioniert hatte, wusste ich auch nicht. Die letzten drei Jahre hatte ich mit Simon zusammengelebt. Ich liebte Simon (meistens jedenfalls), und ich liebte das Leben mit ihm (immer).

Simon gehörte ein Erotik-Versand, den er *In Lack und Leder macht's Spaß mit jeder* genannt hatte. Da musste etwas dran sein, denn die Geschäfte liefen richtig gut. Mehr als fünfzehn Mitarbeiter kümmerten sich um alles, was irgendwie mit Lack und Leder zu tun hatte, und ich war eine davon. Wir lebten in Simons durchgestylter Altbauwohnung im angesagtesten Viertel der Stadt, und mir ging es richtig gut. Das änderte sich allerdings vor zwei Wochen, als Simon mir fast beiläufig mitteilte, dass er die Jahre mit mir sehr genossen habe, unsere gemeinsame Zeit nun allerdings vorbei wäre. Ich möge doch bitte meine Sachen packen und seine Wohnung verlassen. Die anschließende Auseinandersetzung war kurz, schmerzhaft und brachte mir leider nicht viel, außer einem Aufschub von zwei Wochen. Er sagte, er wäre ja kein Schwein, ich müsste nicht jetzt sofort gehen.

Und plötzlich saß ich nicht nur ohne Mann da, sondern auch noch ohne Job. Ach ja, das hätte ich fast vergessen – und ohne Wohnung. Simon brach schon am nächsten Tag zu einem Urlaub auf, vermutlich mit meiner Nachfolgerin, und ich hatte zwei Wochen Zeit, mir eine neue Unterkunft zu suchen. Gar nicht so einfach. Versuchen Sie mal, in einer Großstadt eine günstige Wohnung zu finden, wenn Sie auf dem Bewerbungsbogen der Makler »zurzeit arbeitssuchend« ankreuzen müssen. Ich war nicht gerade die begehrteste zukünftige Mieterin, so viel war klar. Und auch geldmäßig sah es bei mir nicht gerade rosig aus.

Ich hatte zwar gar nicht schlecht verdient, aber andererseits waren die Läden auch voller Klamotten, die mir immer zuriefen »Nimm mich, nimm mich.« Außerdem bin ich immer eine Frau gewesen, der ihr Aussehen sehr wichtig war. Also wanderte viel von meinem Gehalt zum Friseur (honigblond ist nicht billig!), zur Kosmetikerin, zum

Nagelstudio und dergleichen mehr. Trotz dieser vernünftigen Einstellung zu meinem äußeren Ich hatte ich dennoch stets vor, Sparguthaben und Wert- oder Pfandbriefe oder wie so was heißt, anzuhäufen. Aber es ist nicht meine Schuld, dass es nie dazu kam. Wirklich nicht! Ich meine, was ist denn das für eine Geschäftspolitik der Banken, ihre Filialen alle in Einkaufszentren zu setzen? Da geht man als rechtschaffener Bürger mit den besten Absichten und fünfhundert Euro in der Tasche Richtung Bank, und was liegt auf dem Weg dahin? Schuhläden, Boutiquen und eine supergroße *Douglas*-Filiale. Ja, warum sagen die Banken denn nicht gleich ehrlich, was sie wirklich denken, nämlich – wir wollen euer Geld gar nicht, wir haben nämlich selbst ganz viel eigenes. Ist mir ein Rätsel, warum die so scheinheilig sind und auch noch für teures Geld werben.

Wie auch immer, ich hatte eingesehen, dass es so kurzfristig wohl nichts mit einer neuen Wohnung werden würde und kleinlaut meine Eltern angerufen, um sie über die baldige Familienzusammenführung zu informieren.

Und nun war ich also wieder im Schoß der Familie angekommen. Nach einer Kurzfassung meiner misslichen Lage und einigen hilfreichen Kommentaren meiner Eltern in der Art von: »Wie kann man nur so dumm sein?« und »Hast du denn nie an die Zukunft gedacht?«, war mein Einzug besiegelt, und meine Mutter brachte mich in mein altes Zimmer. Zumindest in das, was von meinem alten Zimmer übrig war.

»Das ist meine Töpferwerkstatt, die habe ich mir letztes Jahr eingerichtet«, informierte mich meine Mutter. »Aber ich habe dir eine Liege reingestellt, und morgen sehen wir mal weiter.«

Großartig, von Sentimentalitäten hielt meine Mutter

wohl nicht viel, kaum war ich aus dem Haus, waren auch schon alle Erinnerungen an mich getilgt worden. Aber immerhin, ich hatte ein Dach über dem Kopf und eine Liege unter dem Hintern.

Irgendwann war ich dann tatsächlich eingeschlafen, nur um kurze Zeit später wieder von meiner Mutter geweckt zu werden: »Steh auf, Alice, es ist sieben Uhr, Papa fährt gleich zur Arbeit und kann dich mit in die Stadt nehmen.«

»In die Stadt?«, fragte ich verschlafen. »Was soll ich denn da? Die Geschäfte haben doch noch gar nicht auf.«

Manchmal war meine Mutter echt komisch. Ich wollte gerade weiterschlafen, als sie mich wieder rüttelte: »Himmel, Alice, nun komm endlich. Du kannst doch in deiner Situation nicht ans Shoppen denken. Du musst zum Arbeitsamt oder wie das heutzutage heißt, du musst dich kümmern.«

Tja, ein Dach über dem Kopf zu haben war eine Sache, aber wenn das Dach den Eltern gehörte, war man eben auch gleich wieder das Schulkind, dem Mama erzählte, was es zu tun hatte.

»Ich kann da heute noch nicht hin, meine Unterlagen und alle Sachen sind noch bei Simon, die hole ich noch«, sagte ich ihr in der Hoffnung, nun endlich weiterschlafen zu können. Aber meine Mutter arbeitete nicht umsonst seit über zwanzig Jahren als *Tupper*-Beraterin, da war Hartnäckigkeit sozusagen der zweite Vorname. »Genau, und die holst du jetzt, schieb doch nicht immer alles auf die lange Bank, nicht umsonst bist du jetzt in dieser Lage, blablabla …«

Den Rest bekam ich nicht mehr so ganz mit, aber es war klar, dass sie mich nicht in Ruhe lassen würde. Also musste ich wohl oder übel aufstehen, mitten in der Nacht.

Wenigstens fuhr mein Vater ohne mich los, der Weg zu seiner Werkstatt führte nicht an meiner alten Wohnung vorbei. Mein Vater war Klempner und wollte auch nie etwas anderes sein. Während seine Klempnerkollegen mittlerweile großartige Designerbäder in Glaspalästen präsentierten oder als metallverarbeitende Betriebe an die Börse gingen, reparierte mein Vater verstopfte Rohre und dichtete Waschbecken ab. Irgendwie beneidete ich ihn manchmal, nicht, weil er in verstopfte Klos greifen durfte, sondern weil er einer der wenigen Menschen war, die wirklich mit ihrem Leben zufrieden waren.

Nach einer langen Dusche und einem ausgiebigen Frühstück machte ich mich also auf den Weg zu meinem alten Domizil, um meine Sachen zu packen. Vor der Haustür wartete schon meine Freundin Britt auf mich, die versprochen hatte, mir zu helfen.

Wir beide hatten uns vor sechs Jahren kennengelernt. Ich war mit meinem damaligen Freund, der irgendwelche Geschäfte mit ihrem Mann Hubert machte, zu einer ihrer Partys eingeladen. Also, Geschäfte hört sich vielleicht etwas zu abenteuerlich an, Hubert ist keiner, der Frauen verschiebt oder irgendein Dritte-Welt-Land mit Atomraketen beliefert oder so. Eigentlich ist er ein ganz normaler Steuerberater, allerdings mit äußerst lukrativer Praxis. Dort habe ich Britt getroffen und war ziemlich fasziniert. Sie ist eher klein, mit großen blauen Kulleraugen und blondgesträhnten langen Haaren, aber ihr Auftritt war der einer echten Diva. Hubert hatte bei ihr nicht viel zu lachen. Sie war richtig auf Zack. Wir redeten ein bisschen miteinander, und sie erzählte, sie wäre Geschäftsfrau mit vielen Beteiligungen. Toll, oder? Später allerdings stellte sich heraus, dass sie sich als Geschäftsfrau sah, weil sie Huberts

Geld und er sie bekommen hatte, und die Beteiligungen waren nichts weiter als Kundenkarten verschiedenster Läden. Also gelogen hatte sie insofern ja nicht. Als wir auch noch feststellten, dass wir beide die alten Doris-Day- und Rock-Hudson-Filme liebten, waren wir bald beste Freundinnen. Außerdem ergänzten wir uns perfekt: Ich hatte immer ein bisschen Angst vor Männern, und Männer hatten immer ein bisschen Angst vor ihr – der Beginn einer wunderbaren Freundschaft.

Als wir in Simons wunderschöne Wohnung traten, kam sie mir plötzlich schöner denn je vor. Ich sah mich um und fing an, leise zu schniefen. Hier war mein Leben, und ich wollte es wiederhaben. Ich verstand immer noch nicht, warum Simon sich von mir getrennt hatte. Ich war weder hässlich noch blöd, und in Lack und Leder sah ich ganz schön scharf aus. Aber Britt hatte wohl in der letzten Zeit genug Geheule von mir ertragen, denn jetzt drängte sie mich zur Eile. Während ich all meine Klamotten (sehr viele), meine Kosmetik (noch mehr) und meine Bücher (drei) zusammensammelte, murmelte Britt was von »Bin gleich wieder da« und verschwand in den Tiefen der Traumwohnung. Tolle Hilfe.

Ich packte und packte, stopfte einen Müllsack nach dem anderen voll und ließ mich seufzend aufs Sofa fallen, als ich fertig war. Erst dann tauchte Britt wieder auf und begutachtete den Inhalt der Beutel. »Sag nichts. Alles, was in diesen Tüten ist, gehört dir, nur dir allein, stimmt's?«

»Ja«, erwiderte ich, »was denkst du denn, dass ich Simons Boxershorts und sein Surfbrett hier drin hab?«

Kopfschüttelnd sah Britt mich an: »Du bist wirklich ein bisschen zu blöd für diese Welt, kann das sein? Drei Jahre machst und tust du alles für diesen Idioten, und am Ende gehst du mit leeren Händen? Das hier nimmst du mit«, beschloss sie und legte mir ihre Beute aufs Bett wie ein dressierter Labrador. Da waren – mindestens – zwölf Hundert-Euro-Scheine, eine goldene *Rolex*, eine antike Spieluhr und ein *Burberry*-Trenchcoat (auf den war sie schon immer scharf gewesen).

»Das können wir doch nicht machen«, stotterte ich erschrocken, »das ist mindestens schwerer Diebstahl und Betrug zweiten Grades oder so.«

»Können wir nicht?«, fragte sie drohend. »Aber er kann, ja? Er hat dir drei Jahre deines Lebens gestohlen, und sein Betrug war ersten Grades. Das hier ist nichts Schlimmes, nur ausgleichende Gerechtigkeit.«

Na ja, so gesehen schien mir ihre Beweisführung schlüssig. Außerdem, der Schweinehund hatte mir nicht mal eine Abfindung gezahlt, dabei habe ich den ganzen Tag am Telefon gesessen und Bestellungen aufgenommen. Also, ausgleichende Gerechtigkeit ist was Gutes.

Britt half mir noch, all die Tüten erst in ihr Auto und dann in die Töpferwerkstatt zu bringen und machte sich wieder auf den Weg, gekleidet in Simons Trenchcoat. Mir war komisch zumute, eben noch im Penthouse und nun zurück im Kinderzimmer, das eine Töpferwerkstatt war. Das Haus war ruhig, meine Mutter war sicher wieder dabei, ihre *Tupperware* an die Hausfrau zu bringen. Ich begutachtete meine Tüten. Das Geld verstaute ich erstmal vor den Blicken meiner Mutter, ich glaubte eher nicht, dass sie sich meiner Beweisführung anschließen würde. Die Spieluhr kannte ich überhaupt nicht, und was ich mit der *Rolex* sollte, war mir nicht ganz klar.

Ich weiß nicht, ob das so ein guter Griff von Britt war, wie sollte ich das Teil denn zu Geld machen? Pfandhaus oder Ähnliches wäre ja sofort zu mir zurückzuverfolgen, da könnte ich mir ja gleich »Dieb« auf die Stirn tätowieren lassen. Eine Kleinanzeige, so in der Art »Vertrauenswürdiger, verschwiegener Hehler gesucht, gute Ware garantiert«, war auch nicht schlau. Ich könnte mich noch ins Rotlichtviertel stellen, Britt den Trenchcoat wieder abnehmen und bei jedem, der vorbeigeht, den Mantel mit der ins Innenfutter genähten Uhr öffnen und immer: »Pssst. Brauchst du Uhr? Gute Uhr, nix Imitat, gut Preis für dich« wispern. Aber bei der Pechsträhne, die ich im Moment habe, ist mein potenzieller Kunde bestimmt ein Zivilfahnder, von denen soll es in Rotlichtvierteln ja nur so wimmeln. Ach je, ich hatte es auch wirklich nicht leicht.

Hätte ich gewusst, als wie wahr sich dieser Seufzer noch herausstellen sollte, hätte mir mein Mittagessen bestimmt nicht mehr geschmeckt.

Am nächsten Morgen stand ich wieder in aller Herrgottsfrühe auf und ließ mich von meinem Vater bei der Agentur für Arbeit absetzen. Stunden später erfuhr ich das erste Mal in meinem Leben, wie es so war, arbeitslos zu sein. Die für mich zuständige Sachbearbeiterin war Frau Müller-Schultze, und dieser Doppelname war der erste Hinweis auf eine fantasiefreie Persönlichkeit. Frau Müller-Schultze war so Ende dreißig und trug tatsächlich braune Schnürschuhe zu einem grauen Hosenanzug, der sich über üppige Hüften spannte. Ja, ich weiß, man soll nicht nach dem Äußeren gehen, aber tatsächlich weiß man schon sehr viel über einen Menschen, der Braun mit Grau kombiniert. Frau Müller-Schultze vertiefte sich in meine Unterlagen und stieß dabei ab und an einen merkwürdigen Seufzer aus. Endlich blickte sie auf: »Frau Wörthing, das sieht aber gar nicht gut aus. Ein abgebrochenes Studium der Ernährungswissenschaften und dann drei Jahre Bürotätigkeit in einem doch eher obskuren Gewerbe, was stellen Sie sich da vor?«

Ich riss mich vom Anblick ihrer braunen, stumpfen Haare los (eine aufbauende Kur mit Enzymen würde hier Wunder wirken), fragte mich kurz, was an meinem Job »obskur« gewesen sein sollte, und seufzte dann auch: »Tja, ich bin mir nicht sicher, ich dachte, Sie wären dafür da, mir Vorschläge zu machen.« Das war die falsche Antwort, denn nun erhielt ich einen Fünfzehn-Minuten-Vortrag über die Pflichten des Arbeitssuchenden in diesen Zeiten, in dem mindestens dreimal das Wort »persönliches Engagement« vorkam. So kamen wir hier nicht weiter, also fragte ich nach der Sache, die mich im Moment wirklich interessierte: »Wie viel würde mir die Agentur für Arbeit denn monatlich so zahlen?« Frau Müller-Schultzes Antwort ließ mich erblassen und ihr schnellstens versichern, dass ich selbstverständlich sofort wieder jobmäßig einsteigen wollte.

Das war genau das, was sie hören wollte. Mit den unheilschwangeren Worten »Sie hören von uns« war ich entlassen. Ich musste nur noch ein paar Unterlagen nachreichen, und eine gewisse, wenn auch nicht wirklich üppige Unterstützung würde fließen.

Aber wo waren bloß meine ganzen Zeugnisse und die Bescheinigung über mein nicht beendetes Studium? Wahrscheinlich noch bei Simon. Ich sah auf die Uhr, es war elf Uhr vormittags. Vielleicht war Simon schon wieder zu Hause. Jedenfalls konnte es nicht schaden, noch mal zur alten Wirkungsstätte zurückzukehren, schließlich hatte ich einen guten Grund. Möglicherweise war der Liebesurlaub mit meiner Nachfolgerin ja gar nicht gut gelaufen, und er hatte gemerkt, welchen schlimmen Fehler er gemacht hatte. Dann wäre ich zur rechten Zeit am rechten Ort und könnte ihn wieder mit offenen Armen aufnehmen beziehungsweise er mich. Zwar sagte mir eine beharrliche innere Stimme, dass ich mir diesen peinlichen Ausflug ersparen sollte, aber manchmal konnte ich ganz schön schwerhörig sein. Also ging's zur U-Bahn, und eine halbe Stunde später stand ich wieder einmal vor meiner alten Wohnungstür.

Auf mein Klingeln passierte gar nichts (wieso hätte es auch?), aber praktischerweise hatte ich am Tag zuvor wohl vergessen, meine Schlüssel dazulassen. Und natürlich war es auch nur Zufall, dass sich diese gerade jetzt in meiner Handtasche befanden. Keineswegs hatte ich schon am Morgen vorgehabt, diesen Ausflug zu machen, nein, ganz bestimmt nicht.

Schon im Flur roch es komisch, irgendwie nach billigem Rasierwasser. Merkwürdig, das war so gar nicht Simons Art, sein Duft war teuer und stammte aus dem Hause *Chanel*. Aber das war plötzlich ganz unwichtig, denn auf einmal kam ein dicker Mann aus dem Wohnzimmer Richtung Flur. Mir war immer schon klar, wie ich mich bei einem Einbruch verhalten würde. Hauptsache cool bleiben, mit dem nächstgelegenen, geeigneten Gegenstand dem Einbrecher eine überziehen und dann schnellstmöglich die Polizei rufen. Und cool bleiben, natürlich.

So weit die Theorie. In der Praxis gelang mir nicht mal ein gellender Schrei, es kam nur eine Art Fiepen aus meinem Mund, und vor Schreck fiel ich auch noch hin. Vorher hatte mich der dicke Mann noch gar nicht auf dem Radar gehabt, aber mit dieser Einlage konnte er mich gar nicht mehr verfehlen. Bevor ich auch nur versuchen konnte, meine Stimme wiederzufinden, stürzte er sich auf mich und setzte sich mit seinem ganzen Gewicht auf meinen

Bauch. Da lag ich wie ein Käfer auf dem Rücken und wartete, dass mein Leben an mir vorbeizieht, was es aber nicht tat. Mit seinen blondgrauen Haaren und den blauen Augen sah er nicht wie ein typischer Bösewicht aus, eher wie ein fünfzigjähriger Buchhalter.

»Du wohnst hier. Du sagst mir, wo der Drecksack ist, du sagst es mir nun im Moment.«

Der Kerl hatte einen ganz merkwürdigen Dialekt, aber ich kam nicht drauf, welcher das war. Und welchen Drecksack meinte er? Wenn er sich nicht in der Wohnung geirrt hatte, konnte er nur Simon meinen. Aber ich bekam immer noch keinen Ton heraus, wie denn auch, wenn ein Hundertfünfzig-Kilo-Mann auf meinem Bauch saß. Das wurde ihm wohl auch klar, er wuchtete sich hoch, mich gleich anschließend und schob mich ins Wohnzimmer. Das hatte allerdings überhaupt keine Ähnlichkeit mehr mit der puristischen Ordnung, die Simon so liebte. Alles war aus den eingebauten Regalen gerissen, die teure Stereoanlage nur noch ein trauriger Blechfriedhof und die edlen Designermöbel aufgeschlitzt.

»So, du sitzt jetzt da hin. Und Schluss mit Gucken, ich will nur wissen, ich töten keine schöne Frauen.«

Ich landete in meinem alten, jetzt verstümmelten Lieblingssessel (Leder, *Rolf Benz,* Kollektion 1978) und brach erstmal in Tränen aus. Großartig Alice, immer cool bleiben, stimmt's? Dann brachte ich immerhin sehr originell ein: »Wwwwwer sind Sie, wwwas wwwollen Sie von mir?«

»Ich will wissen, wo der Drecksack ist, und du erzählst es mir.«

»Sind Sie sicher, dass Sie sich nicht in der Adresse geirrt haben? Hier wohnt nur Simon, und es stimmt schon, mir gegenüber hat er sich wirklich fies verhalten, aber das tut ihm jetzt ja vielleicht schon wieder leid.«

Der dicke Riese fing nun auch noch zu lachen an. »Ich bin Profi, Blondchen, ich kenn meine Adressen. Also, wo ist er, und wann kommt er wieder?«

»Ich weiß es nicht. Er hat mich vor zwei Wochen rausgeschmissen und ist mit seiner Neuen in den Urlaub gefahren, er hat mir weder gesagt, wohin, noch wer sie ist.«

»So. Wenn er dich hat abgespeist, was machst du hier?«

Nun wurde es auch noch peinlich. »Na ja, es könnte doch sein, dass er mittlerweile gemerkt hat, dass es ein Fehler war, sich von mir zu trennen, oder nicht?«, erwiderte ich leicht trotzig. »Und vielleicht traut er sich nicht, mich anzurufen, kann doch sein.«

Der Dicke lachte schon wieder, für einen Einbrecher oder was immer er darstellte, war er ganz schön fröhlich. »Du bist zum Erbarmen, ja? Läufst Mann hinterher, der dich nicht will.« Leider erinnerte er sich dann aber doch wieder an seine Mission. »So, jetzt aufhören mit Plapperei. Du rufst jetzt an den Mann und holst ihn mir her.«

Jetzt müsste ich natürlich nur ganz cool eine Augenbraue hochziehen und ganz abgebrüht sagen: »Such ihn dir selbst, Fettsack, das ist nicht mehr meine Nummer.« Aber ich hatte ja schon festgestellt, dass ich weder über Coolness noch über Abgebrühtheit im Umgang mit Verbrechern verfügte. Ganz im Gegenteil, ich machte mir immer noch fast vor Angst in die Hose, darum hatte ich gar keine Einwände, als mein kriminelles Gegenüber meine Handtasche aus dem Flur holte und mir daraus mein Handy gab. Sprach nicht gerade für mich, dass er es nicht mal für nötig hielt, mich die ganze Zeit im Auge zu behalten.

Glück für Simon, sein Handy war ausgeschaltet. Das schien den Dicken nicht zu überraschen und auch nicht zu stören. »Du gibst mir jetzt deinen Namen und deine Adresse, und dann wirst du helfen, meinen Mann zu finden.«

Ja, klar. Blond ist nicht immer gleichbedeutend mit blöd. »Natürlich helfe ich Ihnen«, sagte ich so charmant, wie ich unter diesen Umständen sein konnte. »Ich heiße Susanne Hochstetten und wohne in der Gartenstraße 23.« Bevor ich auch nur Luft holen konnte, wurde ich hochgerissen und an die Wand gedrückt. Verdammt, jetzt würde ich mir gleich wirklich in die Hose machen.

»Versuch nie wieder, mich zu verarschen, Alice Wörthing. Und schöne Gruß an deine Eltern im Rübezahlweg. Wir beide sehen uns!« Sprach's und verschwand so plötzlich, wie er aufgetaucht war.

Ich rutschte an der Wand herunter, zitterte und heulte. Gleichzeitig versuchte ich, wieder Luft zu bekommen. Dann rappelte ich mich auf, verschloss die Wohnungstür von innen und ging mit wankenden Knien zurück ins Wohnzimmer. Das war doch nicht wirklich gerade passiert, oder? Beim Anblick des verwüsteten Wohnzimmers wurde mir aber schnell klar, dass es kein Traum gewesen sein konnte, und plötzlich hatte ich nur noch ein Bedürfnis – ganz schnell raus hier. Ich rannte aus der Wohnung, das Treppenhaus runter und drückte mich draußen mehr als verstört an die Haustür. Und mehr ging auch nicht, statt schnell wegzurennen, versagten mir schon wieder die Knie, und ich landete das zweite Mal innerhalb von zwanzig Minuten auf dem Boden.

Gerade als ich den Kopf zwischen die Knie steckte und versuchte, mich zu beruhigen, berührte mich eine Hand an der Schulter.

Wie von der Tarantel gestochen, sprang ich auf – und blickte in die dunkelblauesten Augen, die ich je gesehen hatte. Vor mir stand ein Mann, wie ich ihn mir immer gewünscht hatte. Groß, Muskeln an den richtigen Stellen, dunkle, fast schwarze Haare und dann diese Augen, unglaublich. Nun war ich sicher, dass dieser ganze verrückte Tag nur ein Traum sein konnte. Genau, ich lag in der Töpferwerkstatt und träumte, so musste es sein. In welchem Leben passierte es schließlich schon, dass man sich erst arbeitslos meldete, dann von einem dicken Mann überfallen und eingeschüchtert wurde, nur um anschließend seinem persönlichen Traummann in die Augen zu schauen? Aber wenn dies ein Traum war, dann fing er jetzt endlich an, mir Spaß zu machen.

»Geht es Ihnen gut? Brauchen Sie Hilfe?«, fragte er mich mit einer so warmen Stimme, dass ich sicher war, im Paradies zu sein.

»Jetzt weiß ich's. Er war Belgier!«, rief ich diesem Traumtypen zu. »Ich wusste doch, dass ich diesen Dialekt schon mal gehört habe. Wussten Sie, dass es Belgisch als Sprache nicht gibt? Aber er sprach ein belgisches Holländisch, wenn Sie verstehen, was ich meine. Er war ein dicker Belgier und … O Gott! Er weiß ja, wer ich bin! Er kannte meinen Namen und wusste, wo meine Eltern wohnen, woher wusste der das denn??«

»Pst, ganz ruhig, es ist alles gut, ich bin ja da.«

Du meine Güte, welche Frau kann denn solchen Worten widerstehen?

»Soll ich Sie zur Polizei bringen, oder brauchen Sie ärztliche Hilfe?«

Nein, wollte ich antworten, ich will nur dich, aber tatsächlich sagte ich: »Weiß auch nicht, nein, ich glaube, ich will nur nach Hause.«

»Okay, kommen Sie, ich fahre Sie nach Hause. Ich heiße übrigens Nick, und da drüben steht mein Wagen.« Er verfrachtete mich in eine glänzende C-Klasse und fuhr los.

Plötzlich wurde ich panisch. Vielleicht eine verspätete Reaktion auf das eben Erlebte. War das nicht zu viel des Guten? Ein völlig Fremder kam ganz zufällig nach dem gleichzeitig schrecklichsten und merkwürdigsten Erlebnis meines Lebens vorbei, fragte nicht nach Einzelheiten, holte nicht die Polizei, sondern fuhr mich ganz selbstverständlich nach Hause, ganz einfach so? Hier stimmte doch was nicht. An der nächsten roten Ampel löste ich meinen Gurt und sprang fast gleichzeitig auf die Straße. Weg, nichts wie weg. Ich hörte Nick noch rufen, aber was zu viel war, war zu viel. Ich rannte in eine Fußgängerzone, schlug ein paar Haken und hielt zwei Ecken weiter ein Taxi an. Nach Hause, nur nach Hause, auch wenn ich mir mein Domizil mit Töpferscheibe, schiefen Übertöpfen und Ton teilen musste.

Meine Mutter war unterwegs, und ich ließ mich erstmal auf einen Küchenstuhl sinken. Himmel, was war denn das gewesen? Und wieso passierten immer mir so schräge Sachen? Vielleicht war ich aber auch zu theatralisch und reagierte einfach nur ein ganz kleines bisschen über? Okay, der dicke Belgier war gruselig, aber dafür gab es bestimmt eine ganz einfache Erklärung. Wahrscheinlich ein Geschäftspartner von Simon, der von ihm noch Geld bekam und es lustig fand, mich zu erschrecken. Was weiß ich schließlich schon über belgischen Humor? Und dieser Nick war einfach nur ein total süßer Typ, der mir helfen wollte. Da er mich nach meiner Flucht aus seinem Auto ganz sicher für eine Bekloppte hält, kann ich nur hoffen, ihn nie wiederzusehen. Also, wieder runterkommen und nach vorne schauen. Genau. Ich rief bei meiner alten Uni an und bat darum, mir eine Studienbescheinigung zu schicken, und kam mir danach so richtig effizient vor. Also guckte ich auch gleich noch die Stellenanzeigen durch. Eine Versicherungsagentur suchte eine Mitarbeiterin für den Empfang mit angenehmer Telefonstimme. Das war's doch. Solide und auch noch in der Nähe. Ich rief sofort an, und einem Herrn Eckel schien meine Stimme zu gefallen, ich sollte ihm meine Bewerbungsunterlagen zuschicken, und er wollte sich dann bei mir melden.

Endlich mal etwas Erfreuliches. Und wenn es Tellerwäscher zum Millionär brachten, warum nicht auch die Empfangsdame zur Vorstandschefin einer großen Versicherung? Alles nur eine Frage der Einstellung.

Später kam meine Mutter nach Hause, vollgepackt mit Mustern ihrer *Tupperware*. Ich erzählte ihr von meiner Bewerbung, allerdings nichts von meiner Begegnung in Simons Wohnung, sie regte sich immer so schnell auf.

»Na, das hört sich doch mal solide an. Und du weißt ja, Büros sind die besten Heiratsbörsen. Da wirst du ruck, zuck jemand Neues finden, der es auch ernst mit dir meint.« Manchmal ist meine Mutter ein bisschen sehr altmodisch, aber irgendwie ganz süß. Sie ist vierundfünfzig, und das gilt heute ja eigentlich noch als fast jung. Ich meine, Jerry Hall müsste auch in etwa so alt sein, und die modelt noch. Na ja, ein bisschen älter als Jerry Hall wirkte meine Mutter irgendwie schon, aber das ist ja vielleicht auch ganz gut so. Sie war schließlich auch nicht mit einem Rockstar verheiratet gewesen, sondern nach wie vor mit einem Klempnermeister.

Wir verbrachten dann einen ganz netten Nachmittag zusammen, und mangels Alternativen setzte ich mich sogar am Abend mit meinen Eltern vor den Fernseher und schaute *Wer wird Millionär*? Wurde aber niemand.

In den nächsten Tagen passierte nicht viel, außer dass mich täglich irgendein Spinner auf dem Handy anrief und dann so eklig schnaufte. Ich sollte mal mehr darauf achten, wem ich meine Handynummer gab. Am Mittwoch schickte meine Mutter mich zur Reinigung, die, natürlich, wieder mitten in einem Einkaufszentrum lag. Zufällig hatte ich ein paar von Simons Hundert-Euro-Scheinen in der Tasche, und so wurde es doch noch ein ganz netter Nachmittag. Als ich zurückkam, bekam ich keine missbilligenden Blicke wegen der vielen Tüten in meiner Hand, sondern ein strahlendes Lächeln von meiner Mutter: »Ach Alice, ich wusste ja gar nicht, dass du so nette Freunde hast. Nun hast du ihn gerade verpasst, er musste vor fünf Minuten gehen. Aber so ein netter Mensch, wir haben uns wunderbar unterhalten.«

Merkwürdig, denn die meisten meiner »Freunde« waren nach der Trennung geschlossen zu Simon übergetreten, und die wenigen Unentschlossenen, die es noch gab, wussten nicht, wo ich jetzt wohnte.

»Wer war denn hier, Mama?«

»Der Herr Laurent wollte dich besuchen. Also, ein paar Wochen Diät würden ihm ganz guttun, aber danach sollte man einen Menschen ja nicht beurteilen.«

Ich sah sie ziemlich verwirrt an: »Ich kenne keinen Herrn Laurent.«

»Ach Kind, du bist ja ganz durcheinander. Ich soll dir von ihm ausrichten, dass er an dich denkt und du dich um euren gemeinsamen Bekannten kümmern sollst. Dass man dich an solche Selbstverständlichkeiten aber auch immer noch erinnern muss, so habe ich dich nicht erzogen. Ach ja, und ein Geschenk hat er dir auch noch dagelassen«, sagte sie und hielt ein Paket belgische Pralinen in der Hand.

»O mein Gott!«, schrie ich, riss ihr die Pralinen aus der Hand und schmiss sie mit Wucht in den Vorgarten. »Unter den Tisch, Mama, geh in Deckung. Die sind mit Bomben gefüllt.«

Ich duckte mich schon mal unter den Küchentisch, während meine Mutter ihren Platz nicht verlassen hatte und mich anstarrte: »Alice, bist du jetzt völlig von allen guten Geistern verlassen? Was ist denn bloß los mit dir, nimmst du vielleicht irgendwelche Drogen? Sofort holst du die Pralinen wieder rein, was sollen denn die Nachbarn denken?«

Okay, ich habe vielleicht wirklich wieder überreagiert, und da es bis jetzt noch keinen Knall gegeben hatte, waren die Pralinen vielleicht auch keine manipulierten Bomben. Aber dass der dicke Belgier hierher, zu meiner Mutter, gekommen war, trieb mir den Angstschweiß auf die Stirn. Damit war meine Theorie vom belgischen Humor wohl überholt. Aber ich wollte meine Mutter nicht noch mehr aufregen, also kam ich wieder unter dem Tisch vor und entschuldigte mich: »Tut mir leid, Mama, aber ich muss dringend eine Diät machen, und die erlaubt keine Süßigkeiten im Haus. Solche Pralinen sind wie Bomben, die explodieren förmlich auf den Hüften.«

»Ich komm da nicht mehr mit«, schüttelte meine Mutter den Kopf, »deshalb so ein Geschrei? Dann schenk sie doch einfach mir.«

Nee, das ging auch nicht. Auch wenn sie nicht mit einer Sprengladung gefüllt waren, vergiftet konnten sie trotzdem sein. »Tut mir leid, Mama, aber ich finde, du bist auch ein bisschen rund um die Hüften geworden. Ich werfe sie in den Mülleimer«, sagte ich und ging hinaus. Meine Mutter starrte mir beleidigt hinterher. Aber besser beleidigt als tot, oder?

Ich musste jetzt wirklich mal herausfinden, was eigentlich los war, und versuchte Simon zu erreichen. Aber keine Chance, das Handy war wieder ausgeschaltet, und selbst in seiner Firma ging niemand ans Telefon. Das war wirklich komisch. *Lack und Leder* ist vierundzwanzig Stunden täglich erreichbar, selbst am Wochenende. Ich würde da demnächst mal vorbeischauen, Simon war es mir zumindest schuldig, diesen belgischen Mafiosi loszuwerden.

Am nächsten Morgen bekam ich einen Anruf von Herrn Eckel, dem Versicherungsfritzen, der mich zum Vorstellungstermin einlud. Endlich ein Lichtblick, denn mit einem Job würde ich mir endlich wieder eine eigene Wohnung mieten können. Nichts gegen meine Eltern, aber noch eine Woche mit Günther Jauch würde ich nicht überleben. Außerdem hatte ich mindestens zwei Kilo zugenommen, bei meiner Mutter gab es die gute alte Hausmannskost, von der neuen, leichten Küche hielt sie so gar nichts.

Ich suchte aus meinem großen Kleiderfundus ein seriöses Outfit, fand aber nur ein schwarzes Kostüm, in dem ich aussah, als ob ich zur Beerdigung eines Staatsoberhauptes gehen würde. Half nichts, wenigstens passte es und zwickte nicht allzu doll in den Hüften. Die Agentur war in einem großen Eckhaus untergebracht und machte einen sehr seriösen Eindruck. Herr Eckel war ein kleiner dicker Mann und wirkte nervös. Vielleicht hatte er nicht so viel Erfahrung mit Bewerbungsgesprächen. Er begrüßte mich in seinem Nussbaum-Büro und blätterte in meinen Unterlagen. »Also, bei *Lack und Leder* waren Sie, was?« Er kicherte. »So ein aufgeschlossenes Mädchen kann ich hier gut brauchen, ich wollte immer schon eine Erfahrene kennenlernen.«

Ich beschloss, sein Gerede nicht als anzüglich zu betrachten, und zwang mich, an Günther Jauch zu denken. »Nun, Herr Eckel, ich bringe einiges an Erfahrung mit, ich arbeite sehr effizient und bin sehr geübt im Umgang mit Kunden.«

»Geübt, hä? Das hört sich sehr gut an. Ich will dich«, keuchte er und stierte mir in den Ausschnitt.

»Das freut mich«, antwortete ich ihm, »wann kann ich denn anfangen?«

Das war wohl sein Stichwort, denn er schoss um den Schreibtisch herum auf mich zu, ließ sich vor mir auf die Knie sinken und winselte mit einer widerwärtigen Stimme: »O Herrin, lass mich dein Sklave sein.« Dann versuchte er auch noch, mir die Schuhe abzulecken. Iiiiiiigitt… Ich sprang auf und brachte mich in Sicherheit. »Herr Eckel, sind Sie bescheuert? Was soll das denn? Ich denke, Sie suchen eine Empfangsdame?«

Er guckte mich wütend an: »Du Schlampe, mit deiner Vergangenheit brauchst du dich hier nicht so aufzuspielen. Schreibst in deine Bewerbung ›mit Lack und Leder macht's Spaß mit jeder‹ und spielst dann hier die Unberührte? Raus aus meinem Büro, ich habe keine Zeit, mich von einer Nutte verarschen zu lassen. Erst die Männer aufgeilen und dann die Heilige Jungfrau geben. Raus hier, aber sofort!«

Das brauchte er mir nicht zweimal zu sagen, bloß weg hier, dachte ich. Ich sag's ja, die schrägsten Sachen passierten immer mir. Und einen Job hatte ich immer noch nicht.

Meine Mutter riss sofort die Haustür auf, als ich nach Hause kam, und sah mich erwartungsvoll an. »Und, wie ist es gelaufen? Bist du jetzt in der Versicherungsbranche?«

Ich gab ihr einen kurzen Abriss meines »Bewerbungsgespräches«, und sie schüttelte den Kopf: »Da siehst du mal, was du dir eingebrockt hast. Brichst dein Studium ab, um in der Sexbranche zu arbeiten, und wunderst dich hinterher, dass ein gefallenes Mädchen nicht mehr ernst genommen wird. Das hast du nun davon.«

»Was?«, flippte ich aus. »Jetzt bin ich auch noch schuld, wenn mich so ein notgeiler Affenarsch für eine Domina hält?«

»Es reicht«, gab meine Mutter scharf zurück. »Weiß der Himmel, welche Gossensprache du dir da in deinem Milieu angewöhnt hast, aber solche Ausdrücke dulde ich nicht in diesem Haus. Geh sofort auf dein Zimmer.«

Ein jahrelanger Automatismus brachte mich tatsächlich dazu, wie eine Siebenjährige »auf mein Zimmer« zu gehen. Konnte ja noch von Glück reden, dass ich nicht ohne Abendbrot ins Bett musste. Von dort aus rief ich gleich Britt an und verabredete mich mit ihr abends in der *Red Hot Chili Bar*.

Hier schüttete ich ihr dann spätabends mein Herz aus, was ihr Herz allerdings nicht im Mindesten rührte. Genau genommen lachte sie sich halb tot, besonders über die Anwandlungen des Herrn Eckel und über mich gemeinsam mit meinen Eltern vor der Glotze: »Ich sehe euch drei direkt vor mir, alle in den gleichen Jogginganzügen von *Tchibo*, mit Lederpuschen an den Füßen und wild am Mitraten.« Sie kriegte sich vor Lachen gar nicht mehr ein und erntete von anderen Gästen missbilligende Blicke, in diesem Club war Coolness angesagt.

»Freut mich, dass ich zu deiner Erheiterung beitrage«, zischte ich, »aber hilf mir lieber, aus diesem Horrorhaus rauszukommen. Du kennst doch Gott und die Welt, weißt du nicht jemanden, der einen Job zu vergeben hat? Am besten einen, wo mir niemand die Schuhe ablecken will.«

Britt sah mich verwirrt an. »Hast du heute mit Hubert telefoniert?«

»Nee, hab ich nicht, wieso?«

»Ist ja witzig«, sagte sie, »vorhin hat er mir gesagt, ich soll über einen Job mit dir sprechen. Ich weiß nicht, ob das was für dich ist, aber du bist ja zum Glück nicht pingelig.«

O Gott, was kam jetzt? Klos putzen in einer Großraumdiskothek? Rinderhälften tragen im Schlachthof? Ich guckte Britt entsetzt an und seufzte: »O doch, ich bin pingelig. Ich mag keinen Dreck unter den Fingernägeln, und ich fische keine Kondome aus versifften Disco-Klos.«

»Hä? Was für Disco-Klos? Nee, Hubert hat da an einen Klienten von sich gedacht, der sucht schon länger eine Assistentin und findet keine. Super Arbeitszeiten und noch bessere Bezahlung.«

Ich schaute meine Freundin böse an. »Ach ja? Und wo ist der Haken? Wenn der Job so gut ist, warum will den denn keiner machen, hä?«

Britt wand sich ein bisschen und entschloss sich dann zum Gegenangriff: »Meine Güte, sei doch nicht immer so misstrauisch. Außerdem kannst du es dir nicht leisten, wählerisch zu sein, oder?«

Okay, das stimmte.

»Der Mann ist Produzent für, na ja, also, gewissermaßen Filme für Erwachsene, okay? Und er braucht jemanden, der für ihn tippt, ans Telefon geht und all solche Assistenten-Sachen macht eben.«

O nein. Vom *Lack und Leder*-Versand rein in die tiefste Pornobranche. Aber wo Britt recht hatte, hatte sie recht.

Ich konnte es mir nicht leisten, wählerisch zu sein, und anschauen konnte ich mir diesen Typen ja mal. Außerdem, wenn selbst meine Mutter mich für ein gefallenes Mädchen hielt, was hatte ich zu verlieren? Also instruierte Britt ihren Hubert, und zwei Tage später sollte ich mich bei einer Firma namens *Big Balls* vorstellen.

Am nächsten Tag versuchte ich wieder, Simon oder seine Firma zu erreichen, beides Fehlanzeige. Also würde ich mal persönlich an meine alte Wirkungsstätte zurückkehren. Ich brauchte eine Stunde, um mich so zu stylen, dass es Simon bei meinem scharfen Anblick sofort bitter bereuen würde, mich abserviert zu haben. Während ich über den Parkplatz von *Lack und Leder* stöckelte, musste ich immer wieder an meinem Stretchmini herumziehen. Vielleicht waren es mittlerweile schon mehr als zwei Kilo zu viel, jedenfalls rutschte der Mini ständig meine Oberschenkel hoch. Die mir irgendwie stämmig vorkamen. War aber bestimmt nur Einbildung.

Am Empfang saß nicht wie üblich Kristin, sondern ein Stripper in Polizei-Uniform. Simon hatte kurz vor meinem Rauswurf sein Angebot noch um eine Stripper-Abteilung erweitert, über die man scharfe Typen für Partys und so weiter buchen konnte. Das hätte ihm auch ruhig schon früher mal einfallen können. So süße Typen wie den da gab es früher in der Firma nicht.

»Hallo Süßer«, schnurrte ich ihn an, »krieg ich eine Gratisvorstellung?« Der Mann starrte mich an. »Oh, Sie nicht sprechen Deutsch, ja? Ich bin Alice. Ich mag Stripper.«

Der Mann stand auf und sagte nur: »Ihren Ausweis, bitte.«

»Aha, doch der deutschen Sprache mächtig, wie? Gehört das zur Show?«

Er kam mir bedrohlich näher, und auf einmal fiel mir auf, dass die Uniform ziemlich echt aussah. Oje, das war kein Stripper, das war ja wirklich ein Polizist! »Ach herrje, Entschuldigung. Sie sind wohl gar keiner der Stripper, oder?«

»Nein, bin ich ganz bestimmt nicht. Und jetzt hätte ich gern Ihren Ausweis.«

Er studierte den sehr gründlich und griff dann zum Telefon: »Chef, hier ist die Frau Wörthing, soll ich sie hochschicken?« Die Antwort war wohl ja, denn ziemlich barsch gab mir der Typ, den ich jetzt gar nicht mehr so süß fand, zu verstehen, dass ich nach oben sollte. Was war denn nur hier los?

Ich zog noch mal an meinem Rock und ging in den ersten Stock. An der Treppe stand ein Mann in einem Trenchcoat. Ich guckte manchmal *Tatort*, deshalb wusste ich sofort, wen ich da vor mir hatte: »Guten Morgen, Herr Kommissar, was ist denn hier los? Wo sind denn alle hin, und wo ist Simon?«

»Das würden wir auch gern wissen. Ich bin Hauptkommissar Schlüter. Sie sind die Lebensgefährtin von Herrn Berger, ist das richtig?«

»Na ja, nicht ganz, also nicht mehr, aber ich war es. Ist aber nicht meine Schuld, dass ich es nicht mehr bin.«

Das schien den Trenchcoat-Mann nicht zu interessieren, er wollte nur wissen, wann ich Simon zuletzt gesehen hatte. Irgendwie war der Mann unhöflich, das gefiel mir nicht.

»Vielleicht sagen Sie mir jetzt endlich mal, was hier los ist? Wenn ich immer Ihre Fragen beantworten soll, müssen Sie auch mal meine beantworten, das ist nur fair.«

»Tut mir leid, laufende Ermittlung«, bekam ich nur zu hören. Na, so was.

»Okay, dann sagen Sie mir wenigstens, ob Simon was passiert ist«, verlangte ich aufgeregt.

»Nein, soweit wir wissen, nicht, machen Sie sich keine Sorgen.«

Nee, ist klar, die Firma hat eine feindliche Übernahme durch die Polizei erfahren, Simon ist verschwunden, und ich soll mir keine Sorgen machen. Aber von dem Kerl würde ich wohl nicht mehr erfahren, also erzählte ich ihm, wann ich Simon zuletzt gesehen hatte, gab meine Adresse »für eventuelle Rückfragen« an und sah zu, dass ich verschwand. Sobald Britt und Hubert, die einige Tage in ihrem Haus auf Mallorca waren, zurückkämen, würden sie mir sagen können, was hier passiert war. Schließlich war Hubert Simons Steuerberater, und die wissen doch immer, wo ihre Klienten sind.

Am nächsten Morgen machte ich mich auf den Weg zu meinem zweiten Vorstellungsgespräch innerhalb einer Woche. Ich hatte mich schon in einer Schmuddelbaracke im tiefsten Gewerbegebiet gesehen, aber tatsächlich fand ich mich vor einer alten Villa in einem äußerst gediegenen Wohnviertel wieder. Allein zwei verschlungene *B*s an der Haustür zeigten mir, dass ich hier richtig war. Auf mein Klingeln passierte rein gar nichts, und ich kam mir ziemlich blöd vor, wie ich da vor der Tür herumstand. Bestimmt besuchte gerade eine Nachbarin meiner Mutter jemanden im Haus nebenan und sah mich vor der Pornobude. Wenn meine Mutter erfuhr, wo ich mich heute vorstellen wollte, hätte ich wirklich Ärger am Hals. Bei diesem Gedanken klingelte ich noch mal, diesmal länger und leicht panisch.

Endlich ging die Tür auf, und vor mir stand eine Blondine, eingewickelt in ein kleines Handtuch, das wenig verbarg. Jetzt wusste ich wenigstens, wie die Firma zu ihrem Namen kam.

»Hallo«, hauchte Blondie, »Sie müssen Alice sein. Wir sind noch beim Drehen, aber Herr Wegener kommt gleich. Sie können hier im Empfang warten.« Sprach's und verschwand nach oben.

Wie, die sind noch beim Drehen? Hier, in der Firma? Und was sollte mein Job hier wirklich sein? Frische Laken aufziehen und in Drehpausen Erfrischungen reichen? Ich sah mich um. Das sah alles so weit recht geschmackvoll aus, ein großes Zimmer mit hohen Decken, einem Empfangstresen, zwei Schreibtischen mit dem üblichen Kram drauf und Aktenschränken. Ich hoffte, da waren auch Akten drin und keine Vorräte an Vibratoren und heißer Wäsche. Ich überlegte, ob ich nicht ganz schnell das Weite suchen sollte, aber dann dachte ich an die Töpferwerkstatt, die Hausmannskost und Günther Jauch und wartete lieber.

Endlich kam jemand die Treppe runter, der sich dabei gleich entschuldigte: »Es tut mir leid, heute geht's hier drunter und drüber.«

Na, darauf wette ich.

»Aber jetzt habe ich Zeit… hoppla. Sie sind das? Laufen Sie jetzt auch gleich wieder weg?«

O nein! Bitte nicht! So gemein kann das Leben doch gar nicht sein. Vor mir stand mein Retter Nick, leibhaftig und immer noch so attraktiv, wie ich ihn in Erinnerung hatte. Und diese blauen Augen sahen mich sehr amüsiert an. Ich wäre wirklich am liebsten gleich wieder weggelaufen, aber die Nummer konnte ich ja nicht jedes Mal bringen. Taktikänderung, aber sofort: »Ach, hallo. Nein, ich laufe nicht weg, und es tut mir leid, dass ich bei unserer letzten Begegnung so unhöflich war. Aber mir fiel damals gerade ein, dass es bei *H&M* einen Sonderschlussverkauf gab, und da musste ich mich wirklich beeilen.«

Die blauen Augen schienen sich lustig über mich zu machen, aber ansonsten tat Nick so, als wäre meine Erklärung völlig normal.

Wir gingen in sein Büro, und er erklärte mir, was er suchte: »Ich brauche eine Assistentin, die sich nicht nur um Post, Telefon und so was kümmert. Sie müssten Darsteller buchen, sich um die Abrechnungen und um die Locations kümmern. Dass wir heute hier drehen, soll eigentlich nicht passieren. Aber Suzy, meine bisherige Assistentin, hat Hals über Kopf gekündigt, und ich hatte keine Zeit, selbst einen Drehort zu suchen. Also, was sagen Sie?«

Tja, was sagte ich? Eigentlich war es ein Traumjob, Castings durchführen, passende Drehorte finden und all so was. Der Haken war nur, dass es nicht um Fernsehkomödien ging, sondern um Pornos. Aber es war ein Job, und als Nick mir die Bezahlung mitteilte, waren alle Skrupel plötzlich weg. »Ich würde es gern versuchen«, sagte ich zu ihm, »aber ich will nicht, dass mir jemand meine Schuhe ableckt.«

Nick lachte laut los: »Sie sind ja eine Nummer. Wenn ich Ihnen verspreche, dass Ihnen hier niemand irgendwelche unseriösen Angebote macht, könnten Sie dann nächste Woche anfangen?«

Und ob ich das konnte. Ich hüpfte fast zur Bushaltestelle. Mit dem Gehalt konnte ich mir nicht nur eine eigene Wohnung leisten, es waren auch noch Schuhe und die neuesten Pflegeprodukte drin. Und ich würde Nick jeden Tag sehen. Ist das Leben nicht schön?, dachte ich mir, bis mir meine Mutter einfiel. Sie würde meinem neuen

Job vielleicht nicht ganz so vorurteilsfrei gegenüberstehen, aber da würde mir schon was einfallen.

Dazu hatte ich gleich beim Abendessen Gelegenheit. Das schmeckte mir heute nicht so richtig, weil mein Vater lang und breit über ein verstopftes Klo und über Leute, die nicht wissen, was in eine Toilette gehörte und was nicht, referierte. Irgendwann erinnerte er sich doch wieder an mich und fragte resigniert, wie es um meine berufliche Zukunft stünde. Bevor ich meine zensierten Neuigkeiten an den Mann bringen konnte, fiel mir meine Mutter schon ins Wort: »O Herbert, sie ist ja so bemüht. Sie hatte ein Vorstellungsgespräch in einer Versicherungsagentur, aber die wollten sie nur halbtags, und weil sie uns nicht auf der Tasche liegen möchte, sucht sie lieber weiter.«

Ah ja. Mein Vater sollte also nicht erfahren, dass seine Tochter Schmutz anzieht wie andere Leute Schuhe.

»Genau, so war es«, sagte ich. »Und ich hatte recht damit, nicht das erstbeste Angebot anzunehmen, denn ich habe heute einen Ganztagsjob gefunden. Ich arbeite in einer Firma, die Dokumentarfilme dreht.«

»Oh, wie aufregend!«, freute sich meine Mutter. »Welche Firma ist denn das?«

»Die heißt *Big*… äh, *Big*… *Doku.*«

»Wie schön für dich«, strahlte meine Mutter, während Papa eher skeptisch dreinsah. »Was musst du denn da machen?«

»Oh, also, ich suche Darsteller aus und Drehorte, und Bürokram ist auch noch dabei.«

Meine Mutter war ganz aus dem Häuschen: »Du machst so richtige Castings wie bei *Deutschland sucht den Superstar*? Da komme ich auf alle Fälle mal mit, ich habe eine gute Menschenkenntnis, da kann ich dir sicher ein paar gute Tipps geben.«

Na ja, eher nicht, aber das musste ich ihr ja nicht unter die Nase reiben. »Wie nett von dir, Mama, aber erstmal muss ich mich da einarbeiten, später kannst du mir bestimmt helfen.«

Damit war sie vorerst zufrieden, aber da ich sie kannte, musste ich sie noch ein wenig kurzhalten, sonst würde sie gleich loslaufen und jedem von meiner neuen Karriere als Dokumentarfilmerin berichten: »Mama, behalte das bitte noch für dich, ja? Wir drehen ja keine Filme, sondern Dokumentationen, die auch Missstände aufdecken, und da muss ich ein bisschen undercover bleiben.«

Das musste sie wohl oder übel akzeptieren, und ich atmete tief durch. Die erste Hürde war genommen.

Am Sonntag fuhr ich zu Britt und Hubert. Aus der Küche kam irgendein undefinierbarer Geruch, das ließ nichts Gutes erahnen. Seit sich das Fernsehen auf allen Kanälen auf Kochsendungen eingeschossen hatte, bekam man bei kaum einer Einladung noch irgendwas Vernünftiges zu essen. Es wurde »Gänseleber-Röllchen mit Zitronengras-Crostini« oder »Mosaik von gebeiztem Wildlachs auf Wolfsbarsch-Tatar« serviert, und meistens schmeckte es noch schlimmer, als es aussah. Nachdem ich Hubert begrüßt und neidvoll seine Mallorca-Bräune zur Kenntnis genommen hatte, traute ich mich zu Britt in die Küche, die an etwas Undefinierbarem herumhantierte: »Hallo, ich bin gleich fertig, ich habe uns nur schnell eine leichte Creme vom Bresse-Kaninchen gezaubert.«

Ich beschloss, mich jeden Kommentars zu enthalten, offensichtlich hatte auch Britt das Kochen für sich entdeckt, ging vor in den Wintergarten und setzte mich an den riesigen Glastisch. Vielleicht war Geld ja wirklich nicht alles, aber doch schon eine Menge, wenn man dadurch so cool wohnen konnte.

Kurz darauf kam Britt mit dem armen Kaninchen nach, und Hubert folgte ihr auf dem Fuß. Die leichte Creme entpuppte sich leider als zäher Brei, der eher nach Fisch als nach Kaninchen schmeckte. Doch Britt war so stolz auf ihr neu entdecktes Talent, dass Hubert und ich versuchten, unsere Gesichtszüge nicht zu sehr entgleisen zu lassen und tapfer aufzuessen.

»Sag mal, Hubert«, setzte ich an, »kannst du mir sagen, was bei Simon los ist? Ich kann ihn nicht erreichen, und in seiner Firma läuft die Polizei rum, die ihn übrigens auch sucht. Was ist da faul?«

Hubert schob seinen Stuhl zurück und stand auf. »Das sind Mandanten-Geheimnisse, dieses Gespräch ist beendet.« Und schon verließ er den Wintergarten.

Kann sein, dass er nur eine Ausrede suchte, um von der Kaninchen-Creme wegzukommen, aber so unfreundlich hatte ich ihn noch nie erlebt.

»Was ist denn mit dem los?«, fragte ich Britt. »Ich will doch gar keine Steuergeheimnisse wissen, sondern nur, was passiert ist.«

»Hör bloß auf, der dreht nur noch am Rad, die ganze Woche Mallorca hat er mir versaut. Nicht mal mir erzählt er ein Wort, mir, seiner eigenen Ehefrau! Ist das zu fassen, glaubt der, ich posaune seine Geschäftsgeheimnisse aus? Ich hätte dir ja gern alles erzählt, aber wie gesagt, ich weiß noch weniger als du. Alles, was ich mitgekriegt habe, ist, dass die Polizei irgendeinen Beschluss hat, mit dem sie morgen in Huberts Kanzlei auftauchen und da Simons Akten durchforsten wird.«

»Verdammt. Der hat bestimmt Steuern hinterzogen, oder? Und vielleicht hat er gar keine Neue, sondern ist nach Liechtenstein geflüchtet und wollte mich da nicht mit reinziehen, was meinst du?«

»Kann schon sein«, sagte Britt zögerlich.

»Ich bin ganz sicher, dass es so ist. Und ich hab ihn für einen Scheißkerl gehalten, dabei ist er so romantisch und ehrenhaft und will mich nicht mit in den Sumpf ziehen. Wie süß ist das denn? Ein Mann, ganz allein auf der Flucht, von der Polizei gejagt und einem gebrochenen Herz geplagt.«

»Ehrlich, ich glaube, jetzt spinnst du. Hör lieber auf zu fantasieren und warte erstmal ab. Ich versuche auf alle Fälle herauszukriegen, was da passiert ist, und halte dich auf dem Laufenden.«

Genauso schlau wie vorher machte ich mich wieder auf den Weg nach Hause. Dort erwartete mich gleich die nächste Überraschung: Meine Schwester Melinda war wieder da. Melinda war fünfundzwanzig und wartete auf ihren Durchbruch. Sie hatte sich noch nicht ganz entschieden, wohin ihre Reise gehen sollte, aber in der engeren Auswahl waren Fußballergattin, Fernsehmoderatorin oder Schauspielerin. Zugegeben, sie sah süß aus, und die Männer waren ziemlich verrückt nach ihr, aber sie war echt abgedreht. Die letzten drei Wochen hatte sie mit einem zweitklassigen Soap-Darsteller auf Rhodos verbracht. Meine Eltern trieb sie mit ihren verrückten und ständig neuen Ideen manchmal regelrecht in den Wahnsinn, und inzwischen wäre es ihnen wohl sogar recht, wenn sie mit einem Wrestler oder einem adoptierten Prinz von Anhalt durchbrennen würde, Hauptsache, es wäre endlich Ruhe und sie aus dem Haus. Aber auf diesen Feiertag würden sie wohl noch etwas länger warten müssen.

»Himmel, dieser Typ war ja so was von jämmerlich, bin ich froh, dass ich wieder hier bin! Dagobert Duck ist neben dem direkt ein Prasser; so ein Geizhals, bäh.« Das hieß übersetzt so viel wie, er hat den ganzen Urlaub bezahlt und wollte nicht auch noch für Schmuck und Designerklamotten aufkommen. »Und du hast dich von dem Schleimer Simon abservieren lassen? Na ja, der ist doch sowieso 'ne Tunte, sei froh, dass du den los bist.«

»Der ist überhaupt keine Tunte. Und du kennst die Hintergründe überhaupt nicht, also halt die Klappe«, gab ich verärgert zurück.

»Sag mal, hast du zugenommen?«, wechselte Melinda das Thema, feinfühlig wie immer. »Du siehst irgendwie fett aus, ist das Kummerspeck?«

»Ich bin nicht fett. Da sind im Moment vielleicht ein paar Gramm zu viel, aber die krieg ich schon wieder runter«, behauptete ich und schob die Reste des *Mars*-Riegels, den ich nach Britts Essen dringend gebraucht hatte, tief in meine Tasche.

In dem Moment kam meine Mutter strahlend ins Haus. »Ach, es geht doch nichts über junge Mütter«, freute sie sich. Das hatte nun weniger mit echter Sympathie zu tun, sondern mit ihrem *Tupper*-Verkauf. Ich gehe mal davon aus, dass diese jungen Mütter wegen ständigen Schlafentzugs und totaler Erschöpfung so wehrlos waren, dass sie einfach alles kauften, nur damit sie meine Mutter wieder loswurden und vielleicht noch ein paar Minuten Schlaf abbekamen. »Das war vielleicht mein umsatzstärkster Vormittag im ganzen letzten Jahr! Ich glaube, ich leiste mir davon endlich mal eine neue Küchenmaschine.« Dann kam sie um den Tisch herum und umarmte Melinda und mich überschwänglich. »Ach, ist das schön, dass wir vier alle mal wieder zusammen sind! Eine richtige Familie, ich glaube, ich backe einen Kuchen.«

Melinda verdrehte die Augen. »Viel Spaß dabei, aber ich esse kein Fett und keinen Zucker, sonst sehe ich noch aus wie Alice, und das war's dann mit dem Showbiz.«

Ich warf ihr einen bösen Blick zu, aber enthielt mich jeden Kommentars.

Beim Abendessen wirkte mein Vater irgendwie verwirrt und deprimiert. Wahrscheinlich dachte er an all seine Freunde und Bekannten, deren Kinder das Haus pünktlich verlassen hatten, um ihr Leben als Erwachsene aufzunehmen. Ohne ständige Katastrophen und vor allem ohne Rückkehr. Dafür hatte meine Mutter immer noch gute Laune, vielleicht dachte sie an ihre neue Küchenmaschine: »Und Melinda, nachdem du nun Urlaub hattest, bist du dir jetzt klarer geworden, was du mit deinem Leben anfangen willst?«

Melinda erstaunte uns alle, als sie diese Frage mit einem sehr bestimmten »Und ob« beantwortete. »Ich habe da auf Rhodos diesen total abgefahrenen Personal Coach getroffen, der ist wie ein Guru für die Promis. So der absolute Philosoph. Und der hat mich auf eine Idee gebracht. Ich muss das Feld von hinten aufrollen, und das werd ich jetzt auch tun.«

Meine Mutter sah verwirrt aus, mein Vater noch deprimierter. Aber Melinda war nicht zu stoppen. »Ich werde Bodyguard. Natürlich beschütze ich nur Prominente. Und dann rette ich meinen Schützling vor einem Anschlag, und trara, ich bin die Heldin der Stunde und selber prominent. Und wenn man das erstmal geschafft hat, geht alles andere von allein.«

Ich überlegte, wie alt meine Schwester eigentlich war und ob man mit fünfundzwanzig Jahren nicht wenigstens einen klaren Gedanken im Kopf haben sollte. Aber meine Mutter stieg tatsächlich auf diesen Blödsinn ein. »Na ja, Melinda, ein Job ist ein Job, sag ich immer. Aber du hast doch gar keine Ausbildung für so etwas.«

»Das ist kein geschützter Beruf, den kann jeder machen. Außerdem, ich bin sportlich und mache seit Jahren im Fitnessstudio Thai-Aerobic, mit mir sollte sich keiner anlegen.«

»Melinda.« Ich schickte ihr einen genervten Blick. »Werd doch endlich mal erwachsen. Selbst wenn du recht hast und jeder, der lustig ist, sich Bodyguard nennen kann, wer sollte dich denn engagieren? Personenschützer kommen meist von der Polizei oder vom Militär, haben Einzelkämpferausbildungen, Waffenscheine und was weiß ich. Wer bitte sollte denn krank genug sein, dich zu seiner persönlichen Sicherheitsbeauftragten zu machen?«

Melinda sprang wütend auf. »Das ist ja mal wieder so was von typisch für euch. Erst nervt ihr mich ohne Ende, dass ich mir einen Job suchen soll, und nun, wo ich mich für einen entschieden habe, da könnt ihr es mir nur madig machen. Ihr könnt mich mal!«, keifte sie, stürmte aus dem Zimmer und schlug die Haustür hinter sich zu.

Mein Vater verließ den Tisch und ging in den Keller, wahrscheinlich, um sich beim Anblick seiner Modelleisenbahnanlage von seiner missratenen Tochter abzulenken. Doch meine Mutter guckte ganz geknickt: »Ach je, irgendwie hat sie ja auch recht. Es stimmt schon, wir haben ihr ja kaum richtig zugehört.«

Ich rollte mit den Augen. »Mama, wir haben schon viel zu viel gehört, das ist doch der reinste Schwachsinnsplan. Melinda als Bodyguard, was für ein Witz! Die kann doch nicht mal auf ihre eigenen Sachen aufpassen, ständig verliert sie irgendwas, wie soll sie da irgendwelche Promis beschützen?«

Meine Mutter richtete sich auf: »Darum geht es nicht, Alice. Wir sind eine Familie, und es ist unsere Pflicht, uns gegenseitig bei unseren Träumen zu unterstützen.«

Aha. Das waren ja ganz neue Töne. Welche Seifenoper guckte meine Mutter eigentlich in letzter Zeit? Aber bevor ich noch etwas sagen konnte, verließ auch meine Mutter auf der Suche nach Melinda das Haus. Ich musste wirklich dringend eine eigene Wohnung finden, am Wochenende würde ich mir mal ein paar Zeitungen besorgen, und dann wäre mein Leben bald wieder normal.

Mein Handy klingelte, und ich hörte schon wieder dieses Schnaufen, doch diesmal folgte dem eine Stimme, die ich gar nicht hören wollte. »Na, Herzchen, schon was von unserem Freund gehört?«

O Gott, der dicke Belgier. Panisch wollte ich den »Auflegen«-Knopf drücken, aber das würde mich nicht richtig weiterbringen, da musste ich jetzt durch. »Nein, habe ich nicht. Und wenn Sie noch einmal bei meiner Mutter auftauchen, gehe ich zur Polizei und sage denen, dass Sie mein Stalker sind. Da verstehen die keinen Spaß mehr mit.«

»Blondchen, Blondchen, mach es mir doch nicht so schwer. Du musst ein Treffen machen mit mir, ich hab was zu sagen an dich.«

Hilfe. Was machte ich denn jetzt? Obwohl, wenn er mir was tun wollte, hätte er das schon in Simons Wohnung gemacht. Und vielleicht würde er danach endlich Ruhe geben. »Na gut«, erklärte ich mich einverstanden, »aber unter einer Bedingung. Wir treffen uns am hellen Tag, und ich will nicht mit Ihnen alleine sein.«

»Gut, gut, Blondchen, morgen um vierzehn Uhr im *McDonald's* in der Barnerstraße.« Sprach's und legte auf.

Nun gut, das hörte sich soweit sicher an, und wenn ich den dicken Kerl danach los sein sollte, hätte es sich auf jeden Fall gelohnt.

»Kommst du heute Nachmittag mit mir in die Stadt, Alice?«, fragte mich meine Mutter am nächsten Morgen. »Ich will mir meine Küchenmaschine kaufen, und vielleicht finden wir ja auch etwas Schönes für dich. Du brauchst doch bestimmt etwas Seriöses für deinen neuen Job.« Tja, wahrscheinlich Stringtangas und Bommel zum Aufkleben für die Brüste.

»Tut mir leid, Mama, ich hab schon was vor, frag doch Melinda.«

»Pfff«, machte meine Mutter, »als ob die rechtzeitig aus dem Bett kommen würde. Dann gehe ich eben allein. Ich muss jetzt los, habe *Tupper*-Party im Seniorenheim in der Waldstraße.«

Was alte Leute im Heim mit *Tupperware* sollten, war mir nicht ganz klar, aber ich hatte sowieso andere Probleme. Was zieht man denn zu einem Treffen mit einem höchstwahrscheinlich Kriminellen an? Der sollte mich ernst nehmen, sein erster Eindruck von mir war ja nicht der beste. Schwarze Cargohosen und ein schwarzer Rollkragenpullover machten schon mal einen unerschrockenen Eindruck. Und dazu schwarze Springerstiefel, nur leider hatte ich so was nicht. Ich wühlte im Karton mit meinen Schuhen und zog ein schickes Paar nach dem nächsten raus, doch leider nichts in Richtung Springerstiefel. Himmel, hatte ich denn nicht *ein* Paar Schuhe ohne hohe Absätze? Nein, hatte ich tatsächlich nicht. Dann mussten eben Mamas Wanderschuhe herhalten. Die drückten ein bisschen und waren auch noch braun, aber jetzt sah ich aus wie jemand, mit dem man sich besser nicht anlegen sollte. Perfekt.

Um halb zwei saß ich schon bei *McDonald's* und aß mich begeistert durch das ganze Sortiment. Eigentlich hatte ich ja vorgehabt, meine Diät ab heute ernsthaft zu betreiben und nur Salat und Cola light zu bestellen, aber der Salat sah irgendwie nicht mehr so frisch aus, und ich bin ja nicht so im Diätwahn, dass ich eine Lebensmittelvergiftung riskieren müsste.

Plötzlich setzte sich mein dicker Freund zu mir, den hatte ich gar nicht kommen gesehen. Scheiße, ich wollte cool rüberkommen, und nun saß ich da mit dem Mund voller Chicken Nuggets und bestimmt mit Ketchup am Kinn. Ich schluckte schnell runter und nahm meine Hände vom Tisch. Die zitterten so komisch, entweder war ich unbemerkt zur Alkoholikerin geworden, oder eine Grippe war im Anmarsch.

»Der, der Belgier, hallo«, stammelte ich.

»Du kannst mich Vincent rufen«, sagte er und steckte sich meinen letzten Chicken Nugget in den Mund. »So, hör zu: Dein Simon hat das, was mir gehört, und ich will es haben zurück. Geht dich nicht an, was es ist, aber hat er sich mit was heimlich getan? Was weggeschlossen und gesagt zu dir, lass deine Finger davon?«

»So unhöflich ist Simon nicht. Nur seine *Dolce & Gabbana*-Shirts, mit denen hat er sich wirklich ein bisschen angestellt, da wurde er mal ziemlich sauer, als ich eins anhatte.«

»Blondchen, behalt deine Haarfarbe, die passt zu dir. Du wirst überlegen, und dann wird dir einfallen, und dann rufst du mich an.« Er stand auf, und plötzlich kam seine Nase ganz dicht an meine: »Polizei kannst du vergessen, du weißt? Wir wollen doch nicht, dass deine liebe Mama hat einen bösen Unfall, nein? Wir hören uns.« Schon war er wieder verschwunden.

Ich kapierte immer weniger. Was wollte der Kerl denn bloß von mir? Warum sagte er nicht einfach, was Simon von ihm hatte, dann könnte ich ihm ja vielleicht wirklich helfen? Und dann auch noch meine Mutter da mit reinziehen, so was macht man nicht. Im selben Moment tippte mir jemand von hinten auf die Schulter, und ich sprang wie von der Hornisse gestochen auf. O Mann, meine Nerven machten das alles nicht mehr lange mit. Doch nicht mein neuer Freund Vincent war zurückgekommen, hinter mir stand meine Mutter. »Na, das nenn ich aber mal ein schlechtes Gewissen«, tönte sie durch den ganzen Laden. »Hab ich dich erwischt, ich dachte, du machst Diät? Zu Hause wirfst du die guten Pralinen weg, und hier stopfst du dir heimlich Burger rein. So kriegst du deine Kilos aber nicht weg.«

Die Leute an den anderen Tischen schmissen sich halb weg vor Lachen, während in meinen Kopf immer mehr Blut schoss. »Mama, nicht so laut, ich kann das erklären, das ist nicht so, wie es aussieht.«

Sie guckte mich nur mitleidig an: »Tja, das ist deine Sache, du bist ja alt genug, aber etwas mehr Disziplin hätte ich doch von dir erwartet. Na ja, ich habe dich durchs Fenster gesehen und wollte eigentlich nur fragen, ob ich dich mit nach Hause nehmen soll, ich habe alles erledigt.«

Unter dem gemeinen Grinsen der anderen Gäste trottete ich hinter meiner Mutter her, die, kaum zu Hause angekommen, ganz im Lesen der Gebrauchsanweisung ihrer neuen Küchenmaschine aufging. Das Teil sah aus wie eine Miniatur-Raumschiffstation und schien mir völlig überflüssig zu sein, aber wenn es sie glücklich machte, bitte sehr.

Melinda stolzierte in dem Moment die Treppe herunter, was echt witzig war, denn sie übte stets den großen Auftritt. Es sah schon einigermaßen bescheuert aus, wie sie auf unserer alten, mit braunem Teppich überzogenen Treppe immer wieder stehenblieb, Kusshändchen in die Gegend warf und strahlend in imaginäre Kameras blickte, aber was dem einen seine Küchenmaschine, ist dem anderen seine Beklopptheit, sagte ich immer.

»Hey Guys«, hauchte sie, »what's up?«

Ich verdrehte die Augen, aber meine Mutter strahlte: »Melly. Ich habe dich gestern noch gesucht, schön, dass du wieder da bist. Alice tut es so leid, dass sie dir gestern nicht ihre Unterstützung gegeben hat, aber nun wird alles gut, ich habe einen Plan.«

Mir tat zwar gar nichts leid, aber meine Mutter ließ sich nicht mehr aufhalten: »Weißt du, ihr habt beide recht. Das mit dieser Bodyguard-Sache ist eine gute Idee, aber Alice hat mit ihren Einwänden gar nicht so unrecht. Was du brauchst, ist Erfahrung in dieser Branche, und ich weiß auch schon, wie du die bekommst. Deine Schwester hat einen gefährlichen Undercover-Job bei einer Fernsehdokumentation bekommen, was liegt da näher, als dass du ihr dabei als Bodyguard zur Seite stehst?« Sie strahlte uns beide an und beglückwünschte sich selbst zu ihrer großartigen Idee.

Melinda guckte mich mit ganz neuem Respekt an: »Wie, du hast einen Job beim Fernsehen? Wieso weiß ich davon nichts? Bei welchem Sender bist du denn?«

Ich druckste so ein bisschen rum. »Äh ja, nun, das ist sozusagen alles nicht ganz für die Öffentlichkeit bestimmt, eigentlich hätte ich gar nicht darüber reden dürfen.«

»Na, das ist ja mal wieder typisch. Du kommst groß raus, und da passen wir natürlich nicht mehr ins Konzept, wie?«, giftete Melinda. »Du hast ja schon Starallüren, aber das zieht bei mir nicht, alles klar? So, und ich find Mamas Plan klasse, hier bin ich, dein Bodyguard, tätätärääää.«

Klasse. Eine grandiose Idee.

Während Mama und Melinda durch die Küche hopsten und das neue Familienunternehmen bejubelten, kam mein Vater nach Hause. Er hörte sich alles mit versteinerter Miene an und ging danach schnurstracks zu seiner Modelleisenbahn. Ich konnte es ihm nicht verdenken.

Mist, wie sollte ich aus der Nummer denn nun wieder rauskommen? Es half alles nichts, ich musste Melinda einweihen und sie irgendwie dazu kriegen, einmal im Leben ihren Mund zu halten.

»Nun«, räusperte ich mich, »wir wollen nichts überstürzen, aber ich als deine große Schwester bin natürlich immer für dich da. Ich lade dich heute Abend zum Italiener ein, dann können wir darüber reden.«

Melinda sah mich misstrauisch an, und ich konnte direkt sehen, wie ihre drei Gehirnzellen vor lauter Anstrengung wackelten. Zwar nahm sie mir meine edle Gesinnung nicht ab, andererseits war eine Einladung eine Einladung. Und sobald es etwas umsonst gab, stand Melinda in der ersten Reihe.

»Gut, von mir aus«, nahm sie gnädig meine Einladung an, »aber denk in Zukunft daran, dass so kurzfristig normalerweise nichts bei mir läuft, dazu bin ich viel zu gefragt.«

O Gott, ich könnte sie jetzt schon erwürgen. Aber ich brauchte sie, also presste ich mir ein »Nee, is klar« ab und ging mich umziehen.

Später saß ich mit einer maulenden Schwester bei *Luigi's*, einer einfachen Pizzeria. »Ich dachte, wir gehen ins *La Lo-*

canda, da gehen alle hin. Typisch für dich, mich in so eine Kaschemme zu schleppen, du warst schon immer geizig«, regte Melinda sich auf. »Wenn mich hier einer sieht, das ist ganz schlecht für mein Image!«

Ganz ruhig, Alice, zähl bis dreihundert, und denk dran, du brauchst diese Frau. »Jetzt bleib mal locker. Erstens ist das Essen hier gut, und zweitens kann ich es mir leisten, im Gegensatz zu deinem Nobel-Italiener.«

Der Kellner kam und wollte die Bestellung aufnehmen. Ab heute würde ich wirklich mit meiner Diät anfangen. Ein Wasser und einen Salat bitte, wollte ich sagen und machte den Mund auf, doch heraus kam: »Ein großes Bier und die Pizza Salami bitte.«

Melinda guckte mich verächtlich an. »Streichen Sie das«, sagte sie bestimmt zu dem Kellner. »Wir nehmen Wasser und zweimal den Salat des Hauses, Dressing bitte extra.«

Der arme Mann guckte mich leicht verwirrt an, aber ich zuckte nur die Schultern. Sie hatte ja recht, selbst meine Stretchjeans kniffen schon ganz unangenehm.

»Mann, Alice, ich glaub's nicht. Pizza und Bier, wie fett willst du denn noch werden? So was geht beim Fernsehen doch gar nicht! Bei welchem Sender bist du denn nun? Jetzt will ich endlich alles über deinen Job wissen.«

Also rein ins kalte Wasser. »Na ja, also, das ist etwas kompliziert, das ist nicht so direkt ein Fernsehsender, ich bin eher im DVD-Entertainment-Bereich, sozusagen.«

»Heilige Scheiße, meine Schwester ist 'ne Porno-Schnalle.« Entgeistert sah Melinda mich an.

»Schrei doch nicht so«, zischte ich über den Tisch. »Ich spiele doch nicht in Pornos mit, was denkst du denn von mir?«

Melinda überlegte. »Hm, stimmt wahrscheinlich, ich glaube, auch in Pornos haben die Damen keine Größe 42.«

»Ich hab keine 42«, giftete ich zurück, »ich trage immer noch Größe 38.«

»Klar, mit offenem Reißverschluss und abspringenden Knöpfen«, grinste sie. »Dann sag doch endlich, was du nun wirklich machst.«

»Also gut. Ich bin Management-Assistentin, nur dass mein Boss leider keinen Verlag oder eine Spedition hat, sondern eine Pornoproduktionsfirma. Aber mit den ganzen Filmen hab ich ja nichts zu tun, ich mache nur den Bürokram. Und ich buche Drehorte und mache Vorgespräche mit möglichen Darstellern und so weiter.«

Melinda sah mich fast ehrfürchtig an. »Cool. Aber wenn Mama das erfährt, bist du tot.«

»Ich weiß. Darum habe ich ihr das ja auch nicht so im Einzelnen gesagt, und du hältst natürlich auch deine Klappe. Aber irgendeinen Job muss ich doch machen, sonst bleib ich noch bei unseren Eltern wohnen, bis ich sechzig bin. Na ja, und weil ich keine Undercover-Dokumentationen mache, brauche ich auch keinen Bodyguard, alles klar?

»Das heißt, ich soll dich decken, für dich lügen und habe selber gar nichts davon?«, guckte mich meine Schwester ungläubig an. »Das kannst du vergessen. Eine Hand wäscht die andere, weißt du noch? Also, ich halte dicht, aber dafür bin ich als dein Bodyguard dabei. Das gibt mir dann auch gleich so einen Adventure-Touch – ich bin der Schatten der Porno-Lady.«

Melinda deutete meinen wütenden Gesichtsausdruck richtig. »Okay, okay, keine Angst, ich folge dir schon nicht auf Schritt und Tritt, dafür habe ich gar keine Zeit. Aber, sagen wir mal, so ein-, zweimal die Woche beschütze ich dich. Haben wir einen Deal?«

Zähneknirschend stimmte ich zu. Wie ich meine Schwester kannte, würde ihr das sowieso bald langweilig werden, und ich hätte wieder meine Ruhe.

Hungrig kehrte ich nach Hause zurück, während Melinda ihre abendliche Runde durch die Clubs drehte.

Am nächsten Morgen weckte mich meine Mutter schon wieder viel zu früh, und ihre Stimme verhieß nichts Gutes: »Alice, hier ist ein Brief für dich, von der Polizei. Was ist denn jetzt schon wieder los, wir sind nicht eine von diesen Familien, die ständig mit der Polizei zu tun haben. Du bringst mich noch ins Grab.«

Mühsam bekam ich die Augen auf. »Ich habe gar nichts gemacht, sei doch nicht immer so negativ. Gib mal her.« Upps, was war das denn? Eine Vorladung ins Präsidium, für mich? Bei einem Herrn Schlüter? Dann fiel der Groschen – der Mann im Trenchcoat in Simons Firma. »Keine Sorge, Mama, ich habe wirklich nichts gemacht. Ich soll nur dem Kommissar Schlüter helfen, jemanden zu finden, sozusagen eine Bürgerpflicht.«

Leider war meine Mutter nicht blöd. »Eine Bürgerpflicht, wie? Sag mir jetzt sofort, was hier los ist.«

Zeit, Zeit, ich brauchte dringend Zeit. »Okay, hast ja recht, du wirst gleich alles haarklein erfahren. Aber erst muss ich mal ins Bad, und danach brauche ich einen Kaffee, okay?«

Als ich nach unten kam, hatte ich mich für eine kleine Teilwahrheit entschieden: »Also, das ist so, die Polizei wollte Simon zu irgendwas befragen, aber sie haben ihn nicht gefunden. Und als ich letztens in die Firma gegangen bin, waren sie auch da und haben ihn gesucht. Und weil sie ihn nun wohl immer noch nicht gefunden haben, wollen sie einfach von mir wissen, wo er sein könnte.«

»Von dir?«, fragte meine Mutter empört. »Woher sollst

du das denn wissen?« Plötzlich guckte sie mich misstrauisch an. »Du triffst dich doch wohl nicht noch heimlich mit ihm, oder? Nachdem er dich so schlecht behandelt hat. Nein, sag mir nicht, dass du so wenig Selbstachtung hast.«

»Natürlich treffe ich mich nicht mehr mit ihm, ich habe ja selbst keine Ahnung, wo er sein könnte. Ich gehe morgen einfach zu diesem Herrn Schlüter, sag ihm das, und das war's dann auch.«

»Das will ich hoffen. Frau Wolff von nebenan hat letztens schon so eine Bemerkung gemacht über zwei erwachsene Töchter im Haus, wenn die jetzt auch noch mitbekommt, dass du etwas mit der Polizei zu tun hast, dann kann ich mich hier nirgends mehr blicken lassen. Wusstest du übrigens, dass ihre Älteste gerade das dritte Kind bekommen hat? Das sind alles geordnete Verhältnisse.«

Wie schön für sie, ich hoffte nur, Kristina Wolff behandelte ihre Kinder besser als damals ihre Zebrafinken. Als wir sieben Jahre alt waren, gab sie vor mir mit diesen blöden Viechern an und wollte mir zeigen, wie schnell die fliegen konnten. Einer von denen war wirklich blöd und flog direkt in eine Apfelsaftflasche, woraufhin Kristina nichts Besseres einfiel, als die Flasche gegen die Wand zu werfen, um den Finken zu befreien. Überflüssig zu erwähnen, dass der Vogel diese Befreiungstat nicht überlebt hat…

Plötzlich wurde meine Mutter ganz blass und guckte mich mit großen Augen an. »Alice. Und wenn die nun glauben, du hättest etwas mit seinem Verschwinden zu tun? Du hast ein Motiv, die meisten Verbrechen werden aus Leidenschaft begangen. Die wollen gar nicht deine Hilfe, die wollen dir den Mord an Simon in die Schuhe schieben.«

»Meinst du?« Entsetzt starrte ich meine Mutter an. »Glaubst du, Simon ist tot?«

»Na ja, ich nicht«, räumte meine Mutter ein, »aber die Polizei glaubt das ganz bestimmt, die kennt den doch nicht. Die sehen nur einen erfolgreichen Geschäftsmann, der plötzlich von der Bildfläche verschwunden ist, sich nicht mehr um seine Firma kümmert, und die sehen dich, die verlassene, betrogene Frau. Die zählen eins und eins zusammen, und schwupps, bist du die Hauptverdächtige in einem Mordfall.«

O Gott, so hatte ich die Sache noch gar nicht gesehen. »Was soll ich denn jetzt machen, Mama?«, jammerte ich. »Ich will keine Verdächtige sein. Bestimmt drehen die mich stundenlang durch die Mangel und lassen mich nicht aufs Klo. Und irgendwann haben die mich so wirr gemacht, dass ich alles gestehe.«

Meine Mutter nickte sehr bedächtig mit dem Kopf. »Ich habe so was mal im Fernsehen gesehen, dem Mann wurde jedes Wort im Mund umgedreht, und am Ende hat er lebenslänglich bekommen, dabei sollte er nur wegen Ladendiebstahls vernommen werden. Weißt du was? Ich begleite dich. Wenn wir zu zweit sind, kommen die mit ihren Psycho-Spielchen nicht weit. Im Gegenteil, *die* werden von uns noch was lernen können.«

Bevor wir am nächsten Tag vor dem Präsidium aus dem Auto stiegen, bestand meine Mutter darauf, dass wir die mitgebrachten Schlapphüte aufsetzten. »Zieh ihn dir tief ins Gesicht, Kind, nicht, dass uns noch jemand erkennt.«

Mittlerweile hatte sie mich so kirre gemacht, dass ich mich auch in einen Tschador gewickelt hätte.

Im Büro von Kommissar Schlüter bekamen wir allerdings den ersten Dämpfer – meine Mutter durfte nicht mit rein. Sie sah mich vielsagend an und baute sich dann vor dem Vertreter des Gesetzes auf: »Ich kenne Sie und Ihresgleichen, und ich weiß, was Sie vorhaben. Aber ich sage Ihnen, ich werde die ganze Zeit hier vor der Tür sitzen, und wenn meine Tochter nicht regelmäßig auf die Toilette darf, werde ich Sie wegen Amtsanmaßung und Willkür im Dienst belangen.«

Kommissar Schlüter schloss die Tür und schaute mich an: »Haben Sie ein Blasenproblem, oder um was geht es hier?«

Ich beschloss, nichts zu sagen, ich würde nicht als Erste die Karten auf den Tisch legen. Dieser Entschluss hielt jedoch nicht lange vor, bevor ich mich's versah, platzte ich auch schon heraus: »Ich war es nicht, Herr Kommissar, ich bin unschuldig. Wirklich, ich wüsste nicht mal, wie man jemanden umbringt, ich kann nicht mal schießen.«

Schlüter guckte mich an, als ob ich nicht ganz dicht wäre. »Frau Wörthing, mal ganz langsam – was waren Sie nicht? Ich kann Ihnen nicht ganz folgen.«

Aha, die Masche kannte ich auch, guter Polizist und böser Polizist. Hektisch sah ich mich nach einem zweiten Staatsdiener um, aber der böse hatte anscheinend Verspätung. »Ich habe Simon nicht umgebracht, ich war es nicht«, quiekte ich und fing auch noch an zu heulen. Fast im gleichen Moment wurde die Tür aufgerissen, und meine Mutter stürzte ins Zimmer: »Was haben Sie mit meiner Tochter gemacht? Hat das arme Kind nicht schon genug durchgemacht? Und nun drangsalieren Sie sie auch noch, Sie sollten sich was schämen!«

Nun hatte Schlüter genug. »Raus hier, aber sofort!«, brüllte er meine Mutter an. »Sind denn hier alle verrückt geworden? Wenn Sie hier noch einmal stören, lass ich Sie in Gewahrsam nehmen, haben Sie mich verstanden?«

Das musste man meiner Mutter lassen, leicht einschüchtern ließ sie sich nicht: »O ja, ich habe Sie mehr als deutlich verstanden. Ich werde draußen warten, aber sehen Sie sich vor.« Mit diesen Worten verließ sie das Zimmer, und Schlüter wandte sich erschöpft an mich. »So. Würden Sie mir freundlicherweise mal sagen, was hier los ist? Wen haben Sie nicht umgebracht, und was hat Ihre Mutter für Probleme? Ich habe noch genau elf Jahre bis zur Pensionierung, und die würde ich gerne ohne Nervenzusammenbruch hinter mich bringen.«

Oh. Ich putzte mir die Nase und stotterte was von »da haben wir vielleicht ein bisschen was falsch verstanden, meine Mutter glaubte, Sie wollen mir einen Mord an Simon in die Schuhe schieben«. »Aber«, schob ich hinterher, »auch wenn wir das falsch verstanden haben und ich nicht Ihre Hauptverdächtige bin, bleibe ich bei meiner Aussage, dass ich unschuldig bin.«

Schlüter seufzte. »Ist klar. So, und nun, Frau Wörthing, halten wir uns mal an die Fakten. Nicht Sie sind hier eine Beschuldigte, sondern wir ermitteln gegen Herrn Simon Berger wegen Kokainhandels. Und aus diesem Grund haben wir an Sie als seine ehemalige Lebensgefährtin einige Fragen.«

Ich starrte ihn mit offenem Mund an. »Waaaas? Simon, Kokain? Wie kommen Sie denn da drauf?«

»Sagen wir mal so, die Beweislast ist erdrückend. Und nach dem Stand unserer Ermittlungen gehen wir davon aus, dass sich Herr Berger freiwillig abgesetzt hat und nicht etwa ermordet wurde.« Bei diesem Satz zuckte sein Blick leicht ängstlich zur Tür. »Was können Sie mir dazu sagen?«

Ich war eigentlich viel zu geschockt, um irgendetwas zu sagen, und das kam bei mir nicht oft vor. Wieso sollte Simon denn mit Kokain handeln? Das erschien mir völlig abwegig. Es konnte doch nicht sein, dass ich mein Leben mit einem Drogendealer geteilt hatte und das nicht mal wusste?

»Ich glaube das nicht«, sagte ich mit zitternder Stimme, »das müsste ich doch gemerkt haben. Und wann sollte er denn dafür Zeit gefunden haben, er war doch immer bei *Lack und Leder*.«

»Sagt Ihnen das Spezialangebot *Lack und Leder de luxe* für 999 Euro etwas?«, fragte Schlüter, ohne auf meine Frage einzugehen.

Da kam ich ins Grübeln. Nach einer Weile, in der ich mir mit den Fingern die Schläfen massierte, fiel es mir wieder ein: »Ja, das sagt mir etwas. Da war mal so ein Spinner, der hat behauptet, er hätte ein Dessous-Set für seine Freundin gekauft und statt des bestellten *Freude am Abend*-Angebotes für 19,99 ein Luxus-Set für 999 Euro erhalten, aber das wäre gar kein Luxus, sondern der letzte Schrott. Ich habe ihn gebeten, das an uns zur Kontrolle zurückzusenden, aber der Typ war völlig wirr und behauptete immer, das wäre ein Beweisstück dafür, wie redliche Kunden heutzutage über den Tisch gezogen würden. Ich habe ihm mindestens drei Mal gesagt, dass wir kein De-luxe-Angebot haben und dies nur ein Computerfehler sein kann, aber er ließ sich einfach nicht beruhigen.«

»Aha«, machte Schlüter, »und wie ging es dann weiter?«

»Na ja, der hörte gar nicht mehr mit seinen Anrufen auf, also habe ich Simon gesagt, dass wir da irgendeinen Fehler im System haben müssen und ob er sich nicht mal um diesen Nerver kümmern könnte, meistens sind solche Leute beruhigt, wenn der Chef persönlich die Sache in die Hand nimmt. Und das hat wohl auch geklappt, ich habe jedenfalls nichts mehr von dem gehört. Ich weiß nur noch, dass der einen völlig schrägen Namen hatte.«

»William Pancake?«, fragte Schlüter.

»Ja, genau, so hat er sich genannt. Ich meine, welch normaler Mensch heißt denn so? Da kann man doch schon sehen, dass der einen Schuss weghatte.«

»Das kann ich nicht beurteilen«, meinte Schlüter trocken, »aber Herr Pancake oder wie auch immer, hat den Stein ins Rollen gebracht. Denn es gab tatsächlich ein Deluxe-Angebot in Ihrem Laden, aber das bezog sich eher auf die Füllung im BH, denn die bestand aus Kokain.«

Ich bekam den Mund gar nicht mehr zu. Ich hatte mich immer über Simons mangelnde Energie aufgeregt, besonders am Wochenende, wenn ich mit ihm etwas unternehmen wollte, und nun stellte sich heraus, dass er nicht nur über eine Menge Energie, sondern sogar über ziemlich kriminelle verfügte.

Schlüter setzte mich weiter ins Bild: »Ihr Herr Berger hat auf einer Erotik-Messe in Brüssel Kontakte zu belgischen Drogenhändlern geknüpft. Seine Firma mag vielleicht umsatzstark gewesen sein, aber es gab so viele Privatentnahmen, dass sie kurz vor der Insolvenz stand. Nach unseren bisherigen Erkenntnissen gehen wir davon aus, dass er von den Belgiern die sogenannte De-luxe-Kollektion mit eingenähtem Kokain erhalten hat und diese dann über seinen Versand an Kunden der Belgier verschickt hat. Mit dieser netten Zusatzeinnahme konnte er seinen Lebensstil aufrechterhalten und nun sogar wieder die Rechnungen bezahlen. Herr Berger hat unseren Mr. Pancake tatsächlich angerufen, allerdings hat er ihn nicht beruhigt, sondern eingeschüchtert und ihm alle möglichen Konsequenzen angedroht, wenn er nicht umgehend das De-luxe-Paket zurückschicken würde. Tja, daraufhin war der Bedarf des Mr. Pancake an Ihrem Kundenservice gedeckt, und er ist zu uns gekommen – mitsamt dem BH.«

»Das verstehe ich nicht«, merkte ich an, »warum ist er zur Polizei gegangen, statt sich, wie alle anderen, das Koks durch die Nase zu ziehen?«

Schlüter guckte mich leicht mitleidig an, wahrscheinlich zog er von meiner blonden Haarfarbe die falschen Schlüsse.

»Nun, natürlich war der Herr kein Kunde der De-luxe-Kollektion, wie er auf die Liste gekommen ist, wissen wir noch nicht. Nur war er ein fehlendes Puzzleteil, wir hatten vorher auch schon unsere Hausaufgaben gemacht, und sein Erscheinen bei uns hat der Sache sozusagen den Durchbruch verschafft.«

Na, das war ja ein Ding. Ich ein Gangster-Liebchen, was würde meine Mutter wohl *dazu* sagen?

Ich versicherte Schlüter, dass ich nicht die geringste Ahnung von all dem gehabt hatte, bot ihm aber auch gleich an, mich einem Drogentest zu unterziehen. Das schien allerdings nicht notwendig zu sein.

Nach noch mehr Fragen zu Simon, welches seine bevorzugten Urlaubsgebiete waren, ob er vielleicht Freunde oder Verwandte mit Ferienhäusern hatte und so einigem mehr, war ich endlich entlassen – mit einer Bedingung: »Machen Sie gleich die Tür hinter sich zu, und halten Sie mir Ihre Mutter vom Leib, das meine ich ernst.«

Eigentlich hatte ich noch den Auftrag, ihn zu fragen, ob er verheiratet war und seine Frau vielleicht Interesse an einer *Tupper*-Party hätte. Aber es war wohl klüger, mir das zu verkneifen. So machte ich ganz schnell die Tür zu und stand meiner Mutter gegenüber.

Sie guckte auf meine Hände – keine Handschellen, wie sie erleichtert feststellte. »Bist du frei?«, fragte sie mich. Nachdem ich ihr das versichert hatte, schob sie mich schnell

Richtung Ausgang, nicht ohne mir vorher noch den Schlapphut auf den Kopf gesetzt zu haben.

»So, jetzt erzähl mir alles ganz genau. War es so wie im Fernsehen? Hat er sich drohend vor dir aufgebaut und behauptet, er hätte schon Mittel und Wege, um dich zum Sprechen zu bringen?«

»Nein, es war alles ganz ruhig. Er wollte nur wissen, ob ich eine Ahnung hätte, wo Simon sein könnte, ob er vielleicht in einem Ferienhaus oder so ist.«

»Und wieso interessiert sich die Polizei für ihn?«, fragte meine Mutter misstrauisch.

Gute Frage. Wenn ich ihr die Wahrheit sagte, würde sie mir nie im Leben glauben, dass ich wirklich nichts von alldem gewusst hätte. Wahrscheinlich würde sie mich noch am selben Tag in eine Drogen-Entzugsklinik einliefern lassen.

»Da scheint es Unstimmigkeiten in seinen Büchern zu geben, wenn ich es richtig verstanden habe, ging es um Steuern«, antwortete ich. Du meine Güte, alle diese Lügen, hoffentlich bekam ich keine lange Nase wie Pinocchio.

»Pffff«, machte meine Mutter angewidert, »das ist doch typisch für den großen Herrn. Immer einen auf feinen Pinkel machen und dabei heimlich den Staat betrügen. Da siehst du mal, was für ein Glück du hast, dass du den Kerl los bist.«

Tja, hatte ich anscheinend wirklich, allerdings aus anderen Gründen. Zu Hause verzog ich mich in mein Zimmer und sagte meiner Mutter, ich bräuchte erstmal ein bisschen Ruhe, so ein Verhör wäre ja nicht ohne. Dann fing ich an zu grübeln. Nun konnte ich mir auch denken, was Simon von meinem neuen Freund Vincent hatte, das der so dringend wiederhaben wollte. Verdammt, Drogen, die belgische Mafia und ich mittendrin. Langsam hatte ich das Gefühl, wirklich einen Bodyguard zu brauchen, wenn auch nicht gerade meine Schwester. Aber die war besser als gar nichts.

Britt konnte mir leider auch nicht weiterhelfen. Sie hatte mich gestern angerufen und gesagt, Hubert weigere sich, mit ihr über Simon zu reden. Daher würde sie sich jetzt erstmal auf den Weg nach Malle machen, und zwar ohne ihren Mann, der ihr nur wieder den Urlaub vermiesen würde.

An meinem letzten Wochenende als Arbeitslose schaute ich mir hoffnungsfroh mehrere Wohnungen an und bekam mal wieder einen Dämpfer: Die Vermieter wollten mich nicht, weil ich in meinem neuen Job noch drei Monate Probezeit vor mir hatte. Da wäre die »mieterseitige Sicherheit« nicht gegeben, bekam ich zu hören. Ich würde noch als alte Jungfer im Haus meiner Eltern enden, wenn das so weiterginge. Was für ein Mist, ich hatte mich schon so auf meine eigenen vier Wände gefreut!

Aber – ich hatte wenigstens einen Job. Am Montagmorgen pünktlich um neun betrat ich meine neue Wirkungsstätte, gekleidet in mein wunderschönes *Boss*-Kostüm. Grau mit dezenten Nadelstreifen, sah klasse aus, das Teil. Ich musste zwar die Jacke auflassen, und in den Rock hatte meine Mutter ein Gummiband eingenäht, aber das sah ja keiner.

Nick war schon da und brachte mir als Erstes einen Kaffee. »So, das ist der Sonderservice, den gibt's aber nur am ersten Tag. Wir duzen uns hier alle, hast du damit ein Problem?«, wollte er freundlich wissen.

Himmel, was war dieser Typ süß. »Nein, überhaupt nicht, ich bin Alice. Womit soll ich denn anfangen?«

»Tja, ich muss gleich los und bin auch erst nachmittags wieder hier. Ich schlage vor, du verschaffst dir erstmal einen Überblick, ich habe dir auf dem Schreibtisch schon alles zurechtgelegt, unsere laufenden Produktionen, Kostenaufstellungen, geplante Projekte, all so was. Das ist auch alles im PC gespeichert, da findest du auch Darstellerdateien, Formulare zur Einholung von Drehgenehmigungen und so weiter. Schau dir alles in Ruhe an. Du bist heute allein hier. Ansonsten gibt es noch die Buchhaltung, die besteht aus Jürgen, aber der arbeitet oft von zu Hause aus.«

Alles klar, das hörte sich vielversprechend an. Nick und ich würden hier also meistens ganz allein sein, uns durch die enge Zusammenarbeit schnell näherkommen, woraufhin ich ganz schnell unersetzlich für ihn werde und er begreift, dass ich die Traumfrau bin, auf die er schon so lange gewartet hat …

»Alice? Alles klar? Du guckst so merkwürdig.«

Huch. Wo war ich denn mit meinen Gedanken? »Äh nee, alles klar, ich komm schon zurecht.«

»Okay, dann sehen wir uns später, bis dann!« Und damit war er verschwunden.

Ich sah ihm verträumt hinterher. Also doch, es gab Liebe auf den ersten Blick. Ich könnte ihm den ganzen Tag nur zuhören und ihn angucken. Aber dafür war ich leider nicht eingestellt worden, also wandte ich mich dem Riesenberg Unterlagen vor mir zu. Wenn ich es richtig überblickte, hatte Nick zurzeit drei Produktionen laufen: *Wir blasen zum Halali auf dem Jägerball*, *Der Weihnachtsmann kommt mit prallem Sack* und *In der Werkstatt wird gehobelt*. Nun gut. *Der Weihnachtsmann* war anscheinend schon abgedreht, und es liefen Verhandlungen mit Verleihfirmen, der *Werkstatt*-Film sollte in zwei Tagen gedreht werden, und der *Jägerball* war noch in der Vorplanung. Wenn man sich mal die blöden Titel wegdachte, war es eigentlich sehr spannend. Ich ertappte mich dabei, wie ich schon selber über Titel nachdachte, als das Telefon das erste Mal an diesem Morgen klingelte. »*Big Balls Productions*, Alice Wörthing am Telefon, was kann ich für Sie tun?«, flötete ich ins Telefon. Ganz wie in alten Zeiten. »Hier ist Big Wumba, und ich will sofort Nick sprechen, aber so was von!«, schrie mir ein Mann ins Ohr, anscheinend einer mit Namen Big Wumba. »Tut mir leid, Herr Wumba, Nick ist heute Morgen nicht im Büro, kann er Sie zurückrufen?«

»Könnte er, tut er aber nicht. Sieh zu, dass du deinen Boss an die Strippe kriegst, und sag ihm, Big Wumba ist in einer Stunde bei euch im Büro, und wenn ich dann nicht meine Kohle sehe, gehen die Lichter aus, aber so was von.« Mit diesen Worten knallte er den Hörer auf.

Schon wieder einer, der mir drohte, langsam fiel ich vom Glauben ab. Und ganz bestimmt wollte ich hier nicht mit jemandem namens Big Wumba allein sein, daher rief ich sofort Nick an. Toll, da ging nur die Mailbox dran, was sollte ich denn jetzt bloß machen? Aber – Moment mal – hatte ich nicht einen Bodyguard? Ich traute meiner Schwester zwar immer noch nicht mehr zu, aber zu zweit ist man weniger allein, oder? Also klingelte ich sie aus dem Bett und klärte sie kurz über meine Lage auf. Sie hatte sich anscheinend schon in ihre neue Rolle »hineingefühlt«, denn sie sagte nur in einem merkwürdig abgehackten Tonfall: »Keine Angst, Baby, der Typ ist Geschichte«, und versprach, sich sofort auf den Weg zu machen.

Tatsächlich schaffte sie den Weg in weniger als vierzig Minuten, als sie hereinstürzte, hatte sie eine riesige Handtasche über der Schulter und einen wilden Ausdruck in den Augen, der sogar mir Angst machte. »Was schleppst du denn alles mit dir rum?«, fragte ich sie misstrauisch. »Da ist doch nichts Gefährliches drin, oder?«

»Nur meine Ausrüstung«, antwortete sie und sah sich im Büro um. »Pass auf, wenn dein Big Wumba kommt, mach ihm ganz normal die Tür auf und versuche, ihn zu beruhigen. Wenn dir das nicht gelingt, greife ich ins Geschehen ein, bis dahin agiere ich im Verborgenen«, sagte sie und machte die Klotür hinter sich zu.

Sie greift ins Geschehen ein und agiert im Verborgenen? Woher hatte sie das denn? Trotzdem, ich musste zugeben, es war ein gutes Gefühl, nicht ganz allein zu sein.

Kurz darauf klingelte es schon an der Tür, und ich stand Big Wumba gegenüber – eine Begegnung, die ich nicht unbedingt gebraucht hätte. Er hatte eine Glatze, um die sich eine tätowierte Schlange wand, deren Kopf genau zwischen seinen Augenbrauen endete. Mit Piercings und Tattoos ging es lustig weiter, der Typ sah aus wie der Hauptdarsteller einer Reportage bei *RTL 2*.

»Ey, geile Braut«, tönte er und zog mich mit seinen Blicken aus.

Bääh, ich bekam eine Gänsehaut.

»Haste Nick rangeschafft?«

»Tut mir leid«, erwiderte ich und verkniff mir eine Erwiderung auf die »geile Braut«. »Ich konnte Nick nicht erreichen, aber er wird Sie ganz bestimmt heute Nachmittag zurückrufen.«

»So, wird er das, ja? Ich habe keine Zeit für so einen Scheiß, aber so was von nicht!«, schrie er mich plötzlich an. »Ich krieg von dem Scheißtypen noch 500 Euro, und die will ich jetzt haben, verstehste, jetzt und nicht heute Nachmittag.«

Der Typ war nicht nur hässlich wie die Nacht, sondern auch noch irgendwie bedrohlich. Aber gerade das wollen solche Kameraden natürlich durch ihr Auftreten erreichen, wenn man denen nur ein bisschen Kontra bietet, fällt diese ganze Attitüde von ihnen ab, und sie klemmen den Schwanz ein. Weiß ich aus meinem Selbsthilfe-Ratgeber *Klein war gestern – ab heute behaupte ich mich.*

»Okay, Herr Wumba, das reicht jetzt«, gab ich scharf zurück. »Sie haben gehört, was ich gesagt habe – heute Nachmittag können Sie die Sache mit Nick regeln, und bis dahin lassen Sie mich gefälligst in Ruhe.« Ich setzte noch ein »Aber so was von« hinterher, damit er mich auch verstand, und wartete darauf, dass er den Schwanz einzog.

Aber verdammt, das tat er überhaupt nicht. Wir lasen wohl nicht dieselben Bücher. Er schubste mich zu Boden, schmiss die Rosenvase auf dem Empfangstresen runter und schrie: »Big Wumba will sein Geld, aber so was von!«

Ich rappelte mich hoch und sah gerade noch, wie hinter ihm die Klotür aufging und meine Schwester herauskam – in der Hand die gusseiserne Bratpfanne unserer Mutter. Sie schrie: »Nimm das, du gewalttätiges Schwein!«, und haute ihm mit aller Kraft die Pfanne über den tätowierten Kopf. Es war wie im Film – er stand noch kurz, verdrehte die Augen, taumelte und plumpste dann wie ein Sack Kartoffeln zu Boden. Melinda stellte ganz ruhig die Bratpfanne ab, rieb sich die Hände und grinste mich an: »Na? War das nicht toll? Ich habe euch doch gesagt, dass ich super als Bodyguard bin.«

Ich starrte erst sie an und dann Big Wumba, der irgendwie komisch auf dem Boden lag. Ich guckte noch länger hin, und plötzlich dämmerte mir die Wahrheit. »Scheiße, Melinda, der ist tot. Du hast ihn umgebracht!«, flüsterte ich.

»Hast du sie noch alle?«, kreischte Melinda. »Es stirbt doch keiner durch eine Bratpfanne!«, und stieß Big Wumba mit dem Fuß an. Nichts passierte. Plötzlich wurde auch meine Schwester blass. »Oder? Da kann man doch nicht von sterben, oder?«

»O Scheiße«, wiederholte ich, »der ist tot. O Gott ... Was sollen wir denn jetzt nur machen?«

Melinda war aus härterem Holz geschnitzt als ich. Sie überlegte kurz, dann sprang sie auf mich zu, zerriss meine Bluse und kratzte mir mit ihren langen Fingernägeln eine Riesenschramme ins Gesicht.

»Spinnst du?«, schrie ich. »Bist du jetzt völlig bekloppt? Ich blute, was sollte das denn?«

»Beruhig dich, und denk doch mal nach. Du hast in Notwehr gehandelt, das Schwein kam hier rein, hat dich angegriffen und wollte dich vergewaltigen. Tja, und daraufhin hast du dich nur gewehrt, kapiert?«

Mir fehlten die Worte. So hatte ich mir meinen ersten Arbeitstag nicht vorgestellt, mit einer Leiche am Empfang und einem entstellten Gesicht.

Während ich noch wie erstarrt dastand und zuschaute, wie Blutstropfen von meiner Wange auf meine zerrissene Bluse tropften, ertönte plötzlich ein gruseliges Stöhnen zu meinen Füßen. Ich sprang entsetzt zur Seite und sah, wie sich unser Big-Wumba-Freund bewegte. Er griff sich an den Kopf und setzte sich langsam auf. Anscheinend starb man wirklich nicht an dem Schlag mit einer Bratpfanne. Er guckte sich verwirrt um, zog sich am Tresen hoch und nuschelte mit gebrochener Stimme: »Mir ist nicht gut. Ich komm ein andermal wieder«, und verschwand tatsächlich aus der Tür.

Melinda und ich sahen uns an. »Hab ich doch gleich gesagt, dass der nicht tot ist. Immer weißt du alles besser. Das hast du jetzt davon«, sagte sie und zeigte auf meine zerkratzte Wange. »Na ja, lass es dir eine Lehre sein, ich muss jetzt weiter.«

Auch Melinda verschwand, und ich kam mir vor wie bei *Verstehen Sie Spaß*, nur dass ich ebenjenen in diesem Fall absolut nicht verstand. In der Toilette guckte ich in den Spiegel und wischte mir das Blut aus dem Gesicht. Es war vielleicht schräg gewesen in der Versicherungsagentur von Herrn Eckel, aber so was wäre mir da bestimmt nicht passiert. Meine Bluse war hinüber, ich zog die Reste aus und stopfte sie in meine Tasche. Also nur die Kostümjacke, auch wenn die jetzt zugeknöpft werden musste und ich kaum mehr atmen konnte. Ich versuchte, so gut es ging, die Schramme mit Make-up zu bedecken, und begab mich wieder an meinen Schreibtisch. Bis Nick gegen vier wiederkam, würde ich mich nicht nur schon etwas beruhigt, sondern sogar alle Unterlagen durchgesehen und mir einen Überblick verschafft haben.

»Alice, was ist denn mit deinem Gesicht passiert? Hast du dich verletzt?«, fragte Nick mich gleich als Erstes, als er wieder in die Firma kam.

Für einen Moment überlegte ich, ob ich ihm das alles genau erklären sollte, aber ihm zu verklickern, wieso aus meiner Schwester erst mein Bodyguard und dann mein schlimmster Albtraum geworden ist, würde wohl zu weit führen. Also behauptete ich nur, mir aus Versehen den Tacker gegen die Wange gestoßen zu haben, und sagte, dass ein Big Wumba hier gewesen war und morgen wiederkommen würde. Wenn der Nick gegenüber behaupten würde, eine zweite Frau hätte ihn hier mit einer Bratpfanne niedergeschlagen, würde ich nur hinter seinem Rücken die Augen verdrehen und Nick zuflüstern: »Nimmt der Drogen, oder hat der einfach so Halluzinationen?« Guter Plan.

Nick überlegte. »Big Wumba? Wie sah der denn aus?« Ich gab wohl eine treffende Beschreibung, denn nun grinste Nick: »Ach, Hänger-Wumba, der sollte mal bei einer Produktion mitmachen, aber ihm fehlte, na ja, sagen wir mal, ihm fehlte es an Standvermögen … Was wollte er denn?«

»Na ja, eigentlich wollte er 500 Euro haben«, erwiderte ich.

»500 Euro für was? Dafür, dass der Kerl uns einen ganzen Drehtag versaut hat? Ich rede nachher mit ihm, dann wird der hier sicher nicht wieder auftauchen.«

Gott sei Dank, auf eine zweite Begegnung konnte ich nämlich wirklich verzichten. Anschließend gingen wir noch die Arbeit der nächsten Tage durch, und dann war mein erster Arbeitstag zu Ende. Ich hoffte nur, dass es in den nächsten Tagen etwas ruhiger zugehen würde.

Vor dem Abendessen erwischte ich noch Melinda auf der Treppe. »Glaub ja nicht, dass ich das vergessen werde. Ich bekomme eine neue Bluse von dir, und du kannst dir jemand anderen suchen, auf den du aufpasst. Wer dich als Bodyguard hat, der braucht keine fremden Attentäter mehr.«

»Vergiss es«, gab meine liebe Schwester zurück. »Das läuft alles so weiter, oder soll ich gleich Mama sagen, was wirklich heute passiert ist und für welche Firma du in Wahrheit arbeitest?«

Verdammt. Warum hatte ich sie bloß eingeweiht, ich hätte sie mir doch bestimmt auch anders vom Hals halten können! Nun wurde ich sie nicht mehr los.

Mein Vater saß schon am Tisch, während meine Mutter Koteletts auf die Teller verteilte und hochschaute, als wir hereinkamen. »Alice«, rief sie erschrocken, »was ist denn mit dir passiert? Wie sieht denn deine Wange aus?«

»Ja«, sagte Melinda, »das würde ich auch gern wissen, sieht ja übel aus.«

Irgendwann bringe ich sie um. »Ach, das sieht schlimmer aus, als es ist, ich bin mit einem Tacker zusammengestoßen, ist das nicht komisch?«, antwortete ich und brachte noch ein »hahaha« zustande.

»Ein Tacker?«, fragte meine Mutter. »Wirklich? Du verschweigst uns doch nichts, oder? Dich hat doch niemand angegriffen, während du Missstände aufgedeckt hast, oder?«

»Natürlich nicht«, sagte ich gereizt, »ich war in Gedanken und hab mir aus Versehen einen Tacker an die Wange gehauen, das ist alles.« Um meine Mutter von mir abzulenken, mäkelte ich an den Koteletts rum: »Die schmecken irgendwie angebrannt, hast du die zu lange in der Pfanne gelassen?«

Meine Mutter schaute mich empört an. »Ich weiß ja wohl, wie man Koteletts brät, die sind genau richtig. Außerdem mache ich die immer in meiner Spezialpfanne, da kann gar nichts anbrennen.« Dabei zeigte sie auf die mir sehr bekannte gusseiserne Pfanne.

Iiiiihhhh. Melinda und ich schauten uns an und waren auf einmal ganz einer Meinung. »Also, tut mir leid, ich finde, die schmecken trotzdem angebrannt, ich kann das nicht essen«, gab ich mutig zurück.

»Ja«, sagte Melinda, »das geht mir genauso, weißt du nicht, dass man von verbranntem Fleisch Krebs kriegen kann? Alice und ich müssen jetzt sowieso noch mal weg, wir sehen uns später.«

Noch im Vorgarten hörten wir unsere Mutter über undankbare Töchter und deren schlechtes Benehmen lamentieren, aber darauf konnten wir jetzt keine Rücksicht nehmen. Ich wollte einfach keine Koteletts aus der Pfanne essen, die noch vor ein paar Stunden auf Big Wumbas Glatze gelegen hatte.

Während Melinda sich auf eine ihrer nächtlichen Club-Touren begab, ging ich leise zurück in mein Zimmer und fiel ins Bett. Arbeitstage können ganz schön anstrengend sein. Mitten in der Nacht wachte ich auf, weil mein Handy klingelte. Der Wecker zeigte 4:10 Uhr morgens – das konnte nichts Gutes bedeuten. Ich nuschelte: »Nja, was isch?« – und war auf einmal hellwach. Denn die Stimme, die mir gerade ins Ohr flüsterte: »Alice, ich brauche deine Hilfe!«, gehörte keinem anderen als Simon.

»Simon? Bist du das? Was ist denn los mit dir, hier suchen dich alle, auch die Polizei.«

»Hör zu, Alice, ich kann das alles erklären, es ist nicht so, wie es aussieht.« – Dieser Satz ist, glaube ich, im Gen-Code aller Männer verankert. »Du musst dich mit mir treffen, allein komme ich aus dieser Sache nicht raus.«

Ich wusste überhaupt nicht, was ich davon halten sollte, andererseits war ich auch mehr als neugierig. »Ja, okay, wann und wo denn?«

»Komm bitte Freitagnacht um halb eins ins Industriegebiet, wir treffen uns vor dem Baumarkt. Ich muss jetzt Schluss machen, bis dann.«

Ach du Schreck, war das nicht ein bisschen gruselig? Aber klar, so ein Mann auf der Flucht kann sich wohl nicht am helllichten Tag in der Innenstadt verabreden, verstehe schon. Ich versuchte, wieder einzuschlafen, aber es hatte keinen Sinn. Die ganze Zeit zerbrach ich mir den Kopf darüber, was Simon wohl von mir wollte. Na schön, dann stand ich eben mal vor fünf Uhr früh auf, dann hatte ich wenigstens genug Zeit, um mein lädiertes Gesicht ordentlich abzudecken.

So kam es, dass ich schon um acht Uhr an meinem Schreibtisch saß und mich in die Abrechnungen hineinfuchste. In diesem Gewerbe hatte die Gleichberechtigung voll zugeschlagen, hier arbeiteten die Männer für weniger Geld als die Frauen. Ich war überrascht, was man mit so einem Film verdienen konnte. Die Hausfrau, die vom Weihnachtsmann beschert wurde, erhielt für diese »Bescherung« tatsächlich 2.500 Euro. Was ich allerdings nicht verstand, war, warum der Weihnachtsmann nur 600 Euro bekam – machte der nicht die ganze Arbeit? Ich sollte mir mal einige dieser Filme angucken, dann würde ich der Sache vielleicht auf den Grund kommen.

Nick kam gegen zehn und wollte unbedingt mit mir über den *Werkstatt*-Film reden. »Wir haben immer noch keine passende Location. Hast du da vielleicht eine Idee? Uns läuft die Zeit weg. Wir haben Dolores gebucht, und die ist sehr gefragt in unserer Branche, das heißt, wir können den Dreh nicht verschieben.«

In mir keimte eine Idee, aber das war doch absoluter Schwachsinn. So blöd konnte doch nicht mal ich sein, oder? Scheinbar doch.

»Tja, ich wüsste da was, eine Klempner-Werkstatt Richtung Industriegebiet. Allerdings könnte da nur nach neunzehn Uhr gedreht werden, aber vielleicht wäre das trotzdem was?«

»Das wäre ja super, und Nachtdreh ist überhaupt kein Problem, machen wir oft so. Alice, du Süße, du bist meine Rettung!«, antwortete Nick – und gab mir einen Kuss auf die heile Wange.

Wenn das der Preis für die Werkstatt meines Vaters war, würde ich ihn immer wieder bezahlen. Ich hatte weiche Knie und das nur von einem harmlosen Kuss auf die Wange. Aber Nick war ja auch so süß!

»Leier das bitte gleich heute noch an, und hol dir das Okay vom Eigentümer, ich bin in meinem Büro«, – und weg war er. Das Okay vom Eigentümer, alles klar. Ich sah direkt das Gesicht meines Vaters vor mir, wenn ich ihm die Einwilligungserklärung einer Firma namens *Big Balls* für einen Pornodreh in seinem Laden vorlegen würde. Der arme Mann würde auf der Stelle einen Herzinfarkt bekommen. Aber, redete ich mir ein, er würde ja gar nichts davon mitbekommen, schließlich war er jeden Abend allerspätestens um halb sechs zu Hause und morgens frühestens gegen sieben wieder da. Ein guter Plan.

Später am Tag lernte ich den Buchhalter Jürgen kennen. Und, was sollte ich sagen, er erfüllte alle Klischees. Die Haare waren ganz komisch gescheitelt und, wirklich wahr, er trug eine braune Cordhose.

Ohne eine Miene zu verziehen, gab er mir die Hand. »Ich bin Jürgen. Es ist sehr wichtig, dass hier immer alles ordentlich ist, also richte bitte, besonders in der Küche, kein Chaos an. Ich habe ein System entwickelt, das kann ich dir jetzt zeigen.«

Na, da war ich aber gespannt. Ich folgte ihm in die Küche, wo er zuerst den Kühlschrank aufzog. Die strahlende Sauberkeit verursachte bei mir fast Blindheit. »Das dritte Fach ist noch frei, da kannst du deine Sachen hineinstellen.« Er machte den Kühlschrank wieder zu, und meine Augen versuchten, sich zu erholen. Auf der gegenüberliegenden Seite waren Hängeschränke angebracht.

»Wie du siehst, stehen die Tassen und Teller alle auf dem Kopf. Das ist wichtig, damit keine Keime reinkommen. Und wenn du Geschirr benutzt, musst du es sofort nach Benutzung wieder abwaschen und genau so wieder in die Schränke räumen.«

Ich sah ihn erst mit großen Augen an, und dann lachte ich. »Ah, verstehe, das ist hier so die Antrittsverarsche, stimmt's? So wie man in einer Werkstatt immer dem Meister irgendein Gerät holen soll, das es gar nicht gibt. Sehr witzig.«

Jürgen guckte mich nur unbewegt an. »Nein, das ist natürlich kein Witz, und ich wüsste auch nicht, was daran lustig sein sollte. Das Leben ist sehr viel einfacher, wenn man Ordnung hält.«

Ah ja. Er meinte es also wirklich ernst! Ich schluckte einen zickigen Kommentar hinunter, schließlich wollte ich es mir bei unserer ersten Begegnung nicht gleich ganz mit ihm verderben, darum sagte ich nur: »Verstehe, dann werde ich mir also Mühe geben, dein System zu beachten«, und ging schnell wieder zu meinem Schreibtisch zurück. Der Mann war mir ziemlich suspekt.

Den ganzen nächsten Tag dachte ich darüber nach, ob ich Melinda in die Werkstattgeschichte einweihen sollte, damit sie mir im Notfall Rückendeckung geben konnte, aber letztendlich entschied ich mich dagegen. Sie konnte einfach ihren Mund nicht halten. Es war sowieso eine Riesenleistung von ihr, dass sie sich bis jetzt nicht über meinen wahren Beruf verplappert hatte.

Am Drehtag sollte ich tagsüber frei haben, was mich erst freute. Allerdings nur so lange, bis Nick mir sagte: »Wir sehen uns dann morgen Abend um sieben in der Werkstatt.«

Wie – ich sollte dabei sein? So hatte ich mir das nicht vorgestellt. Ich guckte wohl sehr entsetzt, denn er versuchte sofort, mich zu beruhigen. »Hör zu, da passiert nichts Schlimmes, und du musst auch nur so lange da sein, bis wir mit dem Dreh anfangen. Ich brauche dich da, weil du den Bürokram vorher mit den Leuten abwickeln musst, okay?«

Tja, was sollte ich sagen, Job ist Job, oder? »Alles klar«, antwortete ich cool, »hab ich kein Problem mit.«

Ich hatte einen netten freien Tag, von dem ich den Großteil beim Friseur und im Kosmetikstudio verbrachte. Und da ich es wunderbarerweise geschafft hatte, zwei Kilo abzunehmen, kaufte ich mir gleich noch ein solides Businessoutfit. Schließlich wollte ich am Abend gleich klarstellen, auf welcher Seite ich stand. Nachmittags nahm ich mir den Zweitschlüssel für die Werkstatt meines Vaters aus dem Schlüsselkasten. Alles kein Problem. Auch meine Mutter war beruhigt, nachdem ich ihr erklärt hatte, dass ich zu einem Nachteinsatz musste, aber die ganze Zeit von Männern aus meiner Firma umgeben sein würde. Was ja noch nicht mal gelogen war.

Ich hatte Nick schon vorher gesagt, dass der Eigentümer sehr auf Diskretion bedacht wäre und deshalb der Lieferwagen mit den Scheinwerfern und was man sonst so alles brauchte, unbedingt auf dem Hinterhof geparkt werden musste. Dies galt auch für die Autos der Darsteller. Also fühlte ich mich ganz auf der sicheren Seite.

Die Crew bestand aus einem Kameramann, seinem Assistenten, zwei männlichen Darstellern und der viel gefragten Dolores. Ich schloss ihnen das Tor auf, und sie rollten Richtung Hinterhof. Auch Nick fuhr mit seiner *C-Klasse* auf den Hof, und ich schaute verliebt seinem Hinterkopf hinterher.

In kürzester Zeit war der Set aufgebaut – Papas Laden erstrahlte in hellstem Licht. Gut, dass seine Nachbarn ihre Firmen ebenfalls schon geschlossen hatten. Ich saß in seinem kleinen Büro und hoffte, hier bald fertig zu sein, so ganz wohl fühlte ich mich bei der Sache nicht. Aber ich musste wohl noch etwas ausharren, denn ich sollte ja noch den Papierkram erledigen. Da stürmte plötzlich Dolores in »mein« Büro, leider bereits in Arbeitskleidung, also – bis auf einen hinter ihr herflatternden Satinumhang – splitternackt. »So jeht dat nich, so mach ich dat nich mit!«, informierte sie mich in schönstem Ruhrpott-Deutsch. »Ich leg mich doch nich auf so eine verwarzte Werkstattbank, da hol ich mir ja sonst wat.«

Ich wollte gerade erwidern, dass mein Vater sehr auf Ordnung bedacht war und sie sich eher von ihren Mitstreitern etwas holen könnte als von Papas Werkbank. Aber dann fiel mir ein, dass der wahre Eigentümer dieser Immobilie wohl besser ungenannt bleiben sollte.

»Oh, das kann ich verstehen«, beeilte ich mich, ihr zuzustimmen, »das ist ja wirklich eine Zumutung. Ich hol Ihnen gleich eine Decke aus meinem Auto, und die tun wir dann darüber, okay?«

»Jo, dat ginge wohl, denk ich mal. Wenn die sauber ist?«

Würde ich mal von ausgehen, dass meine Mutter keine dreckigen Decken in ihrem Auto liegen hat. Aber auch das behielt ich besser für mich und beruhigte sie nur damit, dass die ganz bestimmt sauber war.

»Na, denn mach ich mich jetzt mal fertig, wa?«, informierte sie mich und setzte sich an den Schreibtisch. »Mann, wo ist denn der Spiegel? Bist du überhaupt neu hier, ich kenn dich gar nicht.«

»Äh ja, ich bin Alice und neu, und was für einen Spiegel brauchst du?«, fragte ich sie vorsichtig. Meinte sie so einen, den man auf den Tisch legt und von dem man Kokain schnupft?

Sie guckte mich an, als wäre ich etwas zurückgeblieben. »Mann, den Schminkspiegel natürlich, ich geh doch nicht ungeschminkt vor 'ne Kamera.«

Puh. Ich dachte schon … Man mag mich für engstirnig halten, aber die Räume meines Vaters in eine Pornobude zu verwandeln ist eine Sache, daraus aber einen Drogenschuppen zu machen eine ganz andere. Ich ging zum Lieferwagen, in dem sich nur ein Handspiegel befand. Wahrscheinlich guckte mein Vater damit in Rohre …

»Den musst du mir aber halten«, forderte sie mich auf. Während sie das Make-up spachtelweise auftrug, fragte ich sie vorsichtig etwas über ihren Job aus.

»Wie lange machst du denn schon bei solchen Filmen mit?«, wollte ich wissen.

»Keine Ahnung, sind schon ein paar Jahre zusammengekommen, weißt ja, wie das läuft.«

»Äh, nein, eher nicht, also ich bin nur Nicks Assistentin im Büro, ich spiele nicht in den Filmen mit«, machte ich deutlich.

»Nicks Assistentin, hm? Das ist ein lecker Typ, oder? Dem würde ich auch gerne mal assistieren, aber der fängt nie was mit Schauspielern an, hat er mal erzählt.«

Das hörte ich gern.

Der »lecker Typ« rief von draußen nach Dolores, und sie beendete schnell ihre Verschönerungsmaßnahmen.

»War nett, dich kennengelernt zu haben, ich muss jetzt raus. Man sieht sich!«, rief sie mir im Hinausgehen zu. »Ach, und denk an die Decke.«

Als ich mit der Decke zurückkam, waren auch ihre beiden Kollegen einsatzbereit, und ich warf Nick einen flehenden Blick zu.

»Alice, du kannst jetzt gehen, die Abrechnung hat Zeit bis morgen im Büro. Und noch mal vielen Dank, diese Werkstatt ist wirklich authentisch.«

»Aber gerne doch, das gehört schließlich zu meinem

Job«, flötete ich, setzte noch ein verheißungsvolles »Bis morgen« hinterher und fuhr vom Hof. Gerade als ich ein »Puh, ist doch alles gut gelaufen« ausstieß, sah ich etwas aus dem Augenwinkel, das mir den kalten Angstschweiß auf die Stirn trieb. O bitte, das konnte doch nicht wahr sein! Von rechts kam ein Auto an die Ampel gefahren, das ich nur zu gut kannte – ein dunkelroter VW-Bus mit weißer Beschriftung – »Wörthings Klempnerbetrieb« ... Nie, nie, wirklich nie fuhr mein Vater abends noch in den Laden, was also sollte das jetzt? Während ich noch fieberhaft überlegte, was ich bloß tun sollte, hatte mein Vater grün und bog in die Straße zur Werkstatt ein. Mir blieb keine Zeit zum Überlegen. Ich gab Gas und riss das Lenkrad nach links, um das Auto meines Vaters leicht zu touchieren. Allerdings hatte ich wohl die Kraft, die so ein Auto hat, unterschätzt – ich rammte dem armen VW den halben Kühlergrill weg, und das kleine Auto meiner Mutter hatte fast keine Motorhaube mehr. Aber zum Glück war uns nichts passiert, ich stieg mit zitternden Knien aus und tat überrascht, meinen Vater aus dem VW klettern zu sehen.

»Papa? O mein Gott, was machst du denn hier, ist dir was passiert?«

Zunächst einmal würdigte mich mein Vater keines Blickes, sondern ging nur um die beiden Autos herum und sah sich den Schaden an. Erst danach war ich dran: »Alice. Erklär mir auf der Stelle, was das soll! Du hast mich regelrecht gerammt!«

»Papa, erzähl doch keinen Unsinn. Du stehst ja unter Schock. Ich hab dich doch gar nicht gesehen. Ich wollte nur umkehren, und plötzlich hat es gekracht.«

»Du hast mich gerammt«, beharrte er auf seiner Meinung.

Blieb nur Plan B – ich fing an zu heulen. »Wie kannst

du nur so was sagen?«, schluchzte ich. »Was habe ich dir getan, dass du mir so was zutraust? Meinen eigenen Vater anzufahren.« Nun heulte ich wirklich, denn was für ein Mensch tut so etwas, ihm hätte ja wirklich was passieren können. Wie tief war ich bloß gesunken?

»Hm, na ja, nun«, murmelte mein Vater, »vielleicht habe ich mich ja auch geirrt, nun weine nicht mehr, ist ja gut. Das Auto deiner Mutter ist nicht mehr fahrtüchtig, wir schieben es zur Seite, und dann lass ich es morgen in die Autowerkstatt schleppen. Meiner fährt noch, das reicht auch, wenn der morgen zur Reparatur kommt. Wird schon werden«, sagte er nun deutlich ruhiger. Mein Geheule hörte sich wohl ziemlich schaurig an.

»Steig in den VW, wir fahren nur kurz in den Betrieb, Melinda hat mich gebeten, ihr eine Saugglocke aus dem Lager zu holen. Frag mich nicht, was sie damit will. Danach fahren wir nach Hause und bringen deiner Mutter schonend bei, dass ihr Auto einen Unfall hatte.«

In die Werkstatt? Nein, das ging auf gar keinen Fall, das konnte ich nicht zulassen! Also fing ich wieder an zu heulen, nur diesmal noch lauter. »Melinda, Melinda, immer dreht sich alles um Melinda. Ihr hast du immer Erdbeereis gekauft und mir nur Vanille«, heulte ich.

»Ja, aber du mochtest doch Vanille«, antwortete mein Vater ratlos.

»Nein, mochte ich nicht, ich habe Vanille gehasst. Aber dir war das ja egal, Hauptsache, Melinda hatte ihr Erdbeereis. Und sie durfte im Zirkus das weiße Pony reiten und ich nur das doofe braune, glaub ja nicht, dass ich das vergessen hätte.«

»Ach, Alice«, seufzte mein Vater, »ich weiß gar nicht, was mit dir los ist, und ich erinnere mich an keine Ponys. Ich glaube, du bist ganz durcheinander wegen des Unfalls.«

»Ja«, schniefte ich, »das bin ich auch. Aber statt mich nach Hause zu bringen, wo ich mich von dem Schock erholen könnte, müssen wir erst noch Melindas blöde Saugglocke holen.«

»Ich weiß nicht, was wir falsch gemacht haben mit euch beiden«, schüttelte mein Vater seinen Kopf. »Ich verstehe das alles nicht. Wärst du zufrieden, wenn wir jetzt direkt nach Hause fahren und nicht die Saugglocke holen? Hörst du dann auf zu weinen?«

Und ob ich dann zufrieden wäre. »Ja, Papa, das ist gut. Nach Hause, ich will nur nach Hause.« Ich verkniff mir den Zusatz »nach Tara« und stieg ein. Du meine Güte, diese ganzen Lügengeschichten werden mich um Jahrzehnte altern lassen, da wird auch keine Pflegelinie mehr etwas dran ändern können.

Zu Hause überließ ich es meinem Vater, meiner Mutter beizubringen, dass ihr Auto kaputt und ihre Tochter bekloppt war, und flüchtete in mein Zimmer. Das Küsschen auf die Wange, das ich mir von Nick für die Bereitstellung von Papas Werkstatt eingehandelt hatte, machte wohl doch nicht alles wett. Es war eine saublöde Idee gewesen, das musste sogar ich mittlerweile einsehen.

Am Freitagabend saß ich rastlos in meinem Zimmer und grübelte über mein Treffen mit Simon nach. Die wichtigste Frage war natürlich: Was um alles in der Welt ziehe ich an? Und auch nicht ganz unwichtig: Sollte ich wirklich nachts um halb eins alleine in ein dunkles, verlassenes Gewerbegebiet fahren? Es könnte ja auch eine Falle sein. Womöglich hatte der dicke Belgier Simon ja inzwischen selbst gefunden und ihn gezwungen, mich dorthin zu bestellen, aus Rache oder so? Vielleicht könnte ich Nick fragen, ob er mit mir essen gehen will und danach einen kleinen Spaziergang durchs Gewerbegebiet vorschlagen? Aber dann dachte er bestimmt, ich wäre eine von diesen Perversen, die sich nachts mit Gleichgesinnten auf verlassenen Plätzen treffen, um es da mit wer weiß wem zu treiben. Nee, so sollte er nicht von mir denken. Britt wäre eine gute Wahl, um mich zu begleiten, aber die saß immer noch maulend auf Mallorca. Also lief es mal wieder auf Melinda raus. Zwar brauchte man keine Feinde mehr, wenn man sie als Bodyguard hatte, aber sonst fiel mir niemand ein. Überraschenderweise war sie begeistert: »Klasse, den Schleimer machen wir fertig. Mamas Bratpfanne brauchen wir auch nicht mehr, ich habe mir eine professionelle Ausrüstung zugelegt.«

Ich versuchte ihr klarzumachen, dass ich mit Simon reden und ihm nicht einen mit was auch immer überziehen wollte, aber sie hörte schon nicht mehr zu, sondern machte ein paar Kung-Fu-Bewegungen und schrie dazu mit gellender Stimme: »Hoyaa – du Schwein bist Geschichte!«

Äh ja. Um Melinda würde ich mich später wohl auch mal kümmern müssen. Aber jetzt brauchte ich erstmal ein passendes Outfit. Unsere Meinungen darüber, was »passend« war, lagen allerdings weit auseinander. »Ich will mich nicht zu sehr aufbrezeln, das wirkt ja so, als wollte ich ihn wiederhaben«, gab ich zu bedenken.

»Willst du doch auch. Kann ich zwar nicht verstehen, aber bitte, es ist dein Leben. Dann müssen wir dich aber richtig scharf anziehen, damit er merkt, was er an dir hatte. Wenn du in deinen üblichen langweiligen Klamotten vor ihm stehst, fragt der sich doch nur, warum er dich nicht viel früher gegen 'ne geilere Schnitte eingetauscht hat.«

Hm, da könnte sie sogar recht haben. »Okay«, sagte ich zu ihr, »das kann vermutlich nicht schaden. Aber lass uns erstmal gucken, ob wir hier irgendwo was zu trinken finden, nüchtern steh ich das nicht durch.«

Melinda grinste: »In der Hausbar steht nur eine angegammelte Flasche Sherry und eine halbe Flasche Eierlikör, aber ich weiß, wo sie die guten Sachen verstecken, komm mit.«

Zum Glück hatten unsere Eltern ihren Kegelabend, so blieb ihnen der Anblick ihrer Töchter erspart, die wie Diebe in den Keller schlichen und, nachdem sie zahlreiche Konserven mit eingelegtem Gemüse beiseitegeschoben hatten, triumphierend mit einer Literflasche Wodka wieder hochkamen. Nachdem ich drei große Gläser mit viel Wodka und wenig Orangensaft intus hatte, wusste ich überhaupt nicht mehr, warum ich jemals vor diesem Treffen Angst gehabt hatte. Das war doch alles wunderbar, ich würde meinen Simon wiedertreffen, ich, die Einzige, an die er sich in seiner unverschuldeten Not wenden konnte. Und ich sah richtig heiß aus, zumindest nahm ich das an, denn mein Spiegelbild wirkte merkwürdig verschwommen. Ich kniff die Augen zusammen und versuchte, mich zu konzentrieren. War ich das da im Spiegel? Die Frau mit den schwarzen Overknee-Stiefeln, dem kurzen Rock und dem Top, das bei einem tiefen Atemzug bestimmt platzen würde? Ich wusste genau, dass ich irgendeiner Frau verdammt ähnlich sah, aber ich kam einfach nicht drauf, welcher. »Melinda«, nuschelte ich, »ist das wirklich heiß? Seh ich nich komisch aus?«

»Hör doch endlich mal mit dieser ständigen Verhuschtheit auf«, blaffte sie mich an, »wir leben nicht mehr in den Fünfzigern, trau dich doch mal was, zeig, was du hast. Ist echt heiß.«

Cool. Wenn meine Schwester mich schon heiß fand,

wie würde es dann erst Simon gehen? Ich stürzte noch einen Wodka runter, und wir machten uns auf den Weg. Zwar mussten wir den Lieferwagen nehmen, und Melindas Fahrstil ließ sich vielleicht als etwas unbeholfen beschreiben, aber das war mir alles egal. Simon, mein Engel, ich komme, dich zu retten.

Es war kurz nach Mitternacht, als wir im Gewerbegebiet ankamen. Buuh, das war ja echt gruselig. Total finster, nur an den Ecken brannten schwache Straßenlaternen. Aber ich würde mich nicht abschrecken lassen, ich hatte eine Mission.

»Ihr trefft euch vor dem Baumarkt, hast du gesagt?«, störte Melinda meine Fantasie, in der ich gerade zu Batgirl mutierte.

»Baumarkt, jawoll, Baumarkt ist die Bat-Case.«

»Meine Güte, kann es sein, dass du nicht viel verträgst? Du bist ja total blau. Aber egal, das kriegen wir schon hin. Pass auf, ich parke da vorne vor diesem Ein-Euro-Laden, und du gehst das Stück zum Baumarkt allein, er soll ja schließlich nicht wissen, dass ich mit von der Partie bin. Ich habe dir eine kleine Taschenlampe in deine Handtasche getan, wenn du Hilfe brauchst, blinkst du einfach dreimal, und ich komme, okay?«

»Das isch okay, du bischt 'ne tolle Schwester, weissu das?«, ließ ich sie wissen und torkelte um die nächste Ecke. Ich versuchte, auf den mörderisch hohen Absätzen die Balance zu halten und mich mental auf Simon vorzubereiten. Ich war so konzentriert, dass ich das Auto, das wohl schon länger neben mir war, erst hörte, als es neben mir hielt. Darin saßen zwei knackige Kerle, die mich interessiert musterten. Ich guckte interessiert zurück – man musste sich immer alle Optionen offenhalten. Der Beifahrer ließ das Fenster herunter und winkte mich ans Auto: »Na, Hübsche, bist du auf der Suche nach einem Freund?«

Erstaunt sah ich ihn an. Woher wusste er, dass ich Simon suchte? Ha, das war bestimmt das Codewort, die Männer gehörten zu Simon.

»Und ob, ihr Süßen«, kicherte ich, »sogar nach einem ganz speziellen, wenn ihr wisst, was ich meine.«

»Ich bin nicht ganz sicher«, sagte der Schnuckel, »meinst du so einen Freund, dem du einen ganz speziellen Dienst erweist?«

Na, und ob ich das tue, ich würde schließlich nicht für jeden nachts im Gewerbegebiet rumlaufen.

»O ja«, antwortete ich und musste schon wieder kichern, »das ist sehr, sehr speziell.«

Bevor ich noch dazu kam, die beiden zu bitten, mich jetzt zu Simon zu bringen, sprangen sie fast gleichzeitig aus dem Auto, an das sie mich nicht mal eine Sekunde später schmerzhaft pressten.

»Polizei!«, riefen sie. »Sie sind festgenommen wegen Prostitution im Sperrbezirk. Sie haben das Recht zu schweigen …«, und noch einiges anderes hauten sie mir um die Ohren. Ich wurde ganz schnell wieder fast nüchtern. Das durfte doch nicht wahr sein.

»Bitte«, heulte ich los, »das ist ein Riesenmissverständnis. Ich bin keine Prostituierte, dafür wäre ich gar nicht geeignet, ganz bestimmt nicht.«

Die beiden grinsten nur, lockerten aber wenigstens ihren Griff. »Ihren Ausweis, bitte.«

Ich öffnete meine Handtasche und reichte den beiden meinen Ausweis. Da fiel mein Blick auf die Taschenlampe – Melinda. Sie könnte alles erklären. Ich riss die Lampe raus und schaffte es, zweimal zu blinken, bevor ich schon wieder ans Auto gestoßen wurde.

»Was soll das denn, wen wollen Sie denn damit warnen?«

Langsam wurde ich sauer. »Hören Sie mal, jetzt langt es aber. Das ist ein Zeichen für meine Schwester, die wartet dahinten auf mich, weil ich mich hier mit meinem Freund treffen wollte und mich allein nicht getraut habe. Ich bin doch keine Bordsteinschwalbe!« Ich blickte die beiden triumphierend an: »Sehen Sie? Da, der Lieferwagen, an dem gerade die Lichter angehen, das ist sie, und wenn Sie mir schon nicht glauben, wird Melinda Ihnen bestätigen, dass hier alles völlig harmlos ist.«

Die beiden guckten mich irgendwie mitleidig an. »Tja, das sieht nicht so aus, oder? Es scheint eher so, als ob sich da gerade jemand aus dem Staub macht.«

Ungläubig sah ich zu, wie sich der Lieferwagen in hohem Tempo entfernte. Das konnte sie doch nicht machen, die konnte mich doch hier nicht so einfach stehen lassen!

»So«, meldete sich der eine Polizist wieder zu Wort, »Ihrem Zuhälter ist das Pflaster wohl zu heiß geworden. Je eher Sie lernen, dass man sich auf diese Männer nicht verlassen kann, umso besser für Sie. Und jetzt begleiten Sie uns bitte auf die Wache.«

Heulend saß ich auf dem Rücksitz und fragte mich zum hundertsten Mal, wie aus meinem geordneten Leben so ein Chaos werden konnte. Bevor ich darauf eine Antwort finden konnte, waren wir schon an einer Polizeiwache angekommen, und die beiden schoben mich rein. »Name Alice Wörthing, aufgegriffen im Gewerbegebiet, als sie sich uns angeboten hat. Übernehmt ihr, wir müssen wieder los«, hörte ich sie noch sagen, als ich schon in eine miefige Kammer gebracht wurde. Das war bestimmt ein Verhörzimmer, und diesmal konnte meine Mutter mir ganz bestimmt nicht helfen. Ich überlegte fieberhaft – hatte ich nicht das Recht auf einen Anwalt? Das war wohl so, bloß, der einzige Anwalt, den ich kannte, war der verknöcherte Dr. Meisel, der für meinen Vater säumige Kunden mahnte. Aber ich hatte auf alle Fälle das Recht auf einen Anruf, da war ich mir ganz sicher. Als eine Beamtin hereinkam und sich mir gegenübersetzte, ließ ich sie gar nicht erst zu Wort kommen: »Hören Sie, ich kenne meine Rechte.« Verdammt, das hörte sich ja an, als ob ich nicht zum ersten Mal wegen Prostitution festgenommen worden wäre. »Nein, vergessen Sie das, ich kenne meine Rechte natürlich nicht, aber das sagen sie immer in Filmen. Jedenfalls, ich darf einen Anruf machen, oder? Vorher sag ich nämlich gar nichts.«

Die Beamtin seufzte. »Das ist richtig, Sie dürfen jemanden anrufen, aber ist das wirklich nötig? Der Sachverhalt ist doch wohl eindeutig.«

»O nein, das ist er gar nicht. Ich will jetzt telefonieren.«

Tatsächlich schob sie mir das Telefon rüber. Lieber hätte ich mir einen Weisheitszahn ohne Betäubung ziehen lassen, aber dieses Gespräch war meine einzige Chance, hier herauszukommen. Ich wählte und atmete tief durch, als nach dreimaligem Klingeln der Hörer abgenommen wurde.

»Nick? Hier ist Alice. Wo warst du denn, du Mistkerl? Wegen dir sitze ich jetzt auf der Wache in der Behringstraße, und die halten mich hier für eine Nutte, nur weil du mal was Neues ausprobieren wolltest!«

»Alice? Bist du betrunken? Ich komme nicht ganz mit.«

»Jaja«, gab ich zurück, »deine Entschuldigung kannst du dir jetzt auch schon sparen, komm lieber auf die Wache, und erklär den Leuten hier, dass das alles deine Schuld ist«, giftete ich und legte den Hörer auf.

»So«, sagte ich zu der Beamtin mir gegenüber, »mein Verlobter kommt gleich, und dann wird Ihnen das alles ganz schrecklich leidtun, aber dann ist es zu spät.«

Sie sah mich leicht verwirrt an und sagte: »Ich lass Sie jetzt allein, bis Ihr angeblicher Verlobter kommt, dann sehen wir weiter.«

O lieber Gott, bitte lass Nick mitspielen, flehte ich. Lass ihn nicht sauer sein, weil ich ihn mitten in der Nacht auf eine Polizeiwache kommen lasse, und bitte, mach, dass er mir hilft!

Ich saß die nächste halbe Stunde wie auf Kohlen, bis die Beamtin endlich wiederkam – mit Nick im Schlepptau. Er warf einen Blick auf mich und mein Outfit und hatte sichtlich Mühe, sich das Lachen zu verkneifen. Dieser Mistkerl.

»Also«, meldete sich die Hüterin des Gesetzes zu Wort, »dann mal los, ich bin ja sehr gespannt auf Ihre Geschichte.«

»Das war so«, begann ich, »Nick, also dieser Mann hier und ich, wir sind verlobt. Und mein Verlobter ist eigentlich ein ganz normaler Mann, nur hat er ständig neue Ideen, um unser Sexleben aufzupeppen. Na ja, und heute Abend kam er auf die Idee, ich sollte eine Nutte spielen, und er würde mich am Straßenrand aufgabeln. Na ja, Sie wissen schon.« Ich guckte ihr starr in die Augen, nur, um nicht Nick ansehen zu müssen. »Aber irgendwas ist da schiefgelaufen, ich habe keine Ahnung, warum er nicht gekommen ist. Und als dann Ihre beiden Kollegen gehalten haben, dachte ich, das gehört mit zum Spiel, verstehen Sie?«

Sie wandte sich an Nick. »Können Sie das bestätigen?«

Nick hatte tatsächlich den Nerv, schuldbewusst zu gucken. »Ja, meine Verlobte sagt die Wahrheit. Das ist mir ja alles so peinlich, ich habe einfach die Uhrzeit verwechselt, ich dachte, wir treffen uns um halb zwei, wissen Sie. Das alles ist wirklich nur ein Missverständnis.«

»Nun gut«, wandte sich die Dame mir zu, »wir haben Sie in der Zwischenzeit überprüft. Sie wurden in einer laufenden Ermittlung als Zeugin vernommen, aber wegen Prostitution liegt bisher nichts gegen Sie vor. Sie müssen in den nächsten Tagen noch einmal herkommen und das Protokoll unterschreiben, ansonsten können Sie jetzt gehen. Und – noch ein kleiner Tipp – ich würde Ihnen für die Zukunft empfehlen, das Aufpeppen Ihres Liebeslebens doch in den eigenen vier Wänden vorzunehmen.«

Damit waren wir entlassen. Nick zog mich in Windeseile aus dem Revier und rannte mit mir um die Ecke. Dann blieb er stehen und lachte, bis ihm die Tränen kamen.

»Hallo, meine kleine Verlobte, erzählst du mir die Geschichte mal von Anfang an? Du bist wirklich ein Knaller«, brachte er noch heraus, bevor ihn der nächste Lachanfall packte.

»Freut mich, dass ich zu deiner Belustigung beitrage«, gab ich eingeschnappt zurück, »aber trotzdem Danke für deine Hilfe. Ich wusste einfach nicht, wen ich sonst anrufen sollte. Und … du weißt doch, dass ich nicht so eine bin, oder?«

»Da bin ich mir sogar ziemlich sicher, aber jetzt lade ich dich auf einen Drink ein, die Geschichte will ich von Anfang an hören. Komm, meine *Pretty Woman.*«

Scheiße. Jetzt fiel mir wieder ein, an wen ich mich im Spiegel erinnert hatte.

»Im Prinzip gerne. Aber können wir den Drink vielleicht verschieben? Also, das ist alles eine lange Geschichte, und das Outfit, das war die Idee meiner Schwester, und jetzt muss ich dringend jemanden anrufen, und ich muss meine Schwester finden, weil ich sie umbringen werde.«

Nick grinste schon wieder. »Na, dann komm, ich fahre dich nach Hause, oder willst du so lieber den Nachtbus nehmen?«

Nein, das wollte ich ganz bestimmt nicht. Als Nick mich vor der Tür absetzte, hatte er immer noch dieses Grinsen im Gesicht. »Aber, nicht vergessen, den Drink habe ich mir verdient – und du kannst dich vorher gerne wieder von der Schwester stylen lassen, der Look hat was.«

Ich warf ihm nur einen bösen Blick zu und stöckelte zur Haustür. Verdammt, hier wartete das nächste Problem – ich hatte keine Schlüssel mit. Wenigstens stand der Lieferwagen neben dem Leihwagen, den Mama für die Zeit der Reparatur ihres Autos bekommen hatte, also musste Melinda wohl auch zu Hause sein. Ich sammelte kleine Steine und warf sie gegen ihr Fenster. Nichts passierte. Wie konnte die so fest schlafen, hatte die denn gar kein Gewissen? Ich suchte einen größeren Stein und zielte. Jetzt knallte es lauter, aber leider am falschen Fenster, ich hatte genau das Schlafzimmerfenster meiner Eltern getroffen. Und die schliefen nicht so fest. Prompt ging das Fenster auf, und mein Vater guckte heraus. »Was wollen Sie?«, blaffte er. »Wissen Sie nicht, wie spät es ist?«

Aus dem Hintergrund kam die Stimme meiner Mutter. »Wer ist es denn, Herbert, was ist denn los?«

»Da steht eine Professionelle in unserem Garten«, informierte er meine Mutter.

Die sprang wie der Blitz aus dem Bett, die Treppe runter und riss die Haustür auf. Als sie mich erkannte, wich alle Farbe aus ihrem Gesicht. »Alice. Wie siehst du aus, was hat das zu bedeuten? Himmel, komm schnell rein, haben dich etwa die Nachbarn gesehen?«

Mein Vater kam die Treppe runter, sah, wer die »Professionelle« war, schüttelte nur den Kopf und stapfte sofort wieder nach oben, wo er die Schlafzimmertür sehr fest zuknallte.

»Mama, ich habe dir doch gesagt, dass ich manchmal undercover arbeiten muss, da kann man sich seine Klamotten nicht immer aussuchen. Und nein, mich hat niemand gesehen.«

»Ich weiß nicht mehr, womit ich das alles verdient habe. Was habe ich bloß falsch gemacht? Warum kannst du nicht wie andere Mädchen in deinem Alter in einem netten Büro arbeiten, mit geregelten Arbeitszeiten und in vernünftiger Kleidung. Sei bloß froh, dass du von keiner Polizeistreife aufgegriffen worden bist. Was meinst du, was die von dir gedacht hätten?«

Tja, das hätte ich ihr sogar ganz genau erklären können, aber darauf verzichtete ich lieber.

»Tut mir leid, dass ich euch geweckt habe, und wir haben heute auch gemerkt, dass diese Verkleidung nichts bringt, also war das eine einmalige Sache. Ich erkläre es dir morgen, ja, ich muss noch mal kurz mit Melinda sprechen.«

»Warum war das Mädchen denn nicht bei dir? Die soll doch auf dich aufpassen, ach, ich komm da gar nicht mehr mit«, sagte meine Mutter deprimiert und verschwand ebenfalls wieder nach oben.

Ich ging erstmal unter die Dusche und zog mir meinen Flanellschlafanzug an, ich brauchte jetzt das Kontrastprogramm. Dann schlich ich in Melindas Zimmer und rüttelte sie wütend: »Wach sofort auf, du blöde Kuh. Wie kannst du nur so was Gemeines machen, mich da einfach allein zu lassen? Das hätte ich selbst dir nicht zugetraut!«

Melinda gähnte. »Was ist denn los? Du hast nur zweimal geblinkt, da dachte ich, es wäre alles in Ordnung, abgemacht war ja schließlich dreimal.«

»Hör auf, mir solchen Scheiß zu erzählen. Du hast genau gesehen, dass gar nichts in Ordnung war, also, was sollte das?«

Melinda setzte sich auf und schaffte es tatsächlich, etwas schuldbewusst zu gucken. »Also, okay. Es hätte da ein klitzekleines Problem mit mir und der Polizei gegeben, wenn ich zu dir gefahren wäre. Und du warst ja nicht wirklich in Gefahr, es waren schließlich Polizisten und keine Serienkiller, die dich mitgenommen haben.«

»Was für ein klitzekleines Problem?«, ignorierte ich ihr Ausweichmanöver.

Melinda seufzte. »Okay, das ist eigentlich gar nichts, nur, na ja, vielleicht sollte ich mich momentan mit dem Autofahren etwas zurückhalten.«

Da kam ich nicht mit. »Aber den Wodka hatte ich doch getrunken, du hattest höchstens ein halbes Glas, damit konntest du doch noch fahren.«

»Ja, damit schon, aber nicht ohne Führerschein.«

Ich starrte sie an. »Du musstest deinen Führerschein abgeben? Weil du zu schnell gefahren bist oder in eine Alkoholkontrolle geraten bist? Und trotzdem fährst du durch die Gegend, auch noch mit mir? Bist du nicht ganz dicht?«

Melinda sagte erstmal gar nichts, doch dann grinste sie: »Seh ich so aus, als ob ich mir den Führerschein abnehmen lassen würde?«

Ich verstand gar nichts mehr, und darum griff ich zum letzten Mittel: »Entweder du sagst mir jetzt sofort, was hier los ist, oder ich hol Mama.«

Melinda seufzte. »Himmel, Alice, du bist so was von schwer von Begriff. Mir kann niemand den Führerschein abnehmen, weil ich gar keinen habe. Ich habe damals die Prüfung nicht bestanden, aber weil Papa mir für den Führerschein 300 Euro versprochen hatte, dachte ich, sag mal lieber nichts, nimm das Geld, und mach die Prüfung noch mal. Na ja, und irgendwie ist immer was dazwischengekommen. Aber das ist nur eine kleine Formalität, denn fahren kann ich ja echt gut.«

Ich glaubte das alles nicht und wollte auch gar nicht mehr darüber nachdenken. »Pass auf, ich habe Simon verpasst, ich bin von der Polizei wegen Prostitution innerhalb des Sperrbezirks festgenommen worden, ich habe meinen Chef mitten in der Nacht auf die Wache geholt und ihn dazu gebracht, eine Falschaussage zu machen, mehr kann ich heute Nacht nicht mehr verkraften. Wir reden morgen weiter, und du wirst endlich deinen Führerschein machen, das kannst du mir glauben!«

Mit diesen Worten verschwand ich in mein Zimmer, genug war genug. Ich versuchte noch, Simon zu erreichen, aber das Handy war wie immer ausgeschaltet. Also tippte ich noch schnell eine SMS, wobei ich allerdings nicht ins Detail ging, sondern nur schrieb, dass im Gewerbegebiet Polizei war und ich ihn nicht in Schwierigkeiten bringen wollte. Dann fiel ich trotz der ganzen Ereignisse in einen tiefen Schlaf.

Den Samstag verbrachte ich wieder beim Friseur, ich wollte mein Blond ein wenig aufhellen lassen, im Nagelstudio und bei der Fußpflege. Wenn auch mein Inneres immer schwärzer und hässlicher wurde, so sollte doch mein Äußeres davon wenigstens ein bisschen ablenken. Beim anschließenden Shoppen machte ich dann noch die erfreuliche Entdeckung, dass Größe 38 und ich eine glückliche Wiedervereinigung feiern konnten. Mein Tag war gerettet. Als mein Handy klingelte, wusste ich einfach, dass dieses Glück heute nichts mehr stören konnte, und tatsächlich, es war Nick, der seine Einladung wiederholte. Wir verabredeten uns um halb neun beim Italiener, und ich hopste vor Freude geradezu nach Hause. Nichts konnte meine gute Laune trüben, selbst meine Mutter nicht, die mich kritisch musterte: »Ist dieses Blond nicht etwas grell für dich? Du bist doch keine zwanzig mehr. Wusstest du, dass Männer mit blonden Frauen Spaß haben, aber heiraten tun sie brünette Frauen? Mit dieser wilden Mähne sendest du die ganz falschen Signale.«

»Ach, Mama«, erwiderte ich, »ich bin doch erst neunundzwanzig. Je mehr Spaß ich jetzt habe, umso eine bessere Ehefrau werde ich später sein.«

Sie guckte mich misstrauisch an. »Spaß haben? Du triffst dich wieder mit einem Mann, oder? Sag nichts, das sehe ich dir doch an. Ich hoffe nur, du hast aus deinen Erfahrungen gelernt und wirfst dich nicht wieder so einem Hallodri an den Hals.«

»Ich werfe mich niemandem an den Hals«, antwortete ich beleidigt. »Ich treffe mich nur mit meinem Boss, um meinen gestrigen Einsatz mit ihm zu besprechen.«

»Na, das muss ja ein schönes Früchtchen sein, wenn er erlaubt, dass seine Angestellten sich wie Flittchen kleiden. Wenn dich gestern Nacht doch jemand gesehen hat, dann kann ich mich nirgends mehr blicken lassen. Aber an mich denkt hier ja sowieso niemand, geh man los und hab deinen ›Spaß‹. Und sprich mit deiner Schwester, erst wollte sie unbedingt dein Bodyguard sein, und nun liegt hier nur ein Zettel von ihr, dass sie die nächsten Tage weg ist. Ich habe es wirklich nicht leicht mit euch.« Mit diesen Worten verschwand sie in der Küche.

Der naive Teil von mir stellte sich vor, dass Melinda sich in einer Ferien-Fahrschule angemeldet hatte, aber das war mit Sicherheit nur Wunschdenken.

So blieben mir jedenfalls heute Abend ihre Stylingtipps erspart, und ich schwebte nicht als *Pretty Woman*, sondern als ganz normale Alice an ihren besseren Tagen zum Italiener. Ich konnte sogar meine Mutter überreden, mich nicht nur hinzufahren, sondern mich schon an der Ecke rauszulassen, sodass mir eine Begegnung zwischen ihr und Nick erspart blieb.

Als ich das Restaurant betrat, sah ich ihn schon an einem Ecktisch sitzen. Wieder einmal war er einfach zum Anbeißen. Weißes Hemd, schwarze Jeans, und beim Begrüßungskuss auf die Wange konnte ich ein herrliches Rasierwasser riechen. Es ließ sich nicht abstreiten, ich war absolut scharf auf ihn.

»Hallo, Süße, heute mal in Zivil?«, begrüßte er mich.

»Sehr witzig, können wir diese kleine Eskapade gestern Nacht nicht einfach vergessen?«, bat ich ihn.

»He, ich bin ein Mann. Ich kann Geburtstage und Hochzeitstage vergessen, aber ganz bestimmt nicht deinen Anblick von gestern Nacht«, grinste er.

Hochzeitstage? Hatte er Hochzeitstage gesagt? So etwas haben nur verheiratete Leute. Bitte nicht. Da musste ich ganz unauffällig nachhaken: »Sag mal, Nick, hat deine Frau nichts dagegen, dass du an einem Samstagabend mit deiner Angestellten essen gehst?« Na bitte, das war doch elegant und geschickt.

Er war allerdings weiterhin am Grinsen, ein sehr fröhlicher Mensch. »Keine Ehefrau, keine Kinder, niemand, der Ansprüche stellen könnte.«

Ich versuchte, meine Mundwinkel daran zu hindern, dass sie sich glücklich nach oben verzogen, doch so ganz gelang es nicht. Wir schauten uns an, und, ungelogen, in meinem Magen tanzten die Hormone Polka.

Ich hätte ihm den ganzen Abend nur in die Augen

schauen können, aber leider war unser Kellner sehr engagiert und tanzte die ganze Zeit um uns herum. Mist, wo war denn die »Servicewüste Deutschland«, wenn man sie mal brauchte?

Nach der Vorspeise lehnte Nick sich zurück und fragte, ob ich ihm nun endlich mal erzählen würde, was da gestern eigentlich passiert war.

»Okay«, antwortete ich, »ich erzähl dir die Geschichte, aber nur, wenn ich dir danach auch mal eine Frage stellen kann.«

»Das ist nur fair«, bestätigte er und bekam von mir eine Kurzversion meines Lebens in den letzten Wochen zu hören. Ganz ohne Lügen, übrigens.

»Wow«, staunte er, »man kann nicht behaupten, dass dein Leben langweilig wäre. Aber ich glaube, du kannst von Glück sagen, dass dich gestern die Polizei aufgegriffen hat und nicht dieser Simon. Ich glaube, es ist keine gute Idee, sich mit ihm zu treffen.«

Oh, die Engelschöre bliesen in ihre Trompeten – er war eifersüchtig...

Allerdings belehrte er mich gleich eines Besseren: »Weißt du, ich kenne solche Typen, wenn die mit dem Rücken zur Wand stehen, werden sie unberechenbar. Und glaub mir, du kennst ihn nicht, nicht, wie er wirklich ist. Ich schon.«

Ich machte große Augen: »Du kennst Simon? Ja, woher denn?«

»Nein«, wiegelte er ab, »ich meine, ich kenne solche Typen wie ihn. Außerdem weiß man nicht, wie er mit diesem Belgier verbandelt und wie gefährlich der ist. Halt dich besser von Simon fern, okay?«

Ich beschloss, mich da noch nicht festzulegen, vielleicht hatte sich Simon in letzter Zeit wirklich etwas verändert, aber wir hatten uns geliebt, und daher war ich mir sicher, dass er mir niemals etwas antun würde.

»Okay, aber jetzt bin ich dran, jetzt will ich etwas wissen: Wie kommt es, dass jemand wie du in der Porno-Branche arbeitet? Du bist nicht schmierig, hast keine Glatze und bist nett zu Frauen. Nicht, dass ich mich so wirklich auskenne, aber ich stelle mir solche Porno-Leute eigentlich ganz anders vor.«

»Das ist eine lange Geschichte«, wich Nick aus, »irgendwann werd ich sie dir mal erzählen, aber nicht jetzt. Ich kann dir aber versichern, dass ich das nicht mein Leben lang machen werde.«

Na, da war ich ja beruhigt. Nicht, dass ich dazu neige, den Dingen vorzugreifen, aber wenn ich erstmal seine Frau bin, möchte ich in der Spielgruppe unserer Kinder doch einen ehrenwerten Ehemann präsentieren können.

Wir waren schon beim Nachtisch angekommen, als sein Handy klingelte. Er machte ein bedrücktes Gesicht. »Tut mir leid, Süße, ich muss noch was erledigen. Das nächste Mal habe ich mehr Zeit, okay?«

Es wird ein nächstes Mal geben. Nun fing das gesamte Engelsorchester zu spielen an. »Klar, kein Problem. Kannst du mich noch am Taxistand absetzen?«

Er lachte. »So eilig ist es auch wieder nicht, ich lade dich ganz bestimmt nicht an irgendeinem dunklen Taxistand ab. Irgendwie habe ich das Gefühl, dass es nicht schadet, wenn man ein bisschen auf dich aufpasst. Komm, ich fahre dich nach Hause.«

Die Fahrt verbrachten wir schweigend, auch weil ich die ganze Zeit überlegte, wie wir uns verabschieden würden. Bekäme ich einen Kuss auf die Wange? Würde er mich in seine Arme reißen und mit seinen Küssen um den Verstand bringen? Und wie sollte ich darauf reagieren, wäre ich reserviert oder doch besser leidenschaftlich?

Als wir vor dem Haus meiner Eltern ankamen, stellten sich diese Grübeleien jedoch als überflüssig heraus. Der Garten war hell erleuchtet, und meine Mutter stand an der Pforte und polierte den Briefkasten. Um halb zwölf in der Nacht.

»Ach, Alice, an dich habe ich ja gar nicht mehr gedacht.«

Nee, ist klar.

»Ich wollte eben ins Bett, als mir einfiel, dass ich vergessen habe, den Briefkasten zu putzen. Diese Fliegen machen einen Dreck, das glaubt man ja gar nicht. Ach, und wer ist der junge Mann? Willst du uns nicht vorstellen?«

Zähneknirschend wandte ich mich an Nick, der schon wieder von einem Ohr zum anderen grinste: »Nick, das ist meine Mutter, Mama, das ist mein Chef, Nick Wegener.«

Nick stieg aus und schüttelte meiner Mutter die Hand. »Schön, Sie kennenzulernen, ich könnte mir unsere Firma gar nicht mehr ohne Ihre Tochter vorstellen, sie bringt richtig Pep in die Bude.«

»Oh«, freute sich meine Mutter, »ja, unsere Alice ist ein tüchtiges Mädchen, sie kann was.«

»Davon bin ich überzeugt«, erwiderte Nick, ohne eine Miene zu verziehen, »leider muss ich mich jetzt verabschieden, ich wünsche Ihnen noch einen schönen Abend.«

»Ja, Ihnen auch, und kommen Sie doch mal zum Abendessen, ich hätte da doch noch einige Fragen zu Alice' Arbeitskleidung.«

Nick versprach ihr, ganz bestimmt mal zum Essen zu kommen, und machte, dass er wegkam. Na, wenn ihn das nicht beflügelte. Eine 29-Jährige, deren Mutter ihm schon nach dem ersten Kennenlernen im Nacken sitzt, das ist es doch, was ein Mann will.

Ich funkelte meine Mutter wütend an, doch sie ignorierte das.

»Na ja, so auf den ersten Blick macht er ja einen ganz ordentlichen Eindruck, aber ich werde ihm doch mal lieber auf den Zahn fühlen. Richtig ist es nicht, dass er dich so angezogen unter die Leute geschickt hat.«

»Mama, ich bin erwachsen. Du brauchst niemandem auf den Zahn zu fühlen, okay? Ich kann für mich selbst sorgen.«

»Ach ja?«, gab meine Mutter zurück. »Kannst du das? Darum wohnst du auch mit deinen neunundzwanzig Jahren wieder bei deinen Eltern, hast einen Freund, der von der Polizei gesucht wird, und musst dich nachts, wenn anständige Leute schlafen, auf der Straße rumtreiben, ja? Also erzähl du mir nicht, was ich zu tun habe.« Energisch stapfte sie mitsamt ihrem Putzlappen ins Haus.

Tja, darauf ließ sich im Moment nicht viel erwidern, aber ich murmelte mein Mantra vor mich hin – zwei Zimmer, Küche, Bad, großes Schloss an der Haustür – und ging ins Bett.

Dort lag ich noch mindestens eine Stunde wach und dachte an Nick. Obwohl wir uns erst kurz kannten, kam es mir schon viel länger vor. Und er war so toll! Wie viele Männer konnte man schon mitten in der Nacht anrufen, damit sie einen vom Polizeirevier abholten? Dazu dieses Lächeln und der Blick, den er draufhatte, wenn er mich »Süße« nannte. Simon hatte mich immer nur »O Mann, Alice« genannt. Mit dem Bild von Nick vor Augen schlief ich ein.

Am Montag lieh ich mir den Leihwagen meiner Mutter und fuhr vor der Arbeit noch auf dem Revier vorbei, um dieses alberne Protokoll zu unterschreiben. Denen traute ich zu, mir dafür eine schriftliche Mahnung zu schicken, und wenn ich schon wieder Kontakt mit der Polizei haben sollte, wäre meine Mutter wohl kaum wieder zu beruhigen. Als ich in die Wache kam, stieß ich an der Tür mit einem Mann zusammen – dessen Rasierwasser mir sehr bekannt vorkam.

»Nick? Was machst du denn hier?«

»Oh, äh«, stammelte er, »na, was wohl? Dasselbe wie du, oder?«

»Ach so, musstest du auch so ein Protokoll unterschreiben? Die stellen sich aber auch an, oder, machen sich doch selbst nur das Leben schwer mit ihrem ganzen Papierkram.«

»Allerdings, verstehe ich auch nicht. Tut mir leid, ich bin in Eile.« Und schon war er zur Tür raus. Seltsam. Na ja, wahrscheinlich war ihm die ganze Sache einfach furchtbar peinlich, schließlich musste er quasi unterschreiben, dass er ein Perverser war. Da wäre ich auch nicht so gut auf mich zu sprechen.

Es dauerte, bis endlich jemand dieses blöde Protokoll brachte. Dafür kam in der Zwischenzeit so ziemlich jeder, der hier arbeitete, bei mir vorbei. Sie wollten wohl alle einen Blick auf die Möchtegern-Prostituierte werfen. Jedenfalls amüsierten sich die Beamten offenbar köstlich. Blödes Pack, die lebten von meinen Steuern, da konnte man ja wohl ein bisschen mehr Respekt erwarten.

In der Firma wartete schon Jürgen auf mich und hielt mich die nächsten zwei Stunden auf Trab. Wir gingen gemeinsam Abrechnungen durch, und er machte mich echt wahnsinnig. Immer, wenn ich eine davon ausgedruckt hatte und die Zettel auf dem Schreibtisch stapelte, richtete er sie Kante auf Kante aus. So kam es, dass ich den Zettel von Nick erst fand, als Jürgen weg war. Er würde erst morgen wieder in der Firma sein, teilte er mir darauf mit. Seufz. Dann musste ich mich also mit Arbeit statt mit ihm vergnügen. Immerhin hatte er noch einen Smiley auf das Papier gemalt. Süß. Genug zu tun war auf alle Fälle, aber müssten wir nicht mal anfangen, neue Projekte zu starten? Außer dem *Jägerball* konnte ich nichts Neues finden. Oder war das etwa auch meine Aufgabe? Ich konnte mich nicht mehr erinnern, aber möglich schien es mir schon.

Darum saß ich ab Dienstagnachmittag grübelnd vor einem leeren Computerbildschirm und versuchte, mir einen Film einfallen zu lassen. Das war aber alles andere als einfach, anscheinend fehlte mir jegliche schmutzige Fantasie. Ich brauchte Inspiration, vielleicht sollte ich in die Videothek gehen und ein paar Pornos ausleihen? Gut, mir fiel wenig ein, was mir noch peinlicher wäre, aber ohne Anschauungsunterricht kam ich hier anscheinend nicht weiter. Zum Glück hatte ich wieder das Auto meiner Mutter, sodass ich nicht auch noch in die Videothek in unserem Einkaufszentrum gehen musste, wo mich bestimmt jemand erkennen würde. Ich kurvte durch Ecken der Stadt, die ich noch nie in meinem Leben gesehen hatte, aber ich wurde fündig – es blinkte mich das Werbeschild »Filme ab einem Euro – rund um die Uhr« an. Drinnen angekommen, sah ich allerdings nicht, was ich suchte, es gab *Benjamin Blümchen als Ritter*, Loriot-Klassiker und jede Menge Hollywood-Blockbuster, aber keine Pornos. Alles höchst schicklich. Was blieb mir also anderes übrig, als unauffällig zum Tresen zu schleichen und leise zu raunen: »Wo gibt's denn hier die Filme ab achtzehn?«

Die dicke Frau hinter dem Tresen starrte mich an: »Sie meinen Horrorfilme?«

»Nein«, zischte ich, »ich suche diese, diese… Ach Mensch, Sie wissen schon.«

»Aber Mädchen«, trompetete sie durch den Laden, »das muss dir doch nicht peinlich sein! Fast alle Paare, die hier reinkommen, nehmen auch mal einen Porno mit. Willst wohl deinen Mann überraschen, watt?«

Die fünf anderen Kunden im Laden taten weiter so, als ob sie die Filmtitel studieren würden, aber alle Ohren waren Richtung Tresen gewandt.

»Ist ja auch egal«, antwortete ich mit rotem Kopf, »wo sind die denn nun?«

Sie drückte einen Knopf, und daraufhin strahlte eine Tür hinter ihr, die ich vorher gar nicht gesehen hatte, in schönstem Grün. »Einfach da hinein und viel Spaß bei der Auswahl. Wir haben alles, Gruppensex, große Möpse, Privatvideos, was immer du willst. Frag einfach, wenn du was Bestimmtes suchst, ich helfe dir gerne weiter.«

Ich murmelte etwas vor mich hin und huschte durch die grüne Tür. Himmel, von Diskretion hatte die Frau wohl noch nie etwas gehört. Wenigstens war in diesem Riesenraum niemand außer mir, hätten da auch noch sabbernde Männer vor den Regalen gestanden, wäre ich sofort wieder abgehauen. Mir war bisher überhaupt nicht bewusst gewesen, was für ein Riesenmarkt diese Pornosache ist: Hier standen bestimmt tausende Filme! Die wenigsten sahen annähernd ansprechend aus, die meisten Bilder auf den DVD-Covern fand ich einfach nur widerlich. Ich meine – »Hochschwanger und trotzdem geil« – ist so was überhaupt erlaubt? Hinter mir ging die Tür auf, und ein Mann kam herein, den ich im ersten Moment für meinen Vater hielt, aber, Gott sei Dank, er war es nicht. Paranoia lässt grüßen. Ich sah ein, dass das Ganze eine saublöde Idee war, hier würde ich ganz bestimmt keine Inspiration finden, eher Herzinfarkt und Brechreiz. Ich machte, dass ich aus dem Laden kam, und fuhr nach Hause. Vielleicht war ich doch zu zart besaitet für diese Branche, aber das ließ sich wohl im Moment nicht ändern. Und vielleicht waren neue Projekte ja doch Nicks Sache, und ich brauchte mich nur um die Abwicklung zu kümmern. Ich würde Nick einfach fragen.

Dazu hatte ich schon am nächsten Tag Gelegenheit, denn als ich in die Firma kam, saß diese Sahneschnitte an seinem Schreibtisch und lächelte mir zu. Automatisch lächelte ich zurück, und so standen wir uns bestimmt eine Minute gegenüber und grinsten uns blöde an. Leider störte Jürgen diesen Zauber, der ausgerechnet jetzt mit Nick irgendwelche Zahlen durchgehen wollte.

Später am Tag fragte ich Nick dann nach neuen Projekten, doch er blieb seltsam vage. »Ja, da müssen wir bald mal rangehen, ich werde mich in den nächsten Tagen mal darum kümmern. Wie sieht es auf deinem Schreibtisch aus, bist du auf dem Laufenden?«

Das konnte ich stolz bejahen. Ob ich vielleicht jetzt schon meine erste Gratifikation bekommen würde? Leider nicht.

»Das ist gut, denn ich muss bis Anfang nächster Woche noch mal weg, und hier ist sonst nichts zu tun, also mach dir ein paar schöne Tage zu Hause, okay?«

Hm. Wo musste der denn ständig hin, und warum fragte er mich nie, ob ich nicht mitkommen könnte, ich war doch schließlich seine Assistentin, oder?

»Also, na ja«, begann ich, »es ist nur irgendwie so, dass ich mich nicht so wohl fühle, wenn ich ein Vollzeitgehalt bekomme, aber dafür gar nicht so richtig arbeite. Mein Pflichtbewusstsein ist nämlich sehr ausgeprägt, sozusagen überdurchschnittlich ausgeprägt, weißt du?«

Nick wusste nicht: »Würdest du dich besser fühlen, wenn ich dein Gehalt kürze? Ist es das, was du willst?«

Verdammt, nein. »Äh, na ja, vielleicht dachte ich nicht gleich an so drastische Maßnahmen. Ich könnte mir eher vorstellen, dass ich dich bei deinen Terminen unterstütze, sozusagen als die Assistentin im Hintergrund, die du doch gesucht hast. Ich würde dich gar nicht stören, sondern nur für dich da sein, wenn du mich brauchst.«

Er kam um seinen Schreibtisch herum und setzte sich auf die Ecke von meinem. »Du bist wirklich süß, weißt du das?«, sagte er und strich mir mit einem Finger ganz leicht über die Wange.

Eine Antwort darauf fiel mir nicht ein, wie denn auch, schließlich schmolz ich gerade dahin.

»Glaub mir«, sprach Nick weiter, »ich würde dich sogar schrecklich gerne mitnehmen, aber im Moment ist alles ein bisschen kompliziert. Dafür würde ich dich gerne sehen, wenn ich wieder hier bin, wir könnten mal ins Kino gehen, was meinst du?«

Ins Kino … Die Lichter gehen aus, der Film fängt an, unsere Hände finden sich in der Popcornschachtel, unsere Lippen sind wie zwei Magnete, die sich immer wieder anziehen …

»Bitte. Ja …«, setzte ich gerade an, als schon wieder Jürgen hereinkam und überhaupt nicht zu bemerken schien, dass er sehr, sehr störte.

Nick verschwand mit ihm und ließ mich mitsamt meinen Fantasien allein. Wenn nicht bald wenigstens ein paar davon Wirklichkeit werden würden, konnte ich für nichts mehr garantieren.

Meine Mutter nutzte die Chance, mich zu Hause zu haben, und schleppte mich mit in den Garten, um Unkraut zu zupfen. Ich hasste Gartenarbeit. Es war mir schon immer ein Rätsel, was daran so entspannend und kreativ sein soll. Man hockt im Dreck, die Fingernägel brechen ab, der Rücken tut weh, und unter jedem Stein wohnen Käfer und Ameisen. Da ziehe ich doch einen Wellnesstag vor. Meine Mutter störte mich in meinen Überlegungen, als sie mir ihre Gartenharke in die Seite stach und zischte »lächeln«.

Da erblickte auch ich Frau Wolff am Gartenzaun. »Ach, Inge, wie schön, dass du auch mal Hilfe hast. Meine Töchter haben ja leider keine Zeit, mit mir mitten am Tag im Garten zu sitzen, die haben ja selbst Familie und einen Garten, um den sie sich zu kümmern haben.«

Meine Mutter lächelte falsch zurück: »Ach ja, stimmt, deine beiden haben ja ihre Berufstätigkeit aufgegeben. Na ja, das muss natürlich jeder selbst wissen, ich jedenfalls bin froh, dass meine Alice unabhängig ist und ihr eigenes Geld verdient.«

Das ließ Frau Wolff nicht auf sich sitzen: »Da hast du völlig recht, jeder soll sein Leben so gestalten, wie er mag. Obwohl, meine beiden ziehen es in ihrem Alter vor, in eigenen Wohnungen zu leben, aber für dich ist es ja sicher schön, deine Mädels immer um dich zu haben.«

So ging die Giftspritzerei noch weiter, aber ich klinkte mich aus und dachte wieder mal darüber nach, wie ich an eine eigene Wohnung kommen konnte. Abends grübelte ich immer noch darüber nach, bis ich vom Klingeln meines Handys unterbrochen wurde.

»Alice? Hier ist Simon. Ich habe deine SMS bekommen, aber wir müssen uns ganz dringend sehen. Kannst du heute Abend noch mal zu unserem Treffpunkt kommen? Bitte, es ist wirklich wichtig.«

Oje. Eigentlich reichten mir meine Erfahrungen vom letzten Mal, aber trotz allem konnte ich ihm noch immer nichts abschlagen. Und irgendwie fühlte ich mich auch geehrt, dass er ausgerechnet mich um Hilfe bat, daher sagte ich, ohne lange zu überlegen, zu. Spätabends schlich ich mich aus dem Haus. Ich hatte aus meinen Fehlern gelernt: keine *Pretty Woman* heute Nacht, sondern nur die ganz normale Alice. Diesmal stieg ich auch nicht vorher aus dem Auto, sondern fuhr direkt vor den Baumarkt. Das hatte er doch gemeint mit »unserem Treffpunkt«, oder? Zum Glück ja, denn wieder klingelte mein Handy, und Simons Stimme flüsterte mir ins Ohr:

»Siehst du das dritte Gartenhäuschen von rechts? Das mit dem Schild ›Sonderangebot, nur 999 Euro‹? Da bin ich drin.«

Wie romantisch. Gab es da nicht so ein altes Lied, so was wie »Komm in die Laube der Liebe«? Meine ich jedenfalls. Völlig aufgeregt ging ich in die Sonderangebots-Laube – und sah endlich Simon wieder. Aber dieser Augenblick, von dem ich so lange geträumt hatte, ließ mich plötzlich völlig kalt. Irgendwas war in unserer Beziehung sehr schiefgelaufen, sonst würden jetzt, in diesem Moment, doch nicht unsere drei gemeinsamen Jahre einfach so von mir abfallen, oder?

»Simon. Meine Güte, was machst du denn für einen Scheiß? Weißt du, was ich wegen dir schon alles für einen Stress hatte? Und wie siehst du überhaupt aus?«

Ja – wie sah er überhaupt aus? Wie ein in die Jahre gekommener Gangsta aus irgendeiner Ghetto-Gang, mit Schlabberhosen und einem komischen Kapuzenpullover, auf dem »Homie« stand. Also wirklich.

Simon kümmerte sich nicht um meine Distanz, sondern nahm mich in die Arme: »Alice, ich habe dich so vermisst. Es tut mir leid, dass ich dir wehtun musste, aber ich konnte dich einfach nicht in diesen Schlamassel mit hineinziehen! Da habe ich dich lieber belogen und dich aus meinem Leben entfernt.«

Na, so was. Auf diese Worte wartete ich nun seit Wochen, aber in meinem Kopf ertönten keine Harfenklänge, und auch mein Herz blieb verdächtig ruhig. Ich machte mich frei und starrte ihn an. »Ich möchte jetzt erstmal wissen, wie du auf die Idee gekommen bist, mit Drogen zu handeln und mit der belgischen Mafia zusammenzuarbeiten.«

Simon schaute mich mit einem treuen Dackelblick an: »Alice, ich bin unschuldig. Nichts habe ich getan, gar nichts. Ich hatte doch selbst bis vor Kurzem keine Ahnung, was diese Typen aus meinem Versand gemacht haben. Ja, es stimmt, ich war kurz nicht ganz liquide und habe mir von den Leuten Geld geliehen, dafür haben sie ein paar Firmenanteile bekommen. Aber glaube mir, von all dem, was sonst noch abging, wusste ich überhaupt nichts!«

Hm. Nun war ich doch etwas durcheinander. Ging denn so was? Da sollen Leute in seiner eigenen Firma Geschäfte gemacht haben, und Simon wusste von gar nichts? Irgendwie klingelten bei mir die Alarmglocken, seine Unschuldsnummer wirkte einfach so einstudiert.

»So«, sagte ich, »du wusstest also von nichts und bist selbst nichts als ein Opfer, okay? Was willst du denn von mir, warum muss ich mich mit dir mitten in der Nacht treffen, und warum gehst du nicht zur Polizei, wenn du tatsächlich unschuldig bist?«

»Weil ich meine Unschuld nur durch deine Hilfe beweisen kann«, erwiderte Simon. »Schau mich an, ich kann hier in der Stadt nur im Dunklen und verkleidet wie ein

Idiot herumlaufen. Ohne Beweise glaubt mir die Polizei gar nichts.«

Ich verstand auch gar nichts. »Ja, und wie soll ich dir helfen, wo soll ich Beweise für deine Unschuld herkriegen?«

»Die Belgier haben das De-luxe-Paket entwickelt und ausschließlich über ihre Leute laufen lassen. Gut, okay, also ein wenig war ich schon über das Koks informiert. Ich fand die Idee erst ganz gut, bis sie mir mehr als deutlich zu verstehen gegeben haben, dass dieses Geschäft nur ihre Sache ist, mich nichts angeht und ich auch keinen Cent bekomme. Und weil die Typen immer unangenehmer wurden, habe ich dieses Gespräch mit dem Handy aufgenommen und auf einen USB-Stick gespeichert«, erklärte Simon. »Und diesen Stick habe ich in einer alten Spieldose versteckt. Wenn du mir die bringst, dann bin ich aus dem Schneider, und wir beide fangen noch mal ganz von vorne an. Glaub mir, du bist das Wichtigste in meinem Leben, das ist mir jetzt wieder so richtig klar geworden. Lass uns diesen ganzen Mist aufklären, und dann fangen wir beide noch mal ganz von vorne an. Mit allem, was dazugehört…«, fügte er bedeutungsvoll hinzu.

Ich schaute ihn an. »Natürlich helfe ich dir, aber über uns muss ich erstmal ein paar Tage nachdenken. Hättest du mich nicht angelogen, wäre mir eine ganze Menge erspart geblieben. Und vor allem hast du mich hintergangen und kein Vertrauen zu mir gehabt. Das kann ich nicht so einfach vergessen, daher lass uns jetzt erstmal auf die Polizei-Sache konzentrieren. Ich besorge dir die Spieldose, und dann sehen wir weiter.«

»Ich wusste, dass du mich nicht im Stich lässt«, freute sich Simon. »Es gibt nur ein kleines Problem – die Dose ist in unserer Wohnung, und die ist versiegelt und wird auch noch beobachtet. Das heißt, du musst dich nicht nur irgendwie reinschleichen, sondern auch das Siegel durchbrechen. Aber glaube mir, wenn wir erst der Polizei diese belgischen Mafiosi ans Messer geliefert haben, kräht kein Hahn mehr danach.«

Hm. Nach meinem Vortrag über Vertrauen und Lügen wäre es jetzt wohl besser, ich lasse ihn in dem Glauben, die Dose wäre noch in der Wohnung und nicht bei mir…

»Ich muss jetzt los«, unterbrach er meine Gedanken, »bitte ruf mich an, sobald du die Dose hast. Und vergiss nicht – ich liebe dich.« Küsste mich und verschwand.

In meinem Kopf brummte es nur so, und ich beschloss, es wie Scarlett O'Hara zu halten – ich würde einfach morgen darüber nachdenken. Jetzt erstmal nach Hause und endlich ins Bett, ich war hundemüde.

Am nächsten Morgen, ja, okay, also am nächsten Mittag wachte ich auf und beschloss, mich erstmal durch ein bisschen Shoppen abzulenken. Gerade als ich in meinem Lieblingseinkaufszentrum mit einem wunderschönen Kaschmirpullover in einem ganz besonderen Roséton zur Kasse wollte, stach mir jemand in die Rippen. »Ganz ruhig, Blondie, bleib einfach still. Wir beide verlassen jetzt dieses Geschäft und reden mal ein paar Töne in meinem Auto.«

Ach du Scheiße, der dicke Belgier. Na, der hatte vielleicht Nerven, glaubte der wirklich, ich würde hier, inmitten von vielen Menschen, einfach mitdackeln und keine Szene machen?

»Und mach keine Szene, Blondie, das ist nicht mein Finger, der in deinen Rippen steckt, wenn du verstehst, was ich meine.«

Aaaargh. Hatte ich wirklich eine Pistole in meinen Rippen? O Gott, o Gott, das konnte der doch nicht ernst meinen, oder?

»Ganz still, dir passiert nichts, wir wollen nur reden. Also, *allez.*«

Gut. Nun, ganz ruhig bleiben. Hätte er mir was tun wollen, hätte er es schon lange getan, also wollte er wohl wirklich nur reden.

»Okay, ich komme ja mit, aber nehmen Sie dieses Ding da aus meinem Rücken, sonst falle ich gleich in Ohnmacht, und dann können wir das mit dem Reden vergessen.«

Tatsächlich, die Pistole piekste mich nicht mehr. »Und ich muss vorher noch zur Kasse, dieser Pullover hier ist um fünfzig Prozent reduziert, auf so ein Schnäppchen werde ich nicht verzichten.«

»Schluss jetzt«, zischte er mir ins Ohr, »der Pullover kommt zurück auf den Tisch, und du hältst jetzt die Klappe und kommst mit, sonst lernst du mich kennen.«

Verdammt. Natürlich weiß ich aus Filmen, dass Mafiosi harte Kerle sind, aber das hier war ja schon grausam. Fünfzig Prozent Rabatt auf roséfarbenen Kaschmir, so was kriegt man doch nie wieder.

Es half nichts, ich ging mit dem Dicken in die Tiefgarage zu seinem Auto, das – Überraschung! – mit Schokoladenpapier, Coladosen und Fastfood-Papier vollgemüllt war.

»Du hast also gestern Nacht unseren Freund getroffen, ja? Du erzählst mir, was er von dir wollte, jetzt.«

»Woher wissen Sie das? Beschatten Sie mich?«

»Beschatten war gestern«, plusterte er sich auf, »heute wir haben beste Technik, brauchen gar nicht mehr aus dem Haus und wissen alles.«

Hm. Wohl nicht alles. Wäre er mir gefolgt, hätte er Simon gefunden und bräuchte mich jetzt nicht mehr.

»Sie hören mein Handy ab? Das ist illegal, hier in Deutschland gibt es so etwas wie Datenschutz, schon mal davon gehört?«, versuchte ich Zeit zu schinden.

»Manchmal bist du ja ganz helle, oder? Gut, er ist uns gestern durch die Lappen gegangen, aber bald wir haben ihn. Also, los jetzt, ich hab noch mehr zu tun. Was wollte er?«

Jetzt ganz schnell improvisieren, Alice, und lass nicht zu, dass deine Stimme zittert. »Tja, was wollte er wohl? Ist doch klar, oder? Geld natürlich. Und das von mir, nach all dem, was er mir angetan hat.«

»Soso. Weißt du was? Ich glaub dir kein Wort. Unser Freund will etwas ganz anderes von dir, etwas, das uns gehört. Und jetzt ist hier Schluss mit lustig.« Plötzlich sah er gar nicht mehr so vergnügt aus wie sonst. Und ich bekam es richtig mit der Angst zu tun. Aus dem Augenwinkel sah ich einen ungefähr vierzigjährigen Mann zu seinem Auto gehen, und ohne viel zu überlegen, riss ich die Beifahrertür auf und schoss auf den Mann zu, um ihn ganz fest zu umarmen.

»Liebling. Da bist du ja endlich, ich warte hier schon die ganze Zeit auf dich. Wo bleibst du denn so lange?«

Der Mann guckte mich sehr verwirrt an, aber darauf konnte ich jetzt keine Rücksicht nehmen. Hier, vor Zeugen, würde mir der Belgier wohl nichts tun, oder? Nein, er nicht, aber jetzt stürzte eine Frau, die von ihrem Style gut in eine Nachmittags-Talkshow bei *RTL* gepasst hätte, zu uns:

»Manfred? Du verlogenes Schwein, ich hab doch gewusst, dass du mich betrügst! Ich hab es gewusst …«

Der arme Manfred guckte immer noch völlig verwirrt, also nahm ich die Sache in die Hand.

»Hören Sie, das tut mir furchtbar leid, das ist einfach eine Verwechslung. Mein Freund hat genau den gleichen Mantel wie Ihr Manfred, und hier ist es ja auch so dunkel, nicht?«

»Eigentlich nicht«, gab sie zurück, »ich finde es hier sogar ausgesprochen hell, also, Sie kleine Schlampe, wie lange geht das schon zwischen meinem Mann und Ihnen?«

»Sie nennen mich eine Schlampe?«, gerade begann ich, richtig in Fahrt zu kommen, als der Wagen des Belgiers anfuhr und das Parkhaus verließ. Kaum war das Adrenalin aus meinem Blut verschwunden, begriff ich, dass ich eben das erste Mal wirklich Grund gehabt hatte, vor dem Dicken Angst zu haben. Meine Beine zitterten, und ich musste mich an einem Pfeiler festhalten, um nicht umzukippen.

»Also«, sagte ich zu der überschminkten Frau in der Discounter-Jeans, »ich kann Sie nicht zwingen, mir zu glauben, und die Geschichte ist auch viel zu lang, aber ich schwöre, ich habe Ihren Mann noch nie gesehen. Ich musste nur ganz schnell aus einem Auto raus, und Sie und Ihr Mann waren meine letzte Rettung.«

Sie sah mich jetzt nicht mehr giftig, sondern eher angeekelt an. »Tja, wir wollen gar nicht wissen, was Sie hier in der Tiefgarage in fremden Autos treiben. Lassen Sie uns einfach in Ruhe.« Mit diesen Worten schob sie ihren Manfred ins eheliche Auto.

Ich hörte sie noch irgendwas in der Art von »Kein Schamgefühl. Ihrem Gewerbe am helllichten Tag in einem Parkhaus nachgehen, igitt« murmeln. Na gut, sie war ja nicht die Erste, die mich für eine Dame aus dem horizontalen Gewerbe hielt. Aber das war jetzt auch nicht meine größte Sorge. Mir war klar, dass ich nur einen kurzen Aufschub bekommen hatte, nächstes Mal würde mich der Belgier nicht so einfach davonkommen lassen. Ich rannte aus dem Parkhaus in Richtung Toiletten und schloss mich mit zitternden Fingern in einer Kabine ein. Dem Himmel sei

Dank, dass es Handys gab. So schnell, wie ich das Handy aus der Tasche gekramt hatte, ließ ich es auch wieder reinfallen. Meine Güte, manchmal war ich wirklich dämlich. Hatte ich nicht eben erst erfahren, dass mein Handy abgehört wurde? Also traute ich mich aus dem Schutz der Toiletten raus und suchte das gesamte Einkaufszentrum nach einer Telefonzelle ab. Gar nicht so einfach im Zeitalter der Handys, aber irgendwann stand ich in einer und rief Nick an.

»Nick? Ich stecke furchtbar in der Klemme«, heulte ich los. »Bitte, bitte, kannst du mir helfen? Ich muss hier weg.«

»Wo bist du?«, gab er knapp zurück.

Kaum hatte ich es ihm gesagt, hörte ich nur noch ein »Geh ins Eiscafé, bin gleich da«, und die Leitung war tot.

War der jetzt sauer? Und wie wollte er es schaffen, gleich da zu sein, war er nicht bei irgendeiner Konferenz oder so was?

Doch ich saß noch keine fünf Minuten in dem Café, als er auch schon hereinstürzte. Glücklicherweise sah er nicht sauer aus, eher vielleicht sogar ein bisschen besorgt.

»Alice, gut, dass du mich angerufen hast! Komm schnell, wir reden im Auto, okay?« Mit diesen Worten schob er mich schon aus dem Café. Sobald wir im Auto saßen, erzählte ich ihm alles von dem Belgier und meiner Rettung. Na ja, fast alles, dass Manfreds Frau mich für eine Nutte hielt, ließ ich vorsichtshalber lieber aus.

»Okay«, meinte Nick, »noch mal, sehr gut, dass du mich angerufen hast. Aber jetzt wird es hier für dich zu eng, wir müssen dich mal ein bisschen aus der Schusslinie bringen. Meine Schwester hat ein kleines Ferienhaus, das liegt ungefähr eine gute Stunde von hier, da bist du sicher, okay? Fahren wir hin?«

Was für eine Frage! Urlaub mit Nick? Aber immer.

»Ja, ich glaube schon, hier fühle ich mich einfach nicht mehr sicher.«

Nick fuhr mit mir nach Hause, wo ich ein paar Sachen packte und meiner Mutter einen Zettel daließ, dass ich wegen meines Jobs ein paar Tage unterwegs sein würde. Halt. Meine Mutter. Und wenn der Dicke nun ihr etwas tun würde?

»Nick? Der Belgier, Vincent, der war doch schon mal hier bei meiner Mutter. Was ist, wenn er jetzt ihr etwas antut?«

»Keine Sorge, das glaube ich nicht. Der wollte damals nur ein bisschen Druck machen, aber deine Familie lässt er aus dem Spiel, ganz sicher.«

Ich war so erschöpft, ich musste ihm einfach glauben.

Irgendwann kamen wir im Nirgendwo an. Es waren nur noch Wälder und Wiesen und ab und zu mal weit weg von der Straße Lichter von vereinzelten Häusern zu sehen. Dann kamen wir in ein Dorf, in dem kaum mehr als hundert Leute wohnen konnten. Am Ende der Straße befand sich ein windschiefes Häuschen, das etwas von einem Hexenhaus hatte – der Urlaub konnte beginnen.

»Ist deine Schwester Esoterikerin oder so was? Wer macht denn in dieser Einöde Ferien, hier gibt es ja absolut gar nichts«, wunderte ich mich.

»Ach, das ist eine lange Geschichte, die erzähl ich dir irgendwann mal. Im Moment siehst du so aus, als ob du ein paar Stunden Schlaf brauchen könntest. Komm rein, ich zeige dir alles«, sagte Nick.

Na ja, *alles* war schnell gezeigt. Im Erdgeschoss befanden sich eine kleine Küche, eine noch kleinere Gästetoilette, eine Besenkammer und ein Wohnzimmer. Vom Flur führte eine Tür direkt in die Garage und eine alte Holztreppe nach oben, wo es zwei Zimmer und ein Badezimmer gab. Die Einrichtung, die Tapeten und auch die Teppichböden waren bestimmt seit den Siebzigern nicht mehr erneuert worden. Nicks Schwester musste etwas neben der Spur sein, in so einem Haus machte man keinen Urlaub, da drehte man höchstens einen Horrorfilm.

Doch im Moment war mir auch das egal, ich war wirklich müde. Nick brachte meine Sachen in ein Schlafzimmer mit so einem überbauten Doppelbett, einem wackeligen Schrank und einer Frisierkommode, alles aus so dunklem Holz, dass der kleine Raum wie eine Gruft wirkte.

»Leg dich doch ein bisschen hin, und ruh dich etwas aus. Ich fahre mal ins nächste Dorf und kaufe ein paar Lebensmittel ein. Und wenn du wieder wach bist, haue ich uns ein paar Steaks in die Pfanne, okay?«

Nick verschwand, und ich sackte in die Gruft. Doch schon nach einer Stunde war ich wieder wach, meine Blase machte sich bemerkbar. Ich ging über den Flur Richtung Badezimmer, als ich plötzlich Nicks Stimme hörte: »Ja, sie ist bei mir. Nein, keine Chance, hier kann sie nicht weg. Nein, sie hat keine Ahnung. Ich melde mich später noch mal.«

Was??? Jetzt verstand ich gar nichts mehr. Nick, der liebe, süße Nick, gehörte er zu den Belgiern? Das konnte ich überhaupt nicht glauben, aber sein Gespräch war doch eindeutig, oder? Er hatte mich total aufs Kreuz gelegt! So ein Mist. Aber zumindest wusste er noch nicht, dass ich es wusste. Ich schlich in die Gruft, zog mir schnell meine Klamotten wieder an und ging ganz leise die Treppe runter. Der Mistkerl war in der Küche. Ich ging auf Zehenspitzen vorbei, riss die Haustür auf und rannte, so schnell ich nur konnte.

Das war leider nicht schnell genug, nach nicht mal zwanzig Metern hatte Nick mich eingeholt, warf mich wie einen Kartoffelsack über seine Schulter und brachte mich zurück ins Haus. Kaum hatte ich wieder Boden unter den Füßen, fing ich auch schon an zu schreien: »Du verdammter Hurensohn. Und dir habe ich vertraut. Ich hab alles gehört, du Mafioso-Verschnitt… Ihr ›habt‹ mich jetzt also, hä? Und nun? Willst du mich erschießen?« Jetzt heulte ich auch noch.

»Scheiße«, war erstmal alles, was von Nick kam. Dann ein tiefer Seufzer und ein »hab keine Angst, komm mal mit ins Wohnzimmer, ich muss dir wohl was erklären«.

»Also«, begann er, als ich auf einem komisch riechenden Sofa saß. »Ich arbeite nicht wirklich in der Pornobranche. Und ganz bestimmt bin ich kein Mafioso, im Gegenteil. Ich arbeite als verdeckter Ermittler, bin also ein ganz gewöhnlicher Bulle. Wir ermitteln seit über zwei Jahren gegen die Belgier und ganz besonders gegen deinen Simon. Die Pornosache ist nur Tarnung, wie vieles andere auch.«

Ich starrte ihn an: »Du hast mich die ganze Zeit angelogen? Und du wusstest von Anfang an, dass ich Simons Freundin war? Darum hast du mich eingestellt?«

»Na ja«, druckste er etwas herum, »Hubert Velbert stand anfangs auch auf unserer Verdächtigenliste, allerdings stellte sich schnell heraus, dass er keine Ahnung von Simons dunklen Geschäften hatte. Wir hatten vorher bereits *Big Balls* als Scheinfirma gegründet. Gerade weil die Belgier ihre Drogen in der Pornoszene vertreiben. Über unsere Firma wollten wir an die Hintermänner ran, indem wir uns als Kollegen ausgeben. Und da wir für die Firma eine Angestellte brauchten, damit das Ganze auch echt wirkt, haben wir gedacht, wir schlagen zwei Fliegen mit einer Klappe. Also haben wir Herrn Velbert gebeten, dich an uns zu vermitteln.«

»An euch zu vermitteln?«, wiederholte ich fassungslos und beachtete seine weiteren Erklärungsversuche gar nicht.

»Wir wussten doch nicht, was du wusstest oder ob du da mit drinsteckst«, rechtfertigte sich der Mann, den ich nur als meinen Boss kannte. »Wir nahmen an, dass, wenn du da mit drinhängen solltest, du eure Geschäfte weiterführen würdest. Wir wollten dich einfach nur ein bisschen unter Beobachtung haben, damit wir dann durch dich an die Hintermänner kommen können.«

»Großartig«, fauchte ich ihn an, »so wird man also vom Opfer zum Täter gemacht, oder wie? Ich hatte doch gar keine Ahnung, und erst recht steckte ich nicht mit drin.«

»Ja, das haben wir ja auch gemerkt. Aber versuch doch mal, meine Seite zu sehen, verdammt, seit zwei Jahren bin ich hinter den Leuten her.«

Ich starrte ihn an. Das alles musste ich erstmal verdauen. Aber eine Sache gab es, die wollte ich nun auch noch wissen: »Und unsere erste Begegnung? Vor dem Haus von Simon? Hattest du mir da schon aufgelauert?«

»Na ja, also aufgelauert, das ist ein großes Wort. Es war eher einer dieser Zufälle, so mehr oder weniger«, druckste er herum.

Plötzlich fiel mir etwas ein, etwas, das mir nicht ganz unwichtig erschien: »Ja, aber wenn du gar nicht mein netter Chef bist, warum hast du mir denn geholfen und mich in das Ferienhaus deiner Schwester gebracht?« Kaum dass ich den Satz ausgesprochen hatte, fiel bei mir der nächste Groschen. »Aha. Das ist gar nicht das Haus deiner Schwester, stimmt's? Ich wusste doch, dass kein normaler Mensch hier in der Pampa Urlaub machen würde.«

»Du hast recht«, gab Nick zu. »Wir haben einige Wohnungen und Häuser gemietet, die meisten als Tarnadressen, aber manche auch als sogenannte ›sichere Häuser‹. Und glaub mir, das ist genau das, was du im Moment brauchst, denn soweit wir bisher wissen, wird die Luft für dich zu Hause sehr dünn. Wir gehen davon aus, dass Vincent Laurent dich nach Belgien bringen wollte, um ein Druckmittel gegen Simon zu haben.«

»Du meinst, der wollte mich entführen? Und wenn ich nicht aus dem Wagen gesprungen wäre, säße ich jetzt irgendwo als Geisel in Belgien?«

»Ja, womöglich. Hätten wir auch nur annähernd vorher damit rechnen können, glaub mir, er hätte keine Chance gehabt, an dich heranzukommen. Aber irgendetwas muss passiert sein, das sie jetzt zum Handeln gezwungen hat.«

Tja, nun war ich zwar keine Geisel in Belgien, dafür eine Eingesperrte in der Pampa. Ob das nun wirklich so viel besser war?

»Okay, ich bin jetzt also keine Geisel in Belgien, sondern eine mitten im Nirgendwo. Und wie lange soll das hier so gehen?«

»Mach dir keine Sorgen, höchstens zwei Wochen, nach unserem derzeitigen Stand. Aber da wäre noch eine Kleinigkeit …«, druckste Nick herum.

»Eine Kleinigkeit, ja? Du nimmst es mir sicher nicht übel, dass ich ein ganz klein wenig misstrauisch werde, oder?«

»Weißt du, wir müssen vorsichtig sein. Es ist zwar mehr als unwahrscheinlich, dass dich hier jemand sucht, aber wir wollen jede Gefahr ausschließen. Also haben wir uns eine kleine Geschichte für dich ausgedacht: Dein Mann hat dich mit der Nachbarin betrogen, und du brauchst jetzt erstmal Abstand, darum willst du etwas Zeit hier im

Ferienhaus deiner Freundin verbringen. Du bist Hausfrau und kannst dir daher deine Zeit frei einteilen.«

»Na super, ich kann nicht mal kochen. Aber für wen habt ihr euch diese Story denn ausgedacht? Ich kenne hier doch niemanden.«

Nick sah mich an – war das Mitleid in seinem Blick? »Du hast nicht so viel Ahnung vom Leben in einem Dorf, oder?«

Pfff, jetzt bin ich nicht nur von meinem Ehemann betrogen worden, sondern war auch noch blöd, oder was?

»Na ja, nicht so bis ins letzte Detail«, gab ich zu. »Was soll denn hier so groß anders sein als in der Stadt?«

Nick musste nicht lange überlegen: »Hier nimmt man noch ein bisschen mehr Anteil am Leben seiner Nachbarn, verstehst du? Aber keine Angst, sie werden begeistert von dir sein, du musst dich nur ein wenig anpassen, dann läuft das schon. Ich bleibe noch bis morgen früh hier, dann muss ich für ein paar Tage zurück, aber du kannst mich jederzeit telefonisch erreichen. Wir haben hier Festnetz und auch einen Computer mit Internetanschluss. Dein Handy solltest du bitte nicht benutzen. In der Garage steht ein Auto für dich. Das wirst du brauchen, um zum Supermarkt im Nachbardorf zu kommen. Aber bitte unternimm keine größeren Touren, nicht, dass dich doch noch jemand sieht, der dich nicht sehen soll.«

Oje. Gerade hatte ich angefangen, mir meinen Status als Geisel ganz nett vorzustellen. Wie herrlich hätte es sein können, mit Nick an meiner Seite geruhsame Tage auf dem Land zu verbringen, gemeinsam romantische Spaziergänge vorbei an wogenden Weizenfeldern zu unternehmen und uns abends vor dem Kaminfeuer langsam näherzukommen ...

Nun gut, dann eben ein neuer Plan. Ich wäre also die

souveräne Geisel, cool und abgeklärt. Wäre dies ein Fernsehfilm, würde Veronica Ferres nur allzu gerne meine Rolle spielen.

Den Rest des Abends saßen wir noch eine Weile zusammen, denn ich hatte eine ganze Menge Fragen. Irgendwann fielen mir aber fast die Augen zu.

»Geh hoch und leg dich hin, Süße. Das war heute alles ein bisschen viel für dich. Ich schlafe hier unten auf dem Sofa, und wir sehen uns morgen früh wieder.«

Ich war wirklich todmüde und schlief fast sofort ein.

Am nächsten Morgen frühstückten Nick und ich noch gemeinsam. Dabei grinste er mich plötzlich an: »Mit einer Frau zu frühstücken, mit der ich *keine* Nacht verbracht habe, ist mir auch noch nicht oft passiert.«

Na danke. Das konnte ich mir leider lebhaft vorstellen. So ein heißer Typ wie Nick verbrachte sicher nicht viele Nächte allein. Was ich mir allerdings gar nicht vorstellen konnte, war, was ich hier die nächsten Tage so ganz allein mit mir anfangen sollte.

Ich musste wohl recht verzweifelt geschaut haben, denn Nick lehnte sich vor und sagte versöhnlich: »Ich weiß, dass alles blöd gelaufen ist. Glaub mir, wenn ich eine Wahl gehabt hätte, hätte ich dir die Wahrheit gesagt. Bist du mir noch böse?«

Ich wusste, dass ich genau das eigentlich sein sollte. Aber bei diesem Blick und dem Lächeln – ich war eben auch nur ein Mensch.

»Ich werde mal drüber nachdenken«, lächelte ich ihn an. Er strich mir mit seinem Finger über die Wange, stand auf, nahm seinen Autoschlüssel und sagte: »Tschüs, Süße, ich rufe dich an.«

Zehn Minuten nachdem Nick sich verabschiedet hatte, war mir schon langweilig. Die Bücher, die in der grottigen Schrankwand in Nussbaumoptik standen, waren von Konsalik, Simmel und Konsorten. Nicht so ganz mein Stil. Der Fernseher musste auch noch aus den Siebzigerjahren stammen, jedenfalls empfing er nur drei öffentlich-rechtliche Programme. Ein Wunder, dass sie zumindest in Farbe waren. Was sollte ich hier bloß die ganze Zeit mit mir anfangen?

Mitten in meine Überlegungen hinein klingelte es an der Tür. Draußen stand eine Frau – glaubte ich jedenfalls. Sie war sehr groß, beugte sich anscheinend nicht dem Diätenwahn und hatte eine sehr merkwürdige Frisur – einen kurzgeschorenen Meckischnitt. Meine totale Verblüffung schien sie jedoch nicht zu irritieren.

»Hallöchen, willkommen bei uns! Ich bin Anneliese und deine nächste Nachbarin. War die Susi schon hier?«

»Äh, nein, ich glaube nicht, eigentlich war noch keiner hier«, gab ich zurück.

»Na, dann ist ja gut. Die Susi will immer alles als Erste wissen, das ist hier die größte Tratschtante überhaupt. Steckt ihre Nase ständig in Dinge, die sie nichts angehen, und hält sich für unfehlbar. Da könnte ich dir Sachen erzählen, da würdest du staunen. Wusstest du, dass man sie im Supermarkt entlassen hat? Sie behauptete natürlich, sie wollte mehr Zeit für ihre Kinder haben und hätte deshalb aufgehört, dort zu arbeiten, aber wir wissen alle, dass sie Jugendlichen Alkohol verkauft hat. Ist das zu fassen?«

»Äh …« Mehr fiel mir so spontan nicht ein.

»Na gut, dann lass uns mal einen Kaffee trinken, und dann erzählst du mir, was dich hierher verschlagen hat, ja? Wir haben gestern gesehen, dass du von einem Mann aus der Stadt gebracht worden bist. War das dein Freund?«

Himmel hilf. War das die Anteilnahme, von der Nick

gesprochen hatte? Würde hier irgendetwas unbeobachtet bleiben?

Ich kochte in der kleinen Küche Kaffee und setzte mich zu meiner neuen Nachbarin, die es sich an meinem Küchentisch bereits bequem gemacht hatte. Was hatte Nick gesagt? Genau, anpassen. Ich müsste mich ein bisschen anpassen.

»Schön, Sie kennenzulernen, ich bin Alice. Ich mache hier aber nur einen kleinen Urlaub, dieses Haus gehört einer Freundin von mir.«

»He, brauchst nicht so etepetete zu sein. Hier sagen wir ›du‹, ja?«, sagte sie und stieß mir dabei kumpelhaft ihren Ellenbogen in die Rippen.

»Wer ist denn deine Freundin? Wir haben natürlich mitgekriegt, dass der Sohn von Guschi ihr Haus nach ihrem Tod vermietet hat, aber hier hat sich ja nie jemand blicken lassen. Das ist uns schon komisch vorgekommen.«

Mist! Wer sollte denn jetzt diese besagte Freundin sein? Aber im Geschichtenerzählen war ich ja mittlerweile mehr als geübt: »Ja, das kann ich verstehen. Also meine Freundin arbeitet zurzeit in Venezuela. Aber wenn sie von da zurückkommt, möchte sie es gern mal ruhiger angehen lassen, und darum hat sie das Haus hier gemietet.«

»In Venezuela? Das ist ja lustig, da habe ich gerade diesen Witz gehört. Also, der geht so: Kommt eine Frau mit einem blauen Auge zu ihrer Freundin. Als die sie ganz entsetzt fragt, was denn passiert sei, sagt die Frau: ›Ja also, mein Mann wollte, dass ich ihm einen blase, aber ich weiß doch nicht, wie das geht, darum hab ich ihn aus Versehen in sein bestes Stück gebissen, na ja, und daher kommt das blaue Auge.‹ Sagt die Freundin: ›Pass auf, wenn er das das nächste Mal will, denkst du dir einfach das Wort Venezuela, ganz weich gesprochen, verstehste?‹

Na ja, aber als sich die Freundinnen das nächste Mal treffen, hat die Frau zwei blaue Augen. Also fragt die Freundin: ›Was ist denn diesmal passiert? Ich hab dir doch erklärt, wie das geht.‹ Und darauf sagt die Frau: ›Ja, verdammt, ich wusste nur noch, dass irgendwas in Südamerika war, und da hab ich statt Venezuela Caracas gesagt.‹« Meine Nachbarin haute sich brüllend auf die dicken Schenkel. »Ist der nicht gut? Könnte mich den ganzen Tag totlachen, also wirklich, Caracas!«

Hm. Das ist wohl der deftige Humor vom Land. Ich presste mir auch ein paar Lacher ab und versuchte dann, sie langsam wieder loszuwerden: »Also Anneliese, toll, dass wir uns mal kennengelernt haben, aber ich muss jetzt, äh, also …« Verdammt. Was musste ich denn jetzt? »Ja, also, ich muss jetzt … backen! Genau, ich muss einen Kuchen backen.«

»Ja super, welchen machst du denn am liebsten? Ich backe den weltbesten Käse-Kirsch-Kuchen. Ich sag dir, ohne meinen Kuchen läuft hier nix, kein Schützenfest, kein Feuerwehrball und kein gemütliches Beisammensein.«

Toll. Und welchen Kuchen backe ich am liebsten? Oder, besser gefragt, welchen backe ich denn überhaupt? Ich hatte noch nie in meinem Leben irgendetwas gebacken, außer vielleicht Tiefkühlpizza, aber das konnte ich der dicken Anneliese ja jetzt nicht auf die Nase binden. »Also, mein Kuchen ist etwas ganz Besonderes, das Rezept habe ich von meiner Oma.«

»Soll wohl eine Überraschung sein, was? Na ja, wenn du den jetzt backst, willst du wohl gleich heute Nachmittag deinen Einstand hier bei uns feiern? Find ich total klasse von dir. Du brauchst aber erstmal nur die nächsten Nachbarn einladen, die anderen lernst du so nach und nach kennen. Also, ich wohne direkt in dem Haus neben dir, gegenüber wohnt Anja, daneben Susi, und dann musst du noch Marianne einladen. Aber keine Sorge, ich sage für dich Bescheid, dann kannst du dich gleich um deinen Überraschungskuchen kümmern. Wir kommen so gegen drei, okay?«

Mit diesem Wortschwall verließ sie mein Häuschen. Wenn ich sie richtig verstanden hatte, hatte ich gerade die Nachbarsfrauen auf ein Kaffeekränzchen eingeladen. Mit einem selbstgebackenen Überraschungskuchen. Super.

Aber wenigstens war mir nun nicht mehr langweilig. Ganz im Gegenteil, Panik drohte sich in mir breitzumachen. Jetzt bloß nicht in einen Schockzustand verfallen, sondern aktiv werden! Da ich weder davon ausgehen konnte, dass Nick irgendwelche Backzutaten gekauft hatte, noch ich überhaupt wusste, was man zum Backen brauchte, lief ich eilig in die Garage, fand dort einen erfreulich neuen *Polo* vor und machte mich auf den Weg in das nächstgrößere Dorf, das einen Supermarkt sein Eigen nennen durfte. »Mein« Dorf war sehr schnell durchgequert, ich sah ungefähr dreißig Einfamilienhäuser, vier Bauernhöfe, ein paar Scheunen – und sonst nichts. Ich meine, wirklich *nichts*, keinen Bäcker, keinen Zeitungsladen, keine Tankstelle, keine Apotheke. Ich musste fast zehn Kilometer fahren, um in ein etwas größeres Dorf zu kommen, in dem man einkaufen konnte. Also, erster Punkt auf meiner Liste als Dorfbewohnerin: Nichts beim Einkaufen vergessen.

In dem Geschäft schaute ich mir zuerst die Kuchen in der Auslage des Backstandes an, aber die sahen leider nicht im Mindesten selbstgebacken aus. Gut, vielleicht war ich nicht die beste Hausfrau, aber immerhin wusste ich mir zu helfen. Also steuerte ich das Regal mit den Fertigbackmischungen an und suchte mir eine Packung aus, auf der nicht nur »gelingt immer«, sondern auch »nach Großmutters Rezept« stand. Perfekt! Dazu noch ein paar andere Sachen in den Wagen und los zur Kasse. Zum Glück fiel mir aber noch das Wichtigste ein – auf dem Land wurde immer Sherry getrunken. Das kann man in jedem Rosamunde-Pilcher-Film sehen. Also davon noch zwei Flaschen und dann zurück in mein Siebzigerjahrehäuschen. Tine Wittler wäre schwer begeistert davon, was es da alles zu machen gäbe. Oder auch dieses komische Paar bei *Kabel eins* oder *RTL 2*, die erst immer ihrem Handwerkerteam einen Film zeigen über eine Familie mit ganz schlimmem Schicksal und dann innerhalb von vier Tagen eine Abbruchbude in ein Traumhaus verwandeln. Könnte mir gut vorstellen, wie ein Film über mich den Handwerkern gezeigt wird. »Das hier, meine Lieben, ist unsere Alice. Alice hatte es sehr schwer im Leben, ihr Freund hat sie verlassen, sie wird unschuldig von Drogenhändlern verfolgt, und ihre eigene Schwester hat ihr tiefe Wunden im Gesicht zugefügt. Aber Alice gibt nicht auf, nein, tapfer versucht sie einen Neuanfang. Wollen wir ihr dabei helfen?« Und dann schreien alle Handwerker mit Tränen in den Augen: »Ja, das wollen wir!!«, und ich bekäme ein tolles Haus.

Na gut, später vielleicht. Jetzt musste ich erstmal ein Kaffeekränzchen organisieren. Wieder zu Hause, mischte ich die Zutaten zusammen, was wirklich einfach war, und schob das Ganze in den Ofen. Eine Kuchenform hatte ich nicht gefunden, aber diese Auflaufform würde es sicher auch tun.

Ich deckte einen Kaffeetisch mit Geschirr, das aussah wie auf dem Jahrmarkt gewonnen, kochte Kaffee und holte meinen Kuchen aus dem Ofen. Erstaunlicherweise sah der wirklich gut aus, man musste sich eben nur mal etwas zutrauen im Leben.

Bald danach trudelten schon meine Gäste ein. Susi und Anja waren wie Anneliese irgendetwas zwischen Mitte und Ende dreißig und trugen, genau wie sie, diese äußerst unvorteilhafte Meckifrisur. Ob es hier einen Friseur gab mit Sonderangebot? Drei Haarschnitte zum Preis von zweien? Die vierte im Bunde war Marianne, ungefähr fünfzig und wohl noch nicht in den inneren Kreis der Meckischnitte aufgenommen, sie hatte sich für eine Dauerwelle entschieden, durch die ihre grauen Haare wie Borsten in alle Richtungen abstanden. Ich musste meine Geschichte noch mal wiederholen, kaum hatte ich Venezuela erwähnt, hatte Anneliese wieder ihren großen Auftritt mit dem wahnsinnig lustigen Witz, und dann konnte ich die Damen an meine Tafel (so sagt man das bei Kaffeekränzchen) bitten. Ich eilte in die Küche und wollte meinen wunderbaren Kuchen elegant auf einen Teller drapieren, aber dieses kleine Miststück bewegte sich kein bisschen aus der Auflaufform. Großartig, ein toller Einstand für eine Hausfrau. Da ich nicht wollte, dass meine Tarnung gleich am ersten Tag aufflog, half hier nur noch Plan B. »So, ihr Lieben«, säuselte ich vor der Kaffeetafel stehend, »hier ist für euch der ganz besondere Kuchen nach einem Rezept meiner Großmutter. Oma hätte gewollt, dass ihr geliebtes Ritual auch in der heutigen Zeit weiterlebt.« Damit stellte ich die Auflaufform mitten auf den Tisch und drückte jeder eine Kuchengabel in die Hand. »Das Rezept stammt noch aus Kriegszeiten, und da Oma im Krieg so selten alles bekam, was sie für ihren Kuchen brauchte, bedeutete es ihr sehr viel, wenn es denn mal gelang. Um das zu feiern, durfte ihr Kuchen nur gemeinsam mit der Familie auf diese Art gegessen werden.«

Meine Gäste schienen mir das wirklich zu glauben. Anneliese stieß mir mal wieder ihren Ellenbogen in die Rippen und raunte mir zu: »Wir sind wirklich stolz, dass du uns da so mit einbeziehst.« Die anderen drei nickten ergriffen, und so drängelten wir uns um die Auflaufform und fischten Kuchenstücke heraus.

Lief doch wirklich klasse. Und nun kam auch noch mein großer Augenblick, als ich den Sherry präsentierte. Aber keine der vier kicherte verschämt und flüsterte: »Aber bitte wirklich nur ein ganz kleines Schlückchen.« Nein, sie guckten mit großen Augen, bis sich Anneliese ein Herz fasste und mich fragte: »Hast du nicht vielleicht ein paar Bier? So'n Zeug trinken wir nicht, das schmeckt wie die Socken von Bauer Erich.«

Mist, Bier wollte ich doch auch kaufen. Was war noch mal Punkt eins meiner neuen Liste gewesen?

»Tut mir echt leid«, gab ich zerknirscht zurück, »aber ich habe vorhin nur schnell Mehl und Zucker und Hefe für meinen Kuchen gekauft.«

»Hefe?«, fragte Susi erstaunt. »Aber du hast doch gar keinen Hefekuchen gemacht?«

Hatte ich nicht? Kuchen backte man doch mit Hefe, oder nicht? Ach, was weiß denn ich, also sagte ich schnell: »Nein, das ist richtig, aber in einen ordentlichen Haushalt gehört doch Hefe.«

Damit gaben sie sich erstmal zufrieden. Anschließend hörte ich eine ganze Menge Dorfklatsch, den ich nicht so richtig genießen konnte, da ich niemanden von den Leuten kannte, über die hier getratscht wurde. Dann bekam Anja, die am nächsten Tag in den Urlaub nach Spanien wollte, noch wertvolle Tipps zum Überleben im Ausland, und endlich war mein erstes Kaffeekränzchen vorbei. Nur Anneliese blieb mir noch etwas erhalten.

»Mir kannst du ruhig sagen, warum du hier ›Urlaub‹ machst, da gibt es doch bestimmt einen Grund für, oder? Das bleibt auch ganz unter uns.«

Na, da war ich sicher. Anneliese und Diskretion, das passte ungefähr so gut zusammen wie Dieter Bohlen und mangelndes Selbstbewusstsein. »Ach, weißt du«, redete ich mich heraus, »das ist alles im Moment etwas kompliziert. Aber wenn ich mal reden will, weiß ich ja, wo du wohnst.«

Ihre dicken Wangen fingen vor freudiger Erwartung schon an zu zittern. »Na klar, ich bin für dich da. Und ich habe eine tolle Idee, wie du dich ein bisschen ablenken kannst. Die Damenabteilung des Schützenvereines macht morgen eine Ausfahrt, wir besichtigen eine Fischfabrik. Und wir haben noch Plätze frei, also kannst du mitkommen. Ist das nicht toll?«

O ja, und wie! Eine Fischfabrik, Herr im Himmel, ich danke Dir! Du hast mich nicht vergessen. Aber wenn die liebe Anneliese es auch nicht wissen konnte, so ganz unrecht hatte sie nicht. Die Ablenkung heute hatte mir schon gutgetan. Ich hatte es den ganzen Tag erfolgreich geschafft, weder an meinen belgischen Freund noch an Simon oder an Nick zu denken. Also, bevor ich morgen hier rumhockte und Trübsal blies, konnte ich ja wirklich lieber etwas unternehmen, und wenn es die Besichtigung einer Fischfabrik war.

»Das ist aber wirklich nett von dir, ich komme gerne mit. Wann geht's denn los?«

»Wir treffen uns morgen früh um Viertel nach vier am Schützenhaus, da holt uns der Bus ab.«

Hatte ich mich verhört? Ich wusste zwar schon, dass die Landbevölkerung mit den Hühnern aufsteht, aber auch Hühner schliefen doch bestimmt bis mindestens sieben Uhr, oder?

»Oh, äh ja, also warum denn so früh? Hat der Busfahrer später noch etwas vor?«, erkundigte ich mich höflich.

»Ach was«, trötete Anneliese zurück und brachte wieder

ihren Ellenbogen in Stellung. »Aber wir wollen doch sehen, wie in einer Fischfabrik gearbeitet wird, und die fangen da nun mal früh an.«

Auch gut. Hatte ich wenigstens einen Grund, früh ins Bett zu gehen, dann wäre der erste Abend in dieser Einöde schon geschafft.

Obwohl ich abends schon um neun im Bett gewesen war, war ich am nächsten Morgen todmüde. Genervt saß ich in der hässlichen Küche und versuchte, mit viel Kaffee wach zu werden. Da knallte Anneliese schon mit der Faust gegen mein Fenster und gestikulierte wild Richtung Schützenhaus. Blieb mir wohl nichts anderes übrig, als mich ihr anzuschließen. Es gab eine laute Begrüßung mit ungefähr zwanzig Schützenschwestern, und Anneliese stellte mich allen vor. Doch die Gesichter verschwammen alle, ich war viel zu müde. Ich nahm mir vor, den fehlenden Schlaf gleich im Bus nachzuholen. Doch kaum hatte ich einen Platz gefunden, quäkte laut eine Stimme durch die Lautsprecher, von denen einer direkt über meinem Sitz angebracht war: »Hallo, hallo, guten Morgen, die Damen. Hier spricht euer Busfahrer, der Günni. Die meisten von euch kennen mich ja, stimmt's?«

Ein lauter Chor von »Und ob das stimmt« und »Günni, hau rein« antwortete ihm.

»Wir werden heute wieder viel Spaß zusammen haben, und wie immer starten wir mit …«

»*Ein Stern, ein Stern*«, kreischte die aufgebrachte Menge.

Ein Stern? Was war denn das nun wieder für eine dorfübliche Metapher? Hieß das, wir sollten Spaß haben, auch wenn es noch so früh morgens war, dass noch die Sterne am Himmel standen? Nein, leider hieß es das nicht, das wurde mir klar, als mein persönlicher Lautsprecher wieder

Fahrt aufnahm und daraus DJ Ötzi erklang. Die Damenabteilung des Schützenvereins grölte lauthals »Ein Stern, der deinen Namen trägt« mit. Ein mir bereits sehr vertrauter Ellenbogen bohrte sich in meine Rippen.

»Mensch, Alice, komm, sing mit, wir machen hier richtig Party«, informierte mich Anneliese.

»Äh, später vielleicht, danke, ich bin noch nicht ganz wach, weißt du?«, zog ich mich aus der Affäre.

Eine noch ziemlich junge Frau mit einer seltsamen Kopfbedeckung, einer Art Turban, die schräg vor mir saß, lächelte mir verständnisvoll zu. Aber bevor sie etwas sagen konnte, hörte ich schon wieder Annelieses quakende Stimme in meinem Ohr: »Hey, Leute, die Alice ist noch nicht wach, reicht uns mal den Korb rüber«, forderte Anneliese ihre Feierschwestern auf. Na gut, gegen einen Kaffee hätte ich wirklich nichts, denn zum Schlafen würde ich hier wohl nicht kommen, so viel war klar. Allerdings bestand der Inhalt des Korbes nicht aus Thermosflaschen voll starken Kaffees, wie ich gehofft hatte, sondern aus kleinen Schnapsflaschen mit so netten Aufdrucken wie »Schlüpferöffner« oder »kleiner Angsthase«.

Ich schaute meine Nachbarin mit großen Augen an. »Ihr trinkt um halb fünf morgens schon Alkohol? Das halte ich nicht für eine so gute Idee.«

»Ach, nun komm schon«, antwortete Anneliese mir, »jetzt verdirb uns doch nicht den Spaß. Wir kommen so selten raus, die meisten von uns gehen arbeiten, und danach kommen dann Haushalt, die Kinder und der Garten dran. Wir ham doch sonst nix.«

Jetzt tat sie mir fast ein bisschen leid. Konnte ja wirklich kein schönes Leben sein, wenn die Besichtigung einer Fischfabrik schon ein Highlight war. »Na gut, aber nur einen, ich vertrag Alkohol nicht so gut.«

»Ha«, lachte Anneliese, »das wird sich hier schnell ändern, das kriegen wir schon hin, bald bist du genauso trinkfest wie wir, wirst schon sehen.«

Welch reizende Aussichten, könnte ich vielleicht in meinen Lebenslauf aufnehmen – erfahren in der Pornobranche und trinkfest.

Etliche Schlüpferhüpfer später – oder Schlüpferstürmer oder wie auch immer sie hießen, nach dem siebten war ich mir da nicht mehr sicher – erreichten wir die Fischfabrik. Zwanzig Schützendamen in verschiedenen Stadien der Trunkenheit torkelten aus dem Bus und begannen den Sturm auf den Fisch. Ein Angestellter sah uns mit schreckgeweiteten Augen entgegen und versuchte, den Ansturm aufzuhalten, doch er blieb erfolglos. Anneliese, Susi und noch drei andere Damen bildeten einen Kreis um den armen Mann und tanzten um ihn herum. Dazu sangen sie lauthals ihr Lieblingslied von Andrea Berg: »Du hast mich tausendmal belogen, du hast mich tausendmal verletzt, ich bin mit dir so hoch geflogen, doch der Himmel war besetzt.« Nun gut, man muss es mögen. Und, von wegen besetzt, das betraf auch die Toiletten im Eingangsbereich, was mich nach einer zweieinhalbstündigen Busfahrt vor große Probleme stellte. Die löste ich, indem ich schnell eine Kellertreppe hinunterstieg und dort, zwischen vielen Lagerräumen, tatsächlich eine Toilette, und sogar eine freie, fand.

Aber noch während meine Blase damit beschäftigt war, sich von den Schlüpferstürmern, oder wie auch immer sie hießen, zu trennen, fielen mir auf einmal die Augen zu. Ganz bestimmt war es nicht meine Absicht, auf einer Toilette in einer Fischfabrik einzuschlafen, aber stehen Sie mal morgens um vier auf und trinken dann einen Kurzen nach dem anderen, während Ihnen deutsches Schlagergut um die Ohren gehauen wird!

Zum Glück war es auf dieser Örtlichkeit so unbequem, dass ich nach etwa einer halben Stunde wieder aufwachte und meine Schützenschwestern suchte. Ich irrte durch penetrant stinkende Hallen und an Tischen vorbei, an denen arme Frauen saßen und von Hand Fisch ausnahmen. Hm, das ließ die Tätigkeit in einer Pornoproduktion gleich in einem ganz anderen Licht erscheinen. Aber meine lustige Truppe konnte ich nirgends entdecken. Stattdessen kam ein Mann mit einer grünen Gummischürze auf mich zu und fragte mich irgendwie unhöflich, was ich hier zu suchen hätte. Das konnte ich ihm genau sagen: »Ich suche die Sechs-Uhr-dreißig-Besuchergruppe, ich habe wohl den Anschluss verpasst.«

»Sind das die Weiber vom Schützenverein?«, fragte er mich, jetzt eindeutig unhöflich.

»Die Damen vom Schützenverein«, korrigierte ich, »genau die.«

»Haben Hausverbot«, gab er aufgebracht zurück und wandte sich ab.

»Halt, warten Sie«, rief ich ihm hinterher. »Was ist denn passiert? Und wo sind sie jetzt?«

»Was passiert ist, wollen Sie wissen?«, schnauzte er mich an. »Ja, was wollen Sie denn da speziell wissen? Vielleicht, dass eine von Ihren ›Damen‹ uns mitten in den Container mit dem fangfrischen Fisch gekotzt hat? Oder dass zwei andere in Streit geraten sind und sich mit dem Kabeljau beschmissen haben? Oder halt, warten Sie, vielleicht meinten Sie ja auch diejenige, die mit dem Gabelstapler eine Runde Ballett tanzen wollte und dabei, natürlich ganz aus Versehen, unser Produktionsband aufgeschlitzt hat?«

Ich bekam noch einen bösen Blick von ihm, dann verschwand er. Huch. Das war wohl nicht so gut gelaufen. Aber so kann es wohl kommen, wenn man immer nur in einem kleinen Dorf festsitzt und sonst nix hat. Und nun auch noch so etwas, die Ärmsten waren sicher am Boden zerstört.

Allerdings, so richtig am Boden zerstört kamen sie mir nicht vor, als ich wieder draußen war. Im Gegenteil, ich fand eine kreischende, ausgelassene Bande, die mir fröhlich aus dem Bus zuwinkte. Als ich in den Bus stieg, stimmten sie gerade *We are the champions* an.

»Mensch, Alice, wo warst du denn? Der Günni hat eben gesagt, er gibt dir noch fünf Minuten, dann fährt er ohne dich los. Kannste doch nicht machen, gleich bei deiner ersten Fahrt mit uns so'n Mist machen«, fing Anneliese mich gleich ab.

Ich sah sie sprachlos an, doch den Blick interpretierte sie wohl falsch.

»Na komm, guck nicht so traurig, ist ja noch mal alles gut gegangen, jetzt biste ja da. Wir hatten einen Riesenspaß, und nun fährt uns Günni in ein ganz tolles Restaurant, da kriegen wir Sauerbraten. Erstmal 'ne Grundlage für den Rückweg schaffen, was?«

Mittlerweile war ich wieder nüchtern genug, um das ganz tolle Restaurant als Autobahnraststätte zu erkennen, aber nachdem ich bei einem Trinkspiel mitmachen durfte, dessen Regeln ich nicht verstanden hatte, schmeckte auch mir der Sauerbraten.

Die Rückfahrt ließ sich eh nur mit viel Alkohol ertragen, denn die Damen, die sich den Kabeljau um die Ohren geschmissen hatten, dünsteten dessen Duft kräftig aus, und Anneliese neben mir war in einen komatösen Schlaf gefallen und schnarchte ohne Pause.

Nach gefühlten zehn Stunden hielt der Bus endlich wieder vor dem heimatlichen Schützenhaus, und zwanzig Damen strebten glücklich ihrem Heim entgegen. Nach einer Menge Rufen wie »War super, echt!« und »Freu mich schon jetzt aufs nächste Mal!« verschwanden alle in ihren Häusern. Ich wollte nur noch schlafen, schmiss meine nach Fisch stinkenden Klamotten einfach auf die Treppe und legte mich sofort ins Bett.

Aber mitten in der Nacht wachte ich von komischen Geräuschen unten aus dem Flur auf. O mein Gott – hatten sie mich doch gefunden? Oder war das nur ein ganz normaler Einbrecher? Ich umklammerte die Nachttischlampe und wollte mich gerade unter dem Bett verstecken, als die Schlafzimmertür geöffnet wurde. Mit voller Wucht warf ich die Lampe Richtung Tür und sprang gleichzeitig auf. Das heißt, ich wollte springen, aber in irgendetwas hatte ich mich verheddert, und so landete ich auf dem Fußboden.

»He, Alice«, hörte ich eine bekannte Stimme, die sehr amüsiert klang. »Bevor du das nächste Mal mit einer Nachttischlampe um dich wirfst, solltest du den Stecker herausziehen.«

»Nick! Du hast mich zu Tode erschreckt! Was machst du denn hier mitten in der Nacht?«

»*Ich* habe dich erschreckt? Was meinst du, was wir uns für Sorgen gemacht haben, nachdem wir dich den ganzen Tag nicht erreichen konnten! Und außerdem würde ich acht Uhr abends nicht unbedingt als Nacht bezeichnen.«

»Oh«, gab ich zurück, »irgendwie ist mein Zeitgefühl hier draußen wohl durcheinandergekommen. Egal, ich wusste nicht, dass ich eure Erlaubnis brauche, wenn ich die Zeit hier nutze, um mich kulturell weiterzuentwickeln. Ist doch kein Grund, hier so herumzuschleichen.« Vorsichtig wickelte ich mich aus dem Lampenkabel und setzte mich aufs Bett.

Nick grinste schon wieder. »Tut mir leid, Süße, ich wollte dich nicht erschrecken. Worum ging es denn bei deiner kulturellen Weiterentwicklung? Und hatte die irgendwas mit Fischen zu tun? Danach riecht es hier nämlich ziemlich übel.«

Igitt, er hatte recht. Ich war vorhin tatsächlich so fertig gewesen, dass ich nicht einmal mehr geduscht hatte. In meinem Kopf gab es eine Menge Fantasien über mich, Nick und mein Schlafzimmer, aber in keiner einzigen stank ich nach Fisch.

»Würdest du mich bitte kurz entschuldigen«, sagte ich zu ihm mit aller Würde, die ich noch aufbringen konnte, und zog die Bettdecke um mich, »ich sollte tatsächlich erstmal duschen.«

»Mach das«, sagte er, »und, übrigens, heißes Shirt.«

Ich sah an mir herunter. Wie peinlich, ich hatte tatsächlich mein *Prinzessin Lillifee*-Shirt an.

Ich stand mindestens zwanzig Minuten unter dem warmen Wasser und wusch mir dreimal die Haare, bis ich sicher war, dass kein Fischgeruch mehr an mir haftete. Ich zog mir saubere Jeans und ein anderes T-Shirt an und ging runter zu Nick. Er saß auf dem braunen Cordsofa im Wohnzimmer und blickte mir entgegen.

»Also, natürlich brauchst du keine Erlaubnis von uns, wenn du etwas unternehmen möchtest. Aber wir müssen schon so ungefähr wissen, wann du wo bist, damit klar ist, dass es keine Probleme gibt, okay? Und du solltest natürlich nicht zu nah Richtung Stadt kommen.«

»Ist ja gut«, seufzte ich, »verstehe ich ja. Ich habe nicht daran gedacht, mich bei dir zu melden, weil ich diesen ganzen Mist einfach mal vergessen wollte. Gibt es denn etwas Neues? Weißt du schon, wann ich wieder nach Hause kann?«

»Leider nein, auf beide Fragen. Wir sind dran, und das ist alles, was ich dir im Moment erzählen kann. Aber dass du am liebsten alles vergessen willst, kann ich gut verstehen. Würde dir das Vergessen vielleicht leichter fallen, wenn wir beide noch etwas essen gingen? Gar nicht so weit weg von hier gibt es ein tolles Restaurant.«

Ein tolles Restaurant? Hier? Ganz bestimmt. Aber egal, Hauptsache, ich konnte mit Nick zusammen sein. Und er hatte von Anfang an diese Wirkung auf mich gehabt, dass ich alles andere vergesse, wenn er in meiner Nähe ist.

»Das wäre super. Aber können wir da so hin?« Nick hatte wie ich Jeans an und dazu einen blauen Pullover – ob das Kaschmir war? Würde ich zu gerne mal anfassen.

»Klar können wir da so hin, hier auf dem Land sieht man alles viel entspannter als in der Stadt, hier brezelt man sich für einen Restaurantbesuch nicht groß auf.«

Aha. Na, mal sehen, was das so für ein Restaurant war.

Wir fuhren nur ungefähr zehn Minuten, bis wir an ein Gasthaus kamen, das direkt an einem kleinen Fluss lag. Wir wurden vom Kellner in den Wintergarten geführt, von dem aus man auf das Wasser schauen konnte. So romantisch! Wir bestellten eine Flasche Weißwein und stießen miteinander an.

Nick schaute mich an: »Ich habe viel an dich gedacht, weißt du?«

Mir wurde ganz warm, und das kam bestimmt nicht vom Alkohol. »Also, ehrlich gesagt, habe ich auch viel an dich gedacht. Und ich bin froh, dass du heute hier bist.«

Nick nahm meine Hand, und ich könnte schwören, er wollte sie gerade küssen, als der Kellner mit unseren Steaks kam. Warum müssen Kellner immer in den unpassendsten Momenten stören? Wenn man lautstark mit jemandem am Tisch streitet oder von einem Langweiler in den Tiefschlaf gequatscht wird, lassen die sich nie blicken.

Also konzentrierte Nick sich auf sein Steak statt auf meine Hände. Ich suchte krampfhaft nach einem neutralen Thema, doch in meinem Kopf schwirrte immer nur eine Frage herum: »Du, Nick, ich muss dich mal was fragen. Ihr wisst doch eigentlich alles über die Drogenhändler und wie sie ihr Kokain verkaufen. Könnt ihr sie nicht einfach verhaften? Machen das Polizisten nicht so?«

»Tja, so einfach ist das leider nicht. Es reicht leider nicht, dass wir alles wissen, wir müssen es auch beweisen können. Die Herren leisten sich die besten Anwälte und würden uns vor Gericht ganz schön auseinandernehmen. Was wir brauchen, ist ein Zeuge, der auspackt.«

»Ja, aber dann bringt doch einfach einen von denen zum Reden, ihr wisst doch, wie so was geht. Du kannst der Gute sein, der ihn immer ganz verständnisvoll anguckt und Sachen sagt wie ›Es tut mir so leid, dass Ihre Frau kaufsüchtig ist und abends noch in die Spielbank geht. Ihnen bleibt ja gar nichts anderes übrig, als kriminell zu werden. Man sollte Ihnen für die Treue zu Ihrer Frau einen Orden verleihen.‹ Und dann kommt der Böse und schreit: ›Schluss jetzt mit dem Blödsinn, pack endlich aus, du Schwein, sonst tacker ich deine Eier genau hier an den Tisch.‹ Ich bin sicher, das kriegt ihr hin.«

Nick grinste. »Na ja, freut mich, dass du so viel Vertrauen in unsere Fähigkeiten hast, aber vielleicht solltest du mal den einen oder anderen Film auslassen. Erstens ist es uns immer noch nicht gelungen, den Hauptsitz von Vincent Laurent zu ermitteln, diese Leute melden sich leider nicht beim Einwohnermeldeamt an. Und an ihn wollen wir ran. Tja, und mit seinen Handlangern können wir nicht viel anfangen. Da gibt es immer noch den Ehrenkodex, der ihnen verbietet, mit uns zu sprechen. Das hat aber weniger mit Ehre als mit sehr viel Angst zu tun, denn die wissen, was sie erwartet, wenn sie aussagen. Da nehmen sie lieber ein paar Jahre Knast in Kauf und werden danach wieder in die Familie aufgenommen.«

Nun, das war natürlich blöd. Aber was hieß das denn für mich? Wenn da keiner aussagte, würde ich bis zu meinem Lebensende in dem kleinen Dorf herumhängen müssen. Werde arbeiten gehen, mich um Kinder, Haushalt und den Garten kümmern und hätte sonst nix. Abwechslung bekäme ich nur einmal im Jahr in der Entzugsklinik. Und meine Familie nähme mich nicht wieder auf, die wussten ja nicht mal, wo ich war.

»Aber Nick, wie stellt ihr euch das denn weiter vor? Wenn ihr nichts beweisen könnt, dann werde ich hier versauern. Kann ich ja gleich schon mal den Aufnahmeantrag vom Schützenverein ausfüllen.«

Nick guckte sehr erschrocken. »Um Himmels willen, Alice, nur das nicht. Versprich mir, dass du nie ein Gewehr in die Hand nimmst, das würde ein böses Ende nehmen.«

Pfff. Er tat ja gerade so, als ob ich eine wandelnde Katastrophe wäre. Gut, mir war in letzter Zeit das ein oder andere Missgeschick passiert, aber das hätte jeden anderen auch treffen können.

Nick bemerkte meinen verärgerten Blick und lächelte mich an: »Komm schon, Alice, jetzt sieh nicht so schwarz. Wir haben natürlich einen Plan und sind sicher, dass der auch bald aufgeht. Du wirst schneller zu Hause sein, als du denkst.«

»Muss ja ein toller Plan sein«, grummelte ich. Und Nick würde mir kein Wort darüber erzählen, das war mir schon klar. Aber da würde ich schon selbst draufkommen, irgendwann jedenfalls, so blöd war ich schließlich gar nicht.

Der Kellner räumte unsere Teller ab und brachte uns noch eine Flasche Wein. Ich musste wirklich mal meinen Alkoholkonsum überdenken. Wir schafften es, endlich mal auf andere Themen zu kommen, und Nick erzählte mir ein paar Sachen aus seinem Job. Natürlich nicht die richtig interessanten, das war typisch. Als sein Handy klingelte und er sich kurz nach draußen verabschiedete, begannen die Gedanken wieder in meinem Kopf zu rotieren. Was könnte das denn bloß für ein Plan sein? Wenn von denen keiner aussagte und Nick ohne Aussage nichts beweisen konnte, was blieb denn dann noch? Mist, mir fiel einfach nichts ein.

Nick kam vom Telefonieren zurück, und ich sah ihn böse an: »Nein, sag nichts, ich weiß Bescheid. Es ist wieder alles ganz geheim, und leider darfst du mir nichts sagen, das Geheimnis ist so groß, dass du mich töten müsstest, wenn du es mir erzähltest.«

Nick machte ein ernstes Gesicht. »Ja, du hast natürlich recht. Aber weißt du was, ich halte diese ganze Geheimniskrämerei nicht mehr aus, ich muss mich einfach jemandem anvertrauen. Schwörst du mir, es für dich zu behalten?«

Ruckartig saß ich gerade auf meinem Stuhl. »Aber natürlich schwöre ich dir das, mir kannst du doch alles anvertrauen. Was ist passiert?«

Nick schaute sich erst vorsichtig um, ob uns auch niemand belauschte, und sagte dann leise zu mir: »Das war meine Putzfrau. Klopapier und Wischtücher sind alle, und sie braucht auch eine neue Flasche *Meister Proper*.«

Aaaarghh!! Manchmal hasste ich diesen Mann. »Sehr witzig, Nick, wirklich sehr, sehr witzig!«

Er lachte nur. »Sorry, aber du siehst so süß aus, wenn du dich ärgerst. Und das war wirklich eben meine Putzfrau.«

Oh. Er fand also, dass ich süß aussehe. Ich glaube, damit konnte ich leben. Er bezahlte die Rechnung, und wir gingen zum Auto.

»Darfst du eigentlich noch fahren? Du hast doch ganz schön viel Wein getrunken, oder?«, fragte ich ihn.

»Äh, nein, eigentlich hatte ich nur zwei kleine Gläser, den Rest hast du getrunken. Aber die Weinflaschen hier auf dem Land sind viel, viel kleiner als in der Stadt.«

War das so? Bestimmt, ich sollte aufhören, jedes seiner Worte anzuzweifeln, das wurde ja langsam schon zur Gewohnheit.

Wir fuhren zurück und hingen noch ein bisschen im Wohnzimmer meines *Schöner Wohnen*-Häuschens (vorher) rum, bis Nick immer öfter gähnte.

»Ist es ein Problem für dich, wenn ich nochmal hier auf dem Sofa schlafe? Ich will mir die Fahrt heute Nacht nicht mehr antun, ich würde lieber morgen früh fahren.«

Ob das für mich ein Problem wäre? Aber natürlich war es das! Er sollte nicht auf dem Sofa schlafen, sondern bei mir, in meinem Bett! Und er hatte doch auch gesagt, dass er mich süß findet, oder? Aber halt, vielleicht gab es da ja so Regeln, dass er mit mir nichts anfangen durfte, ich war ja so eine Art Schutzbefohlene. Musste ich unbedingt mal *googeln*.

»Nein, natürlich kein Problem, ich bin ja auch ganz furchtbar müde. Also, wir sehen uns dann morgen früh, okay?« Ich schenkte ihm noch ein Lächeln, das bedauernd und gleichzeitig verheißungsvoll wirken sollte, dann ging ich die Treppe hoch in meine Gruft. Der Alkohol, die Fischfabrik und die deutschen Schlager sorgten ein weiteres Mal dafür, dass ich ganz schnell einschlief.

In der Nacht musste ich zur Toilette. Als ich mich schlaftrunken aufrappelte, ging mir plötzlich ein Licht auf. Der Plan, natürlich! Sie suchten Simon so dringend, weil er viel wusste, aber nicht zur Mafia-Familie dazugehörte und darum ja auch keinen Ehrenkodex hatte. Also könnte er aussagen, es wäre alles bewiesen, und ich könnte endlich wieder nach Hause. Ich war schon auf dem Weg nach unten, um Nick zu wecken und ihm zu erzählen, dass ich alles durchschaut hatte. Als Lockvogel würde ich helfen, Simon zu finden. Aber halt – ich stoppte auf der zweiten Stufe –, würde Nick sich darauf einlassen? Passierte so etwas vielleicht auch nur in Filmen, so wie mit dem guten und dem bösen Bullen? Egal, ich hatte jetzt keine Zeit, auch das noch zu *googeln*, ich würde jetzt Nick meine Hilfe anbieten.

Er lag schlafend auf dem Sofa. Ich setzte mich leise dazu und flüsterte: »Nick! Wach auf!«

Tat er aber nicht, er gab nur so eine Art komisches Knurren von sich und schlief weiter.

Du meine Güte, war dieser Mann attraktiv. Und dieser Mund, ob Polizisten überhaupt solche Lippen haben durften? Sollten die nicht ausschließlich Rockstars vorbehalten sein? Ich hatte mich einfach nicht mehr im Griff, anders kann ich es mir nicht erklären, dass ich diesen Mund einfach küssen musste. Und tatsächlich, was meine Stimme nicht geschafft hatte, schaffte dieser Kuss – er wachte auf. Und küsste zurück! Ich hatte schon einige Männer geküsst, aber so etwas war noch nie dabei gewesen. Das war einfach himmlisch, nicht von dieser Welt! Doch gerade als ich meine Arme um ihn legte und näher zu mir ziehen wollte, ließ er wieder dieses Knurren hören, drehte sich mit Schwung um und stieß mich dabei zu Boden.

»Aua!«, schrie ich empört auf.

Nick schoss von dem Sofa hoch und machte die Lampe auf dem kleinen Tisch neben sich an. »Alice? Was ist passiert? Warum sitzt du auf dem Fußboden?«

Ich guckte ihn verwirrt an. Aber wir hatten uns doch eben geküsst, das wusste ich doch! Oder konnten Männer womöglich sogar im Schlaf küssen?

»Ich? Was ich hier mache? Ja, ich bin, ich bin, äh ausgerutscht, genau, ich bin eben hier vor dem Sofa ausgerutscht. Ich wollte gucken, ob hier auf dem Tisch Zigaretten liegen, und dann muss ich wohl ausgerutscht sein.«

»Zigaretten? Aber du rauchst doch gar nicht«, sagte Nick verwirrt.

»Oh, nun, na ja, nicht so regelmäßig, das stimmt schon, aber manchmal wache ich nachts auf, und dann brauche ich unbedingt eine Zigarette, weißt du. Sonst kann ich nicht wieder einschlafen, ist einfach nichts zu machen.«

So. Das sollte er schlucken. Besser, er hielt mich für eine Bekloppte, deren Suchtverhalten nur in der Nacht zuschlägt, als für eine sexuell frustrierte Frau, die sogar vor schlafenden Männern nicht haltmacht.

»Okay«, sagte Nick, »das wusste ich nicht, aber leider habe ich keine Zigaretten für dich. Können wir denn jetzt noch ein bisschen schlafen?«

Na gut. Er konnte von mir aus so cool tun, wie er wollte. Und auch wenn er mich nur im Schlaf geküsst hatte, eigentlich zählte das viel mehr als ein Kuss im Wachzustand. Denn im Schlaf übernahm ja sozusagen das Unterbewusste die Regie, und das bedeutete, dass er wirklich und sogar ganz tief drinnen etwas mit mir anfangen wollte. Hörte er sonst von mir aus auf sein Polizistengewissen, das immer »Finger weg von der Schutzbefohlenen, Finger weg von der Schutzbefohlenen« wiederholte, so gehörte er im Schlaf doch mir. War doch ein Anfang.

Als ich aufwachte, sah es draußen schon sehr hell aus. Ein Blick auf die Uhr bestätigte das, ich hatte fast bis elf Uhr geschlafen. In der Küche fand ich nur einen Zettel von Nick, der mir mitteilte, dass er zurückmusste und mich abends anrufen würde. Also würde ich ihm eben dann meine Hilfe als Lockvogel anbieten. Bis dahin konnte ich ja schon mal *googeln*, was zwischen ihm und mir so erlaubt wäre. Aber was sollte ich da eingeben? Ich versuchte es mit »Schutzhaft verliebt«, aber da kamen nur Inhaltsangaben von Filmen. Toll, so weit war ich ja selber schon. Also vielleicht »Verdeckter Ermittler Zeuge verliebt«. Nee, auch nicht. Jetzt kamen die Inhaltsverzeichnisse von Seifenopern. Ich würde wohl mal so ganz nebenbei auf das Thema zu sprechen kommen müssen, wenn ich wieder mit Nick redete. Er sollte das ja wohl wissen.

Wenn ich schon vor dem Computer saß, konnte ich ja gleich mal meine Mails checken. Oder war das auch verboten, so wie die Benutzung meines Handys? Konnte man jemanden auch über eine E-Mail ausfindig machen? Ach Mann, das war alles so kompliziert, dieses ganze Schutzbefohlenen-Ding. Wenn ich bei der Polizei was zu sagen hätte, dann wäre meine erste Anordnung, dass jeder, der irgendwo versteckt wird, erstmal ein Regelwerk bekommt, wie er sich zu verhalten hatte. »Pflichten und Rechte der in Schutzhaft Genommenen« oder so ähnlich. Dann wüsste man doch wenigstens mal Bescheid, da könnte dann auch gleich drinstehen, ob man was mit seinem Aufpasser anfangen darf oder ob man sich abmelden muss, wenn man mit den Schützenschwestern zu einer Fischfabrik-Besichtigung fährt.

Während ich noch über so ein Regelwerk grübelte, klingelte es mal wieder an der Tür. Also mein gesellschaftliches Leben hier auf dem Land war ganz schön ausgeprägt. Diesmal stand die Turbanfrau vor der Tür. Ich erinnerte mich, dass sie auch mit auf dem Bustrip gewesen war, aber ich hatte ihren Namen vergessen. Doch was ich nicht vergessen hatte, war ihre Kopfbedeckung. Solch eine Art Turban hatte ich früher einmal bei einer ganz alten Dame gesehen. Aber das war schon verdammt lange her. Entweder gehörte sie also einer speziellen Glaubensrichtung an, oder ihr war selbst klar geworden, dass nichts schlimmer als ein Meckihaarschnitt war. Sie sprach mich so leise an, dass ich sie kaum verstehen konnte. »Ich wollte dich fragen, ob ich deine Aura reinigen darf«, flüsterte sie.

Hilfe, was war denn das? War sie etwa so was wie der weibliche Dorftrottel? Gab es so jemanden in jedem Dorf? Aber wie behandelte man die? Scheuchte man sie weg, oder ging man auf sie ein? Noch etwas für mein Regelwerk.

Ich versuchte den mittleren Weg – verständnisvoll, aber bestimmt: »So, du willst also meine Aura reinigen? Das ist wirklich nett von dir, aber ich habe gar keine Zeit. Du musst jetzt nach Hause gehen.«

Die Turbanfrau sah mich befremdet an. »Warum sprichst du denn so laut? Und was für eine Aura will ich reinigen? Ich habe nur gefragt, ob du mir deinen Augenreiniger leihen kannst, du trägst doch auch Kontaktlinsen. Ach, vergiss es, ich fahre zur Apotheke.«

Im Weggehen murmelte sie noch irgendwas von verrückten Städtern und dass sie keine Ahnung hätte, wie man mit denen umging.

Mist. Jetzt glaubte sie, ich wäre unfreundlich. Ich konnte es nicht leiden, wenn mich Leute nicht mochten. Das machte mich ganz verrückt, also rannte ich ihr schnell hinterher.

»He, Turbanfr… Äh, hallo, meine ich. Tut mir echt leid, du hast mich gerade auf dem falschen Fuß erwischt, ich probe für ein Theaterstück und war noch so in meiner Rolle drin.« Was mir doch manchmal für ein Zeug einfiel. »Natürlich kannst du meinen Kontaktlinsenreiniger haben. Komm rein, ich gebe ihn dir.«

»Hey, cool, du spielst Theater? Bist du Schauspielerin? Susi hat mir erzählt, dass du in einer Bank gearbeitet und da die Kleingeldrollen mitgehen lassen hast. Und dich darum bei uns verstecken würdest.«

Was? Wie kam die denn bloß darauf??

»Aber nein, was für ein Blödsinn. Ich arbeite doch in keiner Bank, ich bin die Assistentin eines Por...« Verdammt, fast hätte ich mich verraten. »Äh, ich meine, ich bin sozusagen die Assistentin eines Porschefahrers.« Ich lächelte dümmlich. »Also, ich sag das immer so, weil mein Mann verrückt nach seinem Porsche ist, verstehst du? Mein Mann ist das Zugpferd, der Porschefahrer, verstehst du? Und ich, als seine Assistentin, halte ihm den Rücken frei. Also eigentlich bin ich Hausfrau. Ich denke mir immer so verrückte Sachen aus.« Wieder lächelte ich und zuckte entschuldigend mit den Schultern. »Aber ich habe noch nie in meinem Leben etwas geklaut«, fügte ich schnell hinzu.

Okay, bis auf die Teewurst im Supermarkt, die ich als Kind unbedingt haben wollte und die meine Mutter für ungesund hielt. Aber das ist lange her.

Die Turbanfrau schien mir meine Geschichte tatsächlich abzunehmen. »Glaub ich dir ja. Aber nimm es Susi nicht übel, seit sie bei *Edeka* rausgeflogen ist, weil sie kleinen Kindern Drogen verkauft hat, fällt ihr halt mal die Decke auf den Kopf, und dann schmückt sie die ein oder andere Geschichte etwas aus.«

Mal sehen, was mir die Nächste über Susi erzählte. Ich wette, dann wäre sie die Chefin eines internationalen Mädchenhandels, die per Kassenscanner den Mädels, die für ihren Club in Frage kamen, heimlich einen Code in die Haut gebrannt und mit Alkohol und Drogen gefügig gemacht hat.

»Na gut, das verstehe ich. Hier ist ja wirklich nicht so viel los, da fallen einem schon mal spontan ein paar Geschichten ein.«

»Das ist wohl wahr. Aber wozu übst du denn Theaterstücke, wenn du doch Hausfrau bist?«

Ja, warum übte ich Theaterstücke? Warum schlief ich auf Toiletten in Fischfabriken ein? Warum hatte ich die beste Knutscherei meines Lebens mit einem Mann, der im Tiefschlaf lag? Fragen, die das Leben so stellte, nicht wahr?

»Ach, nur so. Ich denke mir halt gerne mal was aus, wie gesagt, und schlüpfe in andere Rollen. Mir fällt als Hausfrau manchmal die Decke auf den Kopf.« Plötzlich hatte ich eine Eingebung. »Sag mal, wäre es vielleicht möglich, dass du mir mal dein Handy leihst? Mein Akku ist leer, und ich muss ganz dringend eine SMS schreiben.«

Dagegen hatte die Gute nichts und kam kurz darauf mit ihrem Handy in der Hand wieder. »Bring es mir einfach in der nächsten Stunde zurück, jetzt kommt *Britt* auf *Sat 1*, da schalte ich es sowieso immer aus.«

Wie schön. Nun gut, ich hatte jetzt ein sicheres Handy, und ich hatte einen Plan. Ja, ja, Nick, aufgepasst, nicht nur ihr könnt Pläne schmieden, ich kann das auch. Ich war mir mittlerweile ziemlich sicher, dass mich Nick nicht als Lockvogel einsetzen würde. Aber genauso sicher war ich, dass ich endlich wieder nach Hause wollte, die Leute hier wurden ja von Tag zu Tag verrückter, darum würde ich die ganze Sache jetzt mal selbst in die Hand nehmen. Und eine SMS schreiben.

Hallo Simon. Habe das, was du brauchst. Schlag Treffen vor. Achtung: Handy ist nur eine halbe Stunde aktiv. LG, Alice.

So. Das war doch mal was. Ich würde mit ihm ein Treffen vereinbaren, vorher bei meinen Eltern die Spieldose abholen, dann ihn treffen und dann, äh, und dann… Gut. Da hakte der Plan noch ein bisschen. Aber mir würde schon etwas einfallen. Ganz sicher. Da piepste das Handy schon vielversprechend. Das ging ja schnell! Als ich die eingegangene SMS öffnete, stand auf dem Display leider nur »Nummer nicht vergeben«. Hatte ich mich vertippt? Simons Nummer konnte ich nun wirklich auswendig. Ich gab sie noch einmal ein, aber wieder kam die gleiche Botschaft: »Nummer nicht vergeben«.

Oh. Wie blöd von mir! Wenn ich über ein Handy aufgespürt werden konnte, dann würde Simon das ja genauso ergehen. Also würde er es überhaupt nicht mehr benutzen und wahrscheinlich, weil er ja gar nicht an sein Geld rankam, auch seine Handyrechnung nicht mehr bezahlen. So viel zu meinem genialen Plan.

Ich suchte das Holzhaus der Turbanfrau auf und brachte ihr das Handy zurück.

Nun lag ein sehr langer Nachmittag vor mir, und da mein Fernseher mit seinen drei Programmen nur Tiere im Zoo oder Leute beim Kochen zeigte, stattete ich mal wieder dem Supermarkt einen Besuch ab. Nicht die Art von Shoppen, für die ich normalerweise zu begeistern war, aber wenigstens etwas.

Mit vollen Taschen kehrte ich zurück und machte es mir mit einer Portion Schwarzwälder-Kirsch-Eis und der neuen *Bunten* bequem. Gut, es war nicht die anspruchsvollste Lektüre, aber immer noch besser als das *Goldene Blatt*, oder? Ich war gerade vertieft in eine Geschichte über einen Schauspieler, der schon fünfmal verheiratet war und nun der *Bunten* exklusiv erklärte, dass sein Glaube an die wahre Liebe ungebrochen war, als meine neue beste

Freundin Anneliese vor der Tür stand. Mann, hier war vielleicht was los!

»Hey, am Wochenende grillen wir alle auf der Winterweide von Bauer Erich. Das wird ein Spaß, du musst unbedingt mitmachen. Kommt dein Mann dich eigentlich nicht mal besuchen? Würde sich doch am Wochenende anbieten, dann kann er auch zum Grillen kommen.«

»Der kommt auch so schon genug, glaub mir«, legte ich meine falschen Karten nun doch auf den Tisch. »Und zwar bei meiner Nachbarin. Oder sollte ich sagen, mit meiner Nachbarin? Kannst du dir so was vorstellen?« Fast fing ich an zu weinen, so glaubwürdig fand ich mich.

»Nicht dein Ernst!«, staunte Anneliese. »Der betrügt dich mit deiner Nachbarin? Aber so was macht man einfach nicht, doch nicht mit der Nachbarin.«

Anneliese war in den Grundfesten ihrer nachbarschaftlichen Überzeugung erschüttert.

»Tja, ich wollte es ja auch erst nicht glauben«, begann ich die Geschichte noch etwas auszuschmücken. »Ich kam vom Einkaufen und merkte, dass ich das Waschpulver vergessen hatte. Also klingelte ich bei Carola, um mir von ihr welches zu borgen, und als niemand aufmachte, bin ich ums Haus herumgegangen zur Terrasse. Und da habe ich die beiden in flagranti erwischt.«

»Du meinst, die waren gerade mitten dabei, und du hast das gesehen?«

»Allerdings«, bekräftigte ich, »so war es. Ich stand da erst wie vom Schlag getroffen. Dann hab ich ein paar Blumentöpfe auf die beiden geschmissen und bin weggelaufen. Und der feige Hund ist mir noch nicht mal hinterhergelaufen, das war ja so erniedrigend«, jammerte ich.

»Du meine Güte, na, du hast ja was durchgemacht! Und was hat er dazu gesagt? Hat er sich entschuldigt?«

»Nee, dazu habe ich ihm keine Gelegenheit mehr gegeben. Ich habe ein paar Sachen in einen Koffer geworfen, bin wieder ins Auto gestiegen und direkt hierhergefahren.«

»Ja, aber«, wunderte sich Anneliese, »dieser große, dunkle Typ, der dich hergefahren hat, wer war das denn dann?«

O Mann, die ließ ja überhaupt nicht locker. »Ach der, ja, also das ist wirklich eine lustige Geschichte«, fantasierte ich weiter. »Ich wollte direkt hierherfahren, aber dann war ich so abgelenkt, dass ich aus Versehen über eine rote Ampel gefahren bin, dann kam da dieses Auto, und peng, schon war mein Auto Schrott. Mir ist zum Glück nichts passiert, aber das Auto war hin. Na ja, und als der Typ aus dem anderen Wagen ausgestiegen ist, da sehe ich, dass das Nick ist, den ich aus dem Volkshochschulkurs kenne. Ich mache ›Aquarellmalerei für Anfänger‹, und da ist er auch. Jedenfalls haben wir dann mein Auto abschleppen lassen, und er hat mich hergefahren. Und trara – hier bin ich.«

Puh, was für eine lange Geschichte. Aber Anneliese kaufte sie mir ab und hatte es plötzlich auch ganz eilig, aus meinem Haus zu kommen. Sie wünschte mir alles Gute, und es sah aus, als hätte sie endlich eine Nachfolgestory für die Susi-Geschichte.

Abends klingelte das graue Telefon mit der Wählscheibe. Wie war das noch? Durfte ich da rangehen, oder musste ich alle Telefone meiden? Wirklich, ich wollte jetzt dieses Regelwerk. Vorsichtig hob ich den Hörer auf und zwitscherte: »Han son mi, hiel Bambusgalten, Sie wollen haben heute Abend eine Tisch?«

»Alice, bist du das?«, hörte ich Nicks Stimme.

»Ja«, gab ich leise zurück, »darf ich telefonieren?«

»Warum denn nicht?«, fragte er verwirrt zurück.

»Mann, du weißt doch, die Überwachung, die Peilsender, na, das alles.«

Nick beruhigte mich: »Ich habe es dir doch erklärt, Festnetz hier ist sicher, Handy ist nicht sicher, okay?«

»Ja,ja, du hast mir viel zu viel erklärt, ich komm ja ganz durcheinander. Gibt's was Neues?«

»Vielleicht, ist aber noch nicht ganz sicher. Wie geht es dir da draußen, kriegst du schon einen Landkoller oder so was?«

»Na ja, ein bisschen schon«, seufzte ich. Schnell erinnerte ich mich an Veronika Ferres in dem Film über mich und straffte die Schultern. »Aber ich schaff das, weißt du, ich bin eine starke Frau, ich bin sozusagen ein Superweib.«

Nick lachte: »Davon bin ich überzeugt. Sag mal, was hältst du davon, wenn ich am Wochenende zu dir komme? Wir unternehmen irgendwas, gehen essen, dann geht die Zeit viel schneller rum.«

Davon hielt ich eine ganze Menge. Und vielleicht würden wir es auch schaffen, uns am Samstag aus dem Dorf zu schleichen, dann müssten wir nicht bei Bauer Erichs Grillabend dabei sein. Und vielleicht, ganz vielleicht, würde ich Nick auch in meinen Plan einweihen, jedenfalls dann, wenn ich ihn zu Ende geplant hatte.

Am Freitag versuchte ich mich mal als Hausfrau und putzte mein Häuschen. Jetzt war es zwar immer noch hässlich, aber wenigstens sauber. Nick kam am späten Nachmittag. Noch bevor er aus dem Auto gestiegen war, sah man aus den umliegenden Häusern Nasen, die sich an Fensterscheiben plattdrückten. Aber dank Anneliese glaubten bestimmt alle, dass wir zusammen Aquarelle malen würden.

Nick kam schwer bepackt zu meiner Tür, er trug einen Fernseher vor sich her.

»Hey, Süße«, lächelte er mich an. »Ich hatte ein schlechtes Gewissen wegen der alten Kiste im Haus und dachte, ich bringe dich technisch mal ins 21. Jahrhundert.« Er stellte das Museumsstück vor die Besenkammer und ein neues Gerät auf die Anrichte in meinem Wohnzimmer. Aus dem Auto holte er noch einen Receiver und einen DVD-Recorder und begann, mir einen Eintritt in die bunte Fernsehwelt zu verschaffen.

»Wow, das ist echt nett von dir. Ich habe schon leichte Entzugserscheinungen bekommen. Also, nicht, dass du denkst, ich sehe stundenlang Fernsehen, nein, eher ganz wenig, aber man will ja immer die Wahl haben, oder?«

»Klar«, grinste Nick. »Der DVD-Recorder nimmt übrigens auch auf, und ich habe dir gestern Abend *Germany's next Topmodel* aufgezeichnet.«

Hm. Ob ich mal erwähnt hatte, dass ich da so dann und wann mal reinschaue?

»Klasse! Und ich habe Tiefkühlpizza und Bier besorgt, das wird ein toller Abend«, strahlte ich.

Mann, wir waren ja wirklich schon ein richtiges Paar. Als ich mit der Pizza und dem Bier wieder ins Wohnzimmer kam, hatte Nick bereits alles angeschlossen und verkabelt.

»Ich dachte, wir weihen den Fernseher mit einem Film ein, den ich mitgebracht habe, was meinst du?«

»Oh, klar, gute Idee. Welcher Film ist das denn?«

»Also, eigentlich habe ich gleich zwei mitgebracht, damit du einen aussuchen kannst. Ich habe *Dirty Harry* und die erste Staffel von *Raumschiff Enterprise*. Was willst du lieber sehen?«

Dirty Harry und *Raumschiff Enterprise*? Was war das denn

für eine bekloppte Auswahl? Oder war das vielleicht ein Test, so ein dämlicher aus der *Men's Health*? *Wie kompromissbereit ist deine Freundin?*

»Äh, also, ich weiß nicht, jetzt so auf Anhieb fällt es mir schwer, mich zwischen den beiden zu entscheiden«, stammelte ich.

Nick lachte. »Du bist richtig niedlich, du fällst immer wieder auf alles Mögliche rein. Keine Angst, ich habe *Kung Fu Panda* und einen Ben-Stiller-Film. Besser?«

»Und du bist richtig doof. Aber mit Ben Stiller machst du es wieder gut, den finde ich echt witzig.«

Und es war wirklich wie bei einem richtigen Paar. Wir saßen vor dem Fernseher, aßen Pizza und lachten uns über Ben Stiller in Mexiko kaputt. Und ich war ganz sicher, dass der Abstand zwischen uns auf dem Sofa am Anfang des Filmes noch viel größer gewesen war. Jetzt waren wir uns schon so nah, dass ich Nicks Aftershave riechen konnte. Und wie gut das roch. Das machte mich ganz wuschig.

»Hast du was? Du schnaufst so«, fragte mich Nick.

Ich hatte nicht geschnauft. Ich hatte nur tief Luft geholt, aber egal.

»Nein, nein, alles gut.«

Während der Film weiterlief, wurde mir der Kopf immer schwerer, und wie von selbst fiel er auf Nicks Schulter. Als er auch noch den Arm um mich legte, machte es mir gar nichts mehr aus, eine Geisel in der Pampa zu sein. Zumindest im Moment wollte ich hier nie wieder weg.

Der Film war zu Ende, aber wir blieben genauso liegen und starrten komischerweise weiter auf den Bildschirm.

Nick murmelte ein »aber das ist doch albern«, legte auch den zweiten Arm um mich; und endlich, endlich küsste er mich. Mann, war das gut, endlich von ihm geküsst zu werden – und zwar im Wachzustand! Wo hatte der Mann bloß so fantastisch küssen gelernt, fragte ich mich, während ich seinen Kuss begeistert erwiderte. Dieser Kuss war der Hammer, wie ein Stück Sahne-Nuss-Torte nach wochenlanger Diät oder wie nach acht Stunden endlich die Stöckelschuhe aus- und die Pantoffeln anzuziehen. Unbeschreiblich! Ich wand mich kurz aus seinen Armen, lehnte mich zurück und fragte ihn, ob er wirklich wach wäre.

»Ob ich wach bin? Bin ich dir eben so vorgekommen, als hätte ich geschlafen?«, fragte Nick mich entsetzt.

Himmel, ich konnte ihm doch jetzt nicht erklären, dass ich ihn letztens, als er friedlich hier auf dem Sofa geschlafen hatte, schon einmal geküsst habe!

»Nein, nein, natürlich nicht, ich meinte das eher so, ob du klar im Kopf bist, also wach, hellwach, verstehst du?«, beeilte ich mich zu sagen.

»Du willst wissen, ob ich weiß, was ich hier tue, stimmt's? Und deine Frage ist absolut berechtigt, denn das hier eben hätte ich ganz bestimmt nicht tun sollen. Ach, Mist, ich weiß es doch auch nicht.«

Verdammt, auf den Trichter hatte ich ihn ganz bestimmt nicht bringen wollen. »Ja, aber Nick«, wagte ich mich mutig vor, »wir tun doch niemandem weh, oder? Und wir müssen es ja auch niemandem sagen. Weil, das ist doch dein Problem, oder? Dass du mich nicht küssen darfst, weil du auf mich aufpassen musst, richtig?«

Bitte, bitte, lass es das sein. Es wäre jetzt einfach zu peinlich, wenn er mich erstaunt anschauen und etwas sagen würde wie: »Aber klar darf ich dich küssen, ich will es nur einfach nicht«.

Aber die Sterne standen günstig für mich.

»Ganz genau, ich darf es nicht. Ich darf dich weder küssen noch andere Dinge mit dir anstellen, die sich schon seit geraumer Zeit in meinem Kopf abspielen. Und darum fahre ich jetzt auch wieder nach Hause, es war saublöd von mir zu denken, dass ich es schaffen würde, das ganze Wochenende Abstand zu dir zu halten.«

»Nein Nick, bitte, fahr nicht! Ich will hier nicht allein sein, und ich hab mich so auf dich gefreut, und jetzt verdirbst du einfach alles.« Nun liefen mir auch noch die Tränen. Veronika Ferres würde sich weigern, diese Szene zu spielen.

Mühsam bekam ich mich wieder in den Griff und zog Nick zurück aufs Sofa. »Nick, das eben war so gut. Wenn jemand fragt, können wir ja einfach sagen, wir hätten beide dieses Dänemark-Syndrom. Das, was immer die Geiseln dazu bringt, ihren Geiselnehmer für einen Supermann zu halten.«

»Ich glaube, du meinst das Stockholm-Syndrom.« Nick zögerte kurz. »Ach, weißt du was, scheiß doch der Hund drauf!« Mit diesen Worten nahm er mich wieder in seine Arme.

Ja, ich weiß, normalerweise wirkt so ein Spruch auch auf mich nicht gerade anregend, aber jetzt war es mir völlig egal. Erst küssten wir uns noch sitzend, doch es dauerte nicht lange, bis wir ineinander verschlungen auf dem Sofa lagen. Ich versuchte, so schnell es irgendwie ging, ihm das T-Shirt über den Kopf zu ziehen, während er bereits meine Bluse aufgeknöpft hatte. Und genau in dem Moment, als wir beide atemlos und oben ohne waren, klingelte es an der Tür.

»O nein, das glaub ich jetzt nicht«, brachte ich mühsam heraus.

Nick zog mich fester an sich. »Lass es klingeln, keiner zu Hause.«

Da ging das Klingeln in ein Hämmern über, und wir hörten Anneliese laut nach mir rufen.

Ich sah Nick vielsagend an: »Du hast doch gesagt, ich soll mich hier anpassen. So ist das Leben in einem Dorf eben, schon vergessen?«

Ich zog schnell meine Bluse wieder an, knöpfte sie hektisch zu und ging zur Tür. Hoffentlich konnte ich Anneliese schnell abwimmeln, aber die hatte andere Pläne.

»Mensch, Alice, hast du das Klingeln nicht gehört? Ich muss unbedingt was mit dir besprechen.« Mit diesen Worten schob sie mich zur Seite und ging direkt durch ins Wohnzimmer. Nick hatte sein T-Shirt wieder an und stand scheinbar entspannt am Fenster. »Hallo, ich bin Anneliese, und du musst Nick sein. Hattest du Erfolg mit deinem Pinsel?«

»Was?«, brachte Nick hervor.

»Braucht dir doch nicht peinlich zu sein«, sagte Anneliese und haute ihm ihren Ellenbogen in die Rippen. »Alice hat mir schon erzählt, dass du Anfänger bist, aber Übung macht den Meister, was?«

Nick guckte mich an und sah aus, als hätte er gerade eine Erscheinung gehabt.

»Da hast du recht, Anneliese«, sagte ich und sah Nick warnend an. »Darum üben wir ja auch im Volkshochschulkurs die richtige Technik, um irgendwann wirklich schöne Aquarelle zu malen, stimmt's, Nick?«

»Wir malen Aquarelle?« Nick schaute mich fassungslos an.

»Ach, ihr beide seid ja so komisch«, lachte Anneliese. »Das merkt doch jeder, was hier vor sich geht, ich bin doch nicht blöd.«

Wir beide sahen sie schuldbewusst und verlegen an.

»Guck doch mal an dir runter, Alice«, forderte Anneliese mich auf.

So ein Mist. In der Hektik hatte ich die Bluse völlig

schief wieder zugeknöpft, und mein Jeansknopf war auf. Nick war echt gut, ich hatte gar nicht mitbekommen, dass er schon so weit vorangeschritten war.

»Na und? Dann malt ihr eben keine Aquarelle, sondern Aktbilder. Ist doch nichts Schlimmes, dafür muss man sich wirklich nicht schämen!«, belehrte uns Anneliese.

Puh. Gut, dass sie nicht blöd war.

»So, nun aber der Grund, warum ich hier bin. Am Sonntag um achtzehn Uhr trifft sich das Festkomitee des Schützenvereins, um die 60-Jahr-Feier zu planen. Wir hatten gehofft, dass du uns helfen könntest, Alice. Ein paar frische Ideen von einer Neuen könnten wir gut brauchen. Oh, und Nick, du bist natürlich auch herzlich eingeladen.«

Nick stammelte nur ein »äh, ja, mal sehen« und wusste anscheinend nicht, ob er lachen oder Anneliese doch lieber den Hals umdrehen sollte.

»Nett von dir, dass du meine Hilfe haben möchtest. Natürlich komme ich. Und ja, du hast natürlich recht, Nick und ich stehen uns gegenseitig Modell für einen Akt in Aquarelltechnik. Das ist unsere Hausaufgabe vom Kurs. Und sei mir nicht böse, aber wir würden jetzt gern weitermalen, sonst ist der kreative Fluss unterbrochen. Wenn die kreativen Kräfte schon mal fließen, muss man sie nutzen.«

Anneliese guckte erschrocken. »O nein, dann will ich euch nicht unterbrechen, ich bin schon weg. Und denk dran, morgen grillen wir.« Mit den Worten verschwand sie.

»Ich frage dich wohl besser erst gar nicht, warum du und ich Bilder malen«, sagte Nick. »Aber es ist gut, dass deine Nachbarin uns unterbrochen hat. Jeder andere hätte wohl bemerkt, dass das, was wir hier gemacht haben, nichts mit Malen zu tun hat. Bloß dass andere mitbekommen, was hier läuft, ist nicht mal mein größtes Problem.«

Er nahm einen großen Schluck Bier und setzte sich wieder aufs Sofa. »Ich muss professionell bleiben. Ich bin für deine Sicherheit verantwortlich, und dafür brauche ich einen klaren Kopf. Wenn ich die ganze Zeit nur daran denke, wie ich dich ins Bett kriege, anstatt meinen Job zu machen, dann läuft etwas falsch. Ich glaube, du weißt, dass ich mehr als alles andere genau da weitermachen möchte, wo wir eben aufgehört haben. Aber ich muss mich auf deine Sicherheit konzentrieren, sonst kann es gefährlich werden. Selbst hier draußen.«

Hm, er hatte ja recht. Auch wenn ich diese ganzen Vorschriften in seinem Job blöd fand, so ein bisschen waren sie wohl zu was nutze. »Ja, Nick, das kriegen wir hin. Wir sind ja schließlich keine hormongesteuerten Teenies.«

Eigentlich benahmen wir uns, wenn wir zusammen waren, genau wie die, aber das tat jetzt nichts zur Sache.

»Und was ist, wenn die Belgier hinter Gittern sitzen und diese ganze Geschichte vorbei ist?«, fragte ich ihn vorsichtig. »Können wir dann vielleicht noch mal neu anfangen?«

»Süße, versuche, mich davon abzuhalten«, gab Nick zurück.

Nee, das würde ich ganz bestimmt nicht tun …

»Okay, dann will ich dir helfen, so gut ich kann, damit das Ganze schnell vorbei ist. Ich habe nachgedacht.«

Nick machte bei diesen Worten ein gequältes Gesicht. Ich grinste und warf ein Kissen nach ihm.

»Schau mal, ihr braucht einen Zeugen, und dieser Zeuge ist Simon, stimmt's?«

»Schlaues Mädchen bist du. Ja, wir hoffen auf eine Aussage von deinem Simon, aber dafür müssen wir ihn erstmal finden.«

»Und wenn ich euch dabei helfe? Du weißt, dass er sich mit mir treffen will, also warum arrangieren wir dieses

Treffen nicht einfach. Ihr umstellt alles unauffällig, und dann schnappt ihr ihn euch. Kann doch nicht so schwer sein.«

»So einfach ist das leider nicht. Wir dürfen keine Zivilisten als Lockvögel benutzen. Und das aus gutem Grund, das Risiko ist viel zu hoch. Dein Simon ist nicht dumm, sonst hätten wir ihn schon längst geschnappt. Und da gibt es noch eine Sache, die mir Kopfschmerzen macht.« Er schaute mich sehr ernst an. »Warum will Simon sich eigentlich mit dir treffen, Alice? Was will er wirklich von dir?«

In diesem Moment ging mir ein Licht auf. Gott, was war ich blöd gewesen! Simon wollte von mir den USB-Stick aus der Spieldose, weil das aufgezeichnete Gespräch mit den Belgiern die überführen würde. Das bedeutete, wir brauchten Simon gar nicht, ich hatte doch alle Beweise. Himmel, wie dämlich war ich eigentlich? Nun könnte ich ganz allein den Fall knacken und wäre die Heldin der Stunde. Vielleicht bekäme ich von der Polizei sogar ein Jahr Knöllchen-Rabatt.

Aber erst musste ich das Gespräch, in dem die Belgier alles zugegeben haben sollten, selbst hören. Irgendwo nagte ein Zweifel in mir, ob Simon mir wirklich die ganze Wahrheit gesagt hatte. Ich würde also die Dose aus meinem Zimmer holen, erstmal die Fakten prüfen (so sagt man das) und dann Nick seine Beweise auf einem Silbertablett überreichen. Ganz schön clever für eine Blondine, was?

Aber noch konnte ich hier nichts auf den Tisch legen (auch das sagte man so), also legte ich meinen Kopf etwas schief und guckte Nick unschuldig an. »Ach, wenn ich das doch nur wüsste. Du glaubst gar nicht, wie oft ich darüber nachgegrübelt habe. Alles, was mir einfällt, ist, dass er mich wiederhaben möchte. Und darum will er mich sehen, um sich zu entschuldigen und um eine zweite Chance zu bitten.«

»Alice, sehe ich aus wie deine Nachbarin? Siehst du hier irgendwo ein Brett vor meinem Kopf? Du weißt genau, dass es darum ganz bestimmt nicht geht.«

»Ach nein?«, gab ich beleidigt zurück. »Kannst du dir nicht vorstellen, dass ein Mann gerne mit mir zusammen ist? Und einsieht, dass es ein Fehler war, mich zu verlassen?«

»Lass das jetzt mal außen vor. Du musst mir vertrauen, Alice. Sag mir, was er wirklich von dir will. Wenn wir das wissen, sind wir ein ganzes Stück weiter.«

»Du glaubst mir nicht. Aber mehr kann ich dir nicht sagen, weil mehr fällt mir nicht ein. Und überhaupt geh ich jetzt ins Bett. Du bist total gemein zu mir.« Ich hätte noch eine Menge mehr auf Lager gehabt, um meiner angeblichen Enttäuschung über ihn Luft zu machen, aber ich wollte lieber nicht übertreiben. Also sagte ich nur noch: »Du schläfst ja bestimmt auf dem Sofa, weil du ja einen klaren Kopf brauchst. Ich gehe jetzt hoch, wir sehen uns morgen.«

Das hatte doch gesessen. Er tat mir schon leid. Ein Teil von mir wollte ihn gerne in alles einweihen, aber ich wollte erst ganz sichergehen, bevor ich am Ende doch falschlag.

Eine lange Dusche und eine Feuchtigkeitsmaske später war ich im Bett. Ein bisschen hoffte ich, dass Nick das unbequeme Sofa lieber gegen mein Bett tauschen würde, aber alles blieb ruhig, und am nächsten Morgen wachte ich alleine auf.

Auf dem Küchentisch lag ein Zettel von Nick, auf dem er mir mitteilte, dass er uns Frühstück besorgen wollte.

Nett von ihm, bestimmt tat es ihm leid, dass er mir nicht geglaubt hatte.

Ich überlegte. Heute war Samstag und das Grillfest bei Bauer Erich. Morgen musste ich zum Festkomitee, also konnte ich frühestens Montag nach Hause fahren und die Dose holen. Mir brannte dieser USB-Stick langsam wirklich unter den Nägeln. Hoffentlich musste ich am Montag nicht wieder bei irgendeinem Ausflug mitfahren oder helfen, streunende Kühe einzufangen oder so was. Ich wollte unbedingt wissen, was auf dem Stick drauf war.

Keiner von uns erwähnte mehr unser Gespräch am Freitagabend, und es wurde ein wirklich nettes Wochenende. Gut, vielleicht hätte ich mir bei Bauer Erich die fünfte Bratwurst verkneifen sollen, denn genau das, nämlich kneifen, taten schon wieder meine Hosen. Vielleicht hätte ich auch nicht ganz so viel trinken sollen, dann hätte ich Nick vielleicht nicht erst eine Liebeserklärung gemacht und anschließend die halbe Nacht über der Kloschüssel verbracht. Aber sonst war alles wirklich nett.

Nick verabschiedete sich am späten Sonntagnachmittag.

»Ich muss morgen früh kurz ins Präsidium. Wir haben um acht eine Besprechung, danach muss ich noch ein bisschen telefonieren, und dann komm ich wieder. Das heißt, morgen werden wir beide noch einmal über Simon reden, ist das klar?«

Ich lächelte ihn an. Und ob wir reden würden, nämlich über meine Beweise und die erstaunliche Art, wie ich es ganz allein geschafft hatte, den Fall zu knacken.

Nun musste ich nur noch ins Schützenhaus, um das erste Mal in meinem Leben an der Sitzung eines Festkomitees teilzunehmen.

Ich war ein bisschen spät dran, deswegen empfingen mich dort bereits laute Stimmen und aufgebrachte Diskussionen.

»Du kommst genau richtig«, empfing mich Anneliese. »Haltet mal alle die Klappe«, schrie sie in die Menge, »wir fragen jetzt mal Alice, dann haben wir eine neutrale Meinung. Was meinst du, sollen wir die Wände vom Schützenhaus mit sechzig Luftballons oder mit sechzig Luftgewehren schmücken?«

Alle sahen mich an, als wäre ich ihre letzte Rettung. Schönes Gefühl, so gebraucht zu werden, darum wollte ich sie auch nicht enttäuschen.

»Beide Ideen sind durchaus interessant, ja, das muss ich wirklich sagen. Und eigentlich habt ihr die Lösung doch schon selbst gefunden: Ihr hängt an die Wand sechzig Luftgewehre, und um jedes Luftgewehr wickelt ihr einen Luftballon.«

»Ja, Wahnsinn«, kreischte Susi, »das ist ja der Hammer, so machen wir das!«

Auch ihre Komiteeschwestern fanden die Idee einfach super. Vielleicht war das ja meine Bestimmung, vielleicht sollte ich Eventplanerin werden.

Die nächsten Punkte wurden schnell abgehakt, Kuchenlisten wurden herumgereicht, die Buchung des DJs bestätigt und der Verlauf des Schützenumzuges festgelegt. Alles blieb ruhig, bis der letzte Tagungspunkt dran war, die Einteilung, wer welche Aufgaben während des Festes übernahm.

»Den Kuchen sollte Dagmar verteilen, sie nimmt doch gerne die meisten Stücke«, trötete eine Frau in den Vierzigern, die ich als eine der Kabeljau-Schmeißerinnen identifizierte.

»Ach ja?«, kam es prompt von dem anderen Teil des Kabeljau-Duos zurück. »Ich nehme die meisten Stücke? Na ja, bei euch in der Sippe konnte ja noch nie einer richtig rechnen!«

Ich sah Anneliese fragend an.

»Das ist eine lange Geschichte«, flüsterte sie mir zu. »Die Großväter von Dagmar und Marion haben nach dem Krieg zusammen ihre Felder bewirtschaftet. Ging alles gut, bis Marions Opa den von Dagmar beschuldigt hat, ihn bei der Verteilung des Weizens zu behumsen. Na ja, und bis heute konnte niemand klären, ob er recht hatte oder nicht.«

»Verdorbene Brut eines Weizendiebes!«, schallte es von der anderen Seite des Tisches.

»Schlampe!«, kam es zurück.

»Einfach nicht drum kümmern«, flüsterte Anneliese wieder, »die hören gleich auf, denn im Schützenhaus darf sich nicht geprügelt werden, steht so in der Satzung.«

Na, dann ist ja gut. Tatsächlich flogen nur noch ein paar Beschimpfungen durch die Luft, man einigte sich wie jedes Jahr darauf, Platten mit Kuchen auf die Tische zu stellen, und danach endete die Sitzung.

Am Montagmorgen legte ich Nick einen Zettel auf den Küchentisch, dass ich einen Friseurtermin hätte und erst am frühen Nachmittag wieder zurück wäre. Und endlich konnte ich losfahren. Auf der Dorfstraße informierte ich noch ein paar Frauen, die dort tratschend zusammenstanden, dass ich mir die Haare schneiden lasse, und gab Gas.

Mein Timing war perfekt, gegen elf Uhr stand ich vor dem Haus meiner Eltern. Mein Vater wäre in der Werkstatt, meine Mutter im *Tupper*-Einsatz, das Haus würde mir allein gehören. Doch kaum stand ich vor der Haustür, wurde diese schon aufgerissen, und Melinda stand vor mir.

»Ach, Alice, wie schön, dich zu sehen! Wo warst du denn die ganze Zeit?«, empfing sie mich überschwänglich.

Was war denn mit der los? Hier war definitiv irgendwas faul. So viel Herzlichkeit mir gegenüber war in Melindas DNA nicht verankert.

»Hallo«, gab ich vorsichtig zurück, »ich will nur ein paar Sachen holen, und dann bin ich schon wieder weg. Ich muss Drehorte suchen, weißt du?«

»Ach bitte, bleib doch noch ein bisschen. Jetzt könnte *ich* zur Abwechslung mal deine Hilfe gebrauchen«, und schon hatte sie mich am Arm gepackt und ins Haus gezogen.

»Ich habe da diesen Fernsehproduzenten getroffen, der hätte vielleicht eine Rolle für mich, in der Soap *Verliebt in Wuppertal*, ist das nicht irre?«

Klar, jeder war irre, der sich mit meiner Schwester einließ.

»Na, das ist ja schön für dich, aber was soll ich dabei machen?«

»Mensch, nun tu doch nicht so blöd«, fuhr sie mich an.

Da war ja meine Schwester wieder.

»Du weißt doch, dass ich keinen Führerschein habe. Kannst du mich da nicht hinfahren? Ich ruf den eben mal an und frag, ob er jetzt Zeit hat, okay?«

Ich erklärte mich einverstanden. Als ob so ein Fernsehproduzent alles stehen und liegen lassen würde, nur weil Melinda ihn anrief.

Sie war schon auf dem Weg nach oben, als ich sie aufhielt. »Was ist denn jetzt schon wieder? Ich dachte, du wolltest telefonieren? Nimm doch das hier unten. Ich habe nicht den ganzen Tag Zeit, weißt du?«

»Ja, ja. Ich telefoniere in meinem Zimmer, du hast so schlechte Schwingungen, du vermasselst mir noch alles.«

Mit diesen Worten verschwand sie in ihrem Zimmer und zog die Tür besonders fest zu.

Schlechte Schwingungen, alles klar. Da sollte sie mal das Festkomitee fragen, die sahen das ganz anders.

Sobald Melinda ihr Telefonat erfolglos hinter sich gebracht hätte, würde ich mir die Spieldose schnappen und wieder verschwinden. Doch so erfolglos sah es nicht aus, sie hopste fröhlich die Treppe wieder runter und sagte: »Kann losgehen, er bringt gerade sein Auto in die Werkstatt. Wir holen ihn da ab, fahren ihn zurück zum Sender, und auf dem Weg kann ich mich mit ihm unterhalten.«

Die hatte aber auch immer ein Glück. »Gut, dann aber schnell jetzt, wie gesagt, ich hab heute noch einiges zu erledigen.«

Sie dirigierte mich durch die halbe Stadt, bis wir vor eine verlotterte Werkstatt in einem heruntergekommenen Viertel kamen. Städteplaner würden es wohl als »Stadtteil mit Potential« bezeichnen.

»Sag mal, kann der sich keine bessere Werkstatt leisten? Beeil dich bitte, die montieren mir hier ja die Reifen ab, während ich im Auto sitze.«

»Nein, du kannst nicht im Auto sitzen bleiben«, jammerte Melinda. »Was macht das denn für einen Eindruck? Wir gehen da jetzt beide rein und führen ihn dann zum Auto. So macht man das.«

Sie nahm noch einen unförmigen Rucksack vom Rücksitz und schob mich Richtung Werkstatt. Ich sagte dazu gar nichts mehr, dass meine Schwester nicht ganz dicht war, wusste ich schon seit Längerem. Von mir aus, dann geleitete ich den Typen eben zum Auto, Hauptsache, ich käme endlich zurück zu der Spieldose.

Melinda zog eine verrostete Tür auf und schob mich in die Werkstatt. In der Mitte stand ein schwerer Geländewagen, sonst war nichts zu sehen. Und auf einmal ging alles ganz schnell. Am Geländewagen wurden die Türen aufgerissen, und heraus sprangen drei Männer. Das heißt, zwei sprangen, einer kletterte eher unbeholfen. Und der war mir nur zu gut bekannt.

»Na Blondchen, man sieht sich da wieder. Einmal bist du von mir weggelaufen, aber ich weiß mein Handwerk.«

Gleichzeitig packte einer seiner Kollegen Melinda und schob sie zu mir. Entsetzt starrte ich sie an. »Melinda! Du steckt mit denen unter einer Decke?«

Erst jetzt sah ich, dass der Typ ihr eine von Papas Rohrzangen aus der Hand nahm.

»Du mieses Schwein«, schrie sie meinen belgischen Freund Vincent an. »Du hast gesagt, du kommst allein.«

Der guckte gewohnt vergnügt. »Jaja, Verbrecherehre ist auch nicht mehr das, was mal war. Aber Schluss jetzt, rein in Wagen.«

Blitzschnell wurden mir die Hände in Handschellen gelegt. Aus den Augenwinkeln sah ich, dass man mit Melinda genauso verfuhr. Sie zischte mir noch ein »Ich bin auch eine Geisel« zu, dann piekte es einmal in meinem Arm, und dann war alles nur noch schwarz.

Als ich langsam wieder zu mir kam, traute ich mich erstmal nicht, die Augen aufzumachen. Ich fing ganz vorsichtig an, mit dem großen Zeh zu wackeln. Das ging. Mutiger geworden bewegte ich erst die Beine, dann die Arme. Keine Fesseln. Gut, jetzt die Augen. Ganz vorsichtig öffnete ich sie und sah ein helles, kleines Zimmer, das einfach eingerichtet war. Ich lag auf einem Bett mit komisch hohen Kopf- und Fußteilen. Daneben ein Nachtschrank und ein kleiner Kleiderschrank. Das Ganze wiederholte sich am Fenster, noch ein Bett, ein Nachtschrank und ein Kleiderschrank. Auf dem anderen Bett lag Melinda, auch sie war nicht gefesselt.

Mein erster Gedanke war: Ich bringe sie um! Diesmal bringe ich sie wirklich um. Ich wollte jetzt sofort wissen, was hier los war.

Vorsichtig setzte ich mich auf. Mir war ein bisschen schummerig. Richtig, da war dieser Pieks in der Werkstatt gewesen – hatten die mir Drogen gespritzt? Hatte ich nicht mal in der Schule gelernt, dass man sofort nach dem ersten Schuss süchtig wurde? Fast war ich mir sicher, dass meine Hände schon richtig stark zitterten und mir kalter Entzugsschweiß auf der Stirn saß. Ich rieb mir vorsichtig den Kopf. Nee, da war nichts. War wohl doch falscher Alarm. Eigentlich hatte ich nur ein bisschen Kopfschmerzen. Ich krabbelte aus dem Bett und schlurfte noch etwas benommen zu Melinda.

»Wach auf, du Miststück, wach sofort auf!«, zischte ich sie an und rüttelte an ihr rum.

Auch sie kam nun zu sich. »Was? Was ist denn, was willst du von mir?«

»Was ich von dir will? Ja, was will ich wohl von dir? Vielleicht wissen, was du dir zum Geburtstag wünschst? Sag mir sofort, was hier los ist!«

Ihre Augen wurden klarer, und sie sah mich an. »Oh. Scheiße. So war das alles nicht geplant, das musst du mir glauben.«

»Ich glaube dir gar nichts mehr. Wie kannst du deine eigene Schwester nur so verraten? Das machen nicht mal die fiesen Schwiegermütter in den Soaps, die du immer guckst.«

»Aber ich habe dich nicht verraten«, jammerte sie, »jedenfalls nicht richtig, Mensch, das war doch alles ganz anders geplant.«

»Ah, einen Plan hattest du also auch? Ist ja großartig. Dann verrate ihn mir doch mal, deinen tollen Plan.«

Melinda setzte sich auf. »Na gut«, sagte sie, »aber es kann sein, dass du ein kleines bisschen sauer wirst.«

»Was heißt hier sauer *werden*?! Ich *bin* schon sauer!«, schrie ich sie an.

»Okay, okay, beruhige dich, und schrei nicht so. Vielleicht steht ja einer vor der Tür Wache, wir müssen leise sein.«

Das leuchtete mir ein. »Jetzt erzähl mir endlich von deinem tollen Plan«, forderte ich sie nun im Flüsterton auf.

»Also, das war so. Als ich letzte Woche wieder nach Hause kam, saß dieser Dicke bei Mama in der Küche. Ich wollte nur kurz ›Hallo‹ sagen und hoch gehen. Mama hat ihn mir vorgestellt und gesagt, dass er ein Freund von dir wäre. Du musst zugeben, du hast schon immer merkwürdige Freunde gehabt, darum habe ich mir auch gar nichts weiter gedacht. Jedenfalls wollte er gehen und hat mich gefragt, ob ich ihn zum Auto bringen könnte. Wollte ich natürlich nicht, aber Mama hatte dieses böse Blitzen in den Augen, also hab ich ihn raus gebracht. Tja, und draußen hat er mir dann erzählt, dass er dich ganz dringend sucht und mir tausend Euro geben würde, wenn ich dich zu ihm bringe.«

Ich starrte sie an. Der Dicke war schon wieder bei meiner Mutter gewesen. So viel zu Nicks Einschätzung, er hätte an ihr gar kein Interesse.

Melinda erzählte weiter. »Als er mir die Kohle angeboten hatte, wusste ich aber sofort, dass da irgendetwas faul sein musste. Also bin ich einfach zum Schein darauf eingegangen und hatte den Typen fast wieder vergessen – bis du vorhin in der Tür standest. Und da habe ich mir überlegt, ihn anzurufen und dich zu ihm zu bringen. Ich hatte ihn extra noch gefragt, ob er allein in der Werkstatt ist. Deswegen hatte ich die Rohrzange eingesteckt. Die hätte ich ihm jederzeit über den Schädel ziehen können, wenn er irgendetwas Krankes von dir gewollt hätte. Das hatte mit diesem Big Wumba und der Bratpfanne schließlich auch funktioniert. Dann hätte ich gleich die Polizei gerufen, wäre zu *RTL Explosiv* gekommen und hätte bewiesen, was für ein toller Bodyguard ich bin.«

»Okay, Melinda«, sprach ich langsam. »Das war also dein Plan, ja? Du hattest keine Ahnung, wer der Typ war. Er hätte der Bruder von Hannibal Lecter sein können. Trotzdem lieferst du mich ihm aus, damit du ins Fernsehen kommst. Hab ich das so weit richtig verstanden?«

»Na ja«, druckste sie herum, »so, wie du es jetzt erzählst, kommt es irgendwie schräg rüber. Es hätte doch funktionieren können!«

»Hat es aber nicht«, zischte ich sie an. »Und weißt du was? Mir reicht es jetzt, ich werde niemals wieder ein Wort mit dir reden.«

Ich wankte wieder zu meinem Bett und ließ mich darauf fallen. Krank, genau das war sie, krank, krank, krank.

»Alice«, kam es vom anderen Bett.

Ich schaute nur stumm an die Decke.

»Alice, Mensch, nun red schon mit mir.«

Ich legte mir die Hände auf die Ohren und summte vor mich hin.

»Alice!! Meine Güte, wir sind zwei Geiseln in der Hand von Verbrechern. Wir können es uns nicht leisten, jetzt nicht miteinander zu reden.«

Gut. Da war was dran. Ich nahm die Hände wieder von den Ohren und guckte sie an. »Okay. Aber ich rede nur mit dir, solange wir hier sind. Wenn oder sollte ich vielleicht lieber sagen falls wir jemals wieder hier rauskommen, dann glaube mir, dann rede ich wirklich nie wieder mit dir.«

»Ja, ja, da kann ich mit leben«, entgegnete Melinda. »Jetzt erzähl mir mal, was der Typ von dir will und vor allem, warum er mich dann gleich mitentführt hat.«

Sie bekam von mir eine Kurzfassung des Geschehenen, allerdings ohne die Details um Nick und die Spieldose. Und warum er sie auch entführt hatte, wusste ich nun wirklich nicht. Doch das sollten wir schon eine Minute später erfahren, da drehte sich nämlich ein Schlüssel im Schloss, und die Tür ging auf.

»Hallo Blondchen, hallo Schwester von Blondchen. Na, wieder wach? So, jetzt habe ich euch beide hier, und ihr bleibt so lange, bis Simon mir mein Geld gibt.«

Mein dicker Freund stand in der Tür, und er war nicht alleine gekommen – in der Hand hielt er eine sehr hässliche Pistole.

Aha. Es ging um Geld, nicht um irgendwelche Beweise. Also hatte Simon mir doch nicht die Wahrheit gesagt. Nur, das brachte mich im Moment auch nicht weiter.

»Und wo genau ist hier?«, fragte Melinda. »Wenn du glaubst, dass Simon dir irgendetwas gibt, nur weil du mich in deiner Gewalt hast, dann täuschst du dich aber gewaltig. Er kann mich nicht ausstehen.«

»Das ist mir egal«, gab Vincent zurück. »Außerdem, ich schlage hier zwei Fliegen mit einer Klappe. Wenn ich euch schon auf den Schultern habe, dann könnt ihr euch auch nützlich machen. ›Nutzbringende Optimierung der Geiselhaltung‹ nenne ich das. Hab ich auch ein Referat gehalten auf dem letzten Treffen von der Familie.« Er sah uns triumphierend an. »Ihr seid hier im Seniorenstift. Das ist Eigentum von mir, und ich brauch Hilfe. Die Frauen aus dem Ort wollen hier nicht mehr arbeiten, und meine Cousine, Schwester Marita, ist nicht mehr die Jüngste, die schafft das nicht mehr allein.«

»Wir sind hier in einem Altersheim?«, fragte ich verwundert. »Und wir sollen hier helfen?«

»Nein, nein, nicht Altersheim, ist ein Seniorenstift. Und ja, ihr macht sauber die Zimmer und kocht das Essen. Pflegerinnen haben wir genug, uns fehlt nur Hauspersonal.«

Melinda lachte laut auf. »Ey, Dicker, du hast sie doch nicht mehr alle. Warum bitte schön sollten wir für dich arbeiten? Wie stellst du dir das vor, willst du den ganzen Tag mit deiner Pistole hinter uns herrennen? Da werden sich deine alten Leutchen hier aber freuen, was?«

»Du glaubst, du bist so richtig schlau, ja?«, keifte Vincent meine Schwester an. »Aber weißt du, ich bin schlauer. Jetzt, wo wir hier reden, sitzt ein guter Freund von mir bei deiner Mutter. Und wenn ihr versucht, wegzulaufen oder jemandem was erzählt, dann peng und tschüs Mama, wünschen dir eine schöne Beerdigung. Habt ihr verstanden? Na, was ist?«

Melinda und ich sahen uns an. Es schien so, als hätte er uns in der Hand.

»Ihr bleibt heute noch hier in dem Zimmer, Essen bringe ich später. Und morgen geht's los, dann ihr könnt arbeiten.« Mit diesen Worten verschwand er.

»Das ist doch wohl das Hirnverbrannteste, was ich je gehört habe«, zeterte Melinda. »Wir sind nicht nur Geiseln von dem Fettsack, sondern auch noch Zimmermädchen und Köchinnen? Wo gibt es denn so was?«

»Ja, wo gibt es denn so was«, äffte ich sie nach. »Vielleicht in einem Land, in dem Frauen ihre Schwestern verraten, nur um mal ins Fernsehen zu kommen?!«

Bald schon wurden wir wieder furchtbar müde. Wahrscheinlich hatte er uns etwas ins Essen getan, denn wir wurden erst am nächsten Morgen wieder wach. Da es bereits dämmerte, musste es so gegen fünf Uhr sein. Wir hatten beide einen Riesenhunger und fielen über die Brote, die uns wohl jemand nachts auf den Tisch gestellt hatte, her. Selbst Melinda war ganz schön angekratzt, sonst vermied sie Kohlenhydrate, wo es nur ging, und Leberwurst hatte ich sie zuletzt essen sehen, da muss sie acht gewesen sein.

Kaum hatten wir uns die letzte Scheibe Brot geteilt, kam der Dicke rein. Der war ja auch schon früh auf den Beinen. Ein erster Hinweis – wir mussten hier auf dem Land sein, von wegen Aufstehen mit den Hühnern und so.

»So, ihr steht jetzt auf. Ihr kommt mit in die Küche.«

Blieb uns etwas anderes übrig? Mir fiel jedenfalls im Moment nicht das Geringste ein.

Vincent führte uns durch ein paar Kellergänge, bis wir in eine große Küche kamen, die recht professionell aussah. Auf der Arbeitsplatte lagen eine Menge Zettel herum.

»So, hier ihr macht Frühstück. Auf den Zetteln steht alles, was ihr wissen müsst. Im Moment wir haben sieben Gäste hier. Und, sie sind Gäste, ja, keine Bewohner oder so was. Um halb acht baut ihr Frühstück auf, so wie auf Zetteln steht, dahinten in Frühstücksraum. Danach geht ihr in die Zimmer, müsst ihr morgens saubermachen und Betten abziehen. Vorher treffen wir uns aber nochmal hier in Küche. So gegen neun. Dann erkläre ich euch alles Weitere.«

Er ging zur Tür, drehte sich aber noch einmal zu uns um und drohte uns: »Immer schön arbeiten, ja? Nix reden mit Gästen, falls ihr doch mal welche trefft. Denkt schön an die *Tupper*-Lady.« Lachend ging er aus der Küche.

»O Mann, was für eine Scheiße«, fluchte Melinda. »Müssen wir jetzt wirklich hier arbeiten?«

»Tja, wird uns erstmal nichts anderes übrig bleiben. Aber uns wird schon was einfallen, ganz bestimmt.«

Wir zuckten mit den Schultern und entschlossen uns erstmal mitzumachen. Auf den Zetteln stand genau, wie viel Käse, Wurst, Brote und so weiter aufzubauen waren und in welchen Zimmern wir zu welcher Zeit zu putzen hatten. Es war offensichtlich vorgesehen, dass wir trotz allem so wenig Kontakt wie möglich zu den »Gästen« haben sollten.

Nachdem wir alle Tische und Stühle zurechtgerückt, Teller und Tassen verteilt, Aufschnitt und Marmelade auf den jeweiligen Plätzen bereit- und Kaffee- und Teekannen aufgestellt hatten, hasteten wir in die Küche zurück. Nun mussten wir noch Haferbrei kochen.

»Melinda?«, fragte ich ohne große Hoffnung. »Hast du eine Ahnung, wie man Haferbrei macht?«

»Glaub schon. Mama hat den doch früher immer für uns gemacht, wenn wir krank waren. Ich glaube, du musst nur Milch warm machen und dann da die Haferflocken reinschütten.«

Huch. Sie war ja wirklich mal zu was nütze. Ich goss Milch in einen Topf und stellte ihn auf den Herd. Danach brauchte ich erstmal eine Pause von diesem stressigen Morgen. Während ich die Augen zumachte und tief ein- und ausatmete, hörte ich ein lautes Zischen. So ein Mist, die Milch war übergekocht. Es war eine Frechheit von Vincent, uns hier, ohne richtige Einarbeitung, das ganze Frühstück aufzuhalsen. Leider war die Milch nicht nur übergekocht, sondern auch angebrannt und fing an zu stinken.

»Mein Gott nochmal«, fauchte Melinda. »So schwer ist

es ja wohl nicht, ein bisschen Milch warm zu machen. Stell dich doch nicht so blöd an.«

»Ich stell mich blöd an?«, fragte ich und baute mich vor ihr auf.

»Reg dich ab. Wärst du nicht mit dem Schleimer Simon zusammen gewesen, wäre das hier alles nicht passiert.«

Ich ging darauf gar nicht mehr ein, sondern setzte nochmal Milch auf. Diesmal blieb ich so lange am Topf stehen, bis die Milch kochte. Ich schaltete die Herdplatte aus und kippte Haferflocken in die Milch. Sah nach einer ziemlichen Pampe aus, aber egal. Ich brachte den Brei noch schnell zu dem Buffet und ging zurück in die Küche.

Vincent war schon da. »Keine Zeit für Pause. Gäste frühstücken jetzt und haben dann Aktivitäten. Ihr macht nun Zimmer, mitkommen«, forderte er uns auf und zeigte uns die Zimmer. Nun verstand ich auch die komische Anordnung unserer Schlafstätte – es waren Seniorenräume.

»Ihr macht Betten, wischt Staub, kehrt Dreck von Boden weg. Jedes Zimmer hat Bad, auch das muss blitzeblank. Und los jetzt. Hier auf dem Flur ihr findet alles fürs Saubermachen. Bis elf Uhr fertig machen, dann wieder in Küche sein.« Mit diesen Worten ließ er uns wieder allein.

»O nein«, plusterte Melinda sich auf, »das kann er sofort vergessen. Ich putz doch keine Silberlocken-Klos, irgendwo hört es ja mal auf.«

»Ach, und was willst du stattdessen tun?«, fragte ich sie. »Vielleicht die Gewerkschaft anrufen? Nun komm schon, denk an Mama.«

Dieser Gedanke trug uns durch alle Zimmer und besonders durch die Bäder. Wer es noch nicht wusste – Senioren sind ab einem bestimmten Alter nicht immer besonders zielgenau. Aber wir schafften bis elf Uhr wirklich alle Zimmer und schmissen erschöpft die Gummihandschuhe in den Müll. Vincent erwartete uns schon in der Küche.

»Ihr kocht Mittagessen, gibt Gemüsesuppe mit Fleischbällchen. Seht ihr hier alle Zutaten. Vier bekommen normal Suppe, drei bekommen durchgedreht.« Schon wieder verschwand er.

Durchgedreht? Das passte zu ihm. Aber halt, ja, er meinte wohl püriert, denn ich erblickte eben einen Pürierstab. Wir schnippelten Gemüse, schälten Kartoffeln, holten die zum Glück schon fertigen Fleischbällchen aus ihrer Tiefkühlverpackung und warfen alles in einen Riesentopf. Melinda goss Wasser drüber, und wir sanken ermattet auf zwei Stühle, die an einem kleinen Tisch standen.

»Das überleb ich nicht«, jammerte sie. »Ich will eine richtige Geisel sein, von mir aus auch angekettet in einem feuchten Kellerraum und mit nichts als Wasser und Brot, aber das hier übersteh ich nicht. Ich bin völlig fertig.«

Ich musste ihr recht geben. Auch ich war völlig kaputt, und es war erst halb zwölf Uhr mittags.

»Pass auf. Wir decken jetzt den Tisch und bringen die Suppe raus. Auf dem Zettel steht, zum Nachtisch gibt es Joghurt, der steht fertig im Kühlschrank. Danach machen die bestimmt Mittagsschlaf, und wir haben auch Pause. Dann überlegen wir uns was«, machte ich uns Mut.

Wirklich gestand uns unser Gefängnisaufseher eine Stunde Pause nach dem Mittagessen zu. Wir aßen etwas von der Suppe, die uns gar nicht mal so schlecht gelungen war, und gingen in unser Zimmer.

»So«, sagte ich, »jetzt lass uns mal ganz logisch über unsere Situation nachdenken. Äh, du fängst an.«

»Wir müssen herausfinden, was dein dicker Freund eigentlich bezweckt«, sinnierte Melinda.

»Toll, das wissen wir doch. Er will Simon, und weil er den nirgendwo finden kann, nimmt er uns als Geiseln, damit er an ihn rankommt. Ist doch klar.«

»Warte, warte«, sagte Melinda. »Wenn er den nirgendwo finden kann, wie können wir ihm dann helfen? Und wie will er ihn mit uns erpressen, wenn er gar nicht mit ihm sprechen kann?«

Wir sahen uns an.

»Verdammt, du hast recht. Wir sind ihm nur nützlich, wenn wir ihn zu Simon bringen können, aber das können wir ja gar nicht. Höchstens, wenn Simon wieder in Kontakt mit mir treten würde. Aber das tut er ja nicht. Er wird ja wohl ahnen, dass sein Handy überwacht wird, deswegen ist seine Nummer auch nicht mehr vergeben. Und das weiß Vincent doch sicher auch. Also, was machen wir hier?«

»Ich hab's«, rief Melinda. »Seine Verbrecherehre hat es nicht überwunden, dass du ihm da im Parkhaus entwischt bist. Und weil er ein effektiver Verbrecher ist, verbindet er das Angenehme mit dem Nützlichen und hat uns entführt, um zum einen sein Gesicht nicht zu verlieren und zum anderen, um billige Arbeitskräfte für sein Altersheim zu finden.«

»Seniorenstift«, korrigierte ich automatisch. »Aber natürlich, das ist es«, gab ich ihr recht. »Aber ist der Aufwand nicht etwas groß? Ich meine, nur dafür, dass wir hier den ganzen Tag für nix arbeiten, auch Mama als Geisel zu nehmen?«

Wieder starrten wir uns an.

»O Mann, sind wir blöde«, stöhnte Melinda.

»Ich fürchte, wir sind uns endlich mal einig«, setzte ich seufzend hinzu, »wir haben uns von dem Scheißkerl nur komplett einschüchtern lassen. Mama ist überhaupt keine

Geisel. Wenn er Mama hat, muss er ja auch Papa haben, oder? Und wie soll das gehen? Das fällt doch auf, wenn Papa nicht in die Werkstatt kommt und Mama ihre *Tupper*-Termine einfach so sausen lässt.«

Wir nahmen uns erleichtert in die Arme und tanzten durch das Zimmer. Für einen Moment waren alle unsere Feindseligkeiten vergessen. Aber dann hielt ich inne.

»Okay. Das ist alles gut. Aber wie kommen wir hier raus? Wenn wir jetzt die Polizei rufen, kann er sich immer noch Mama schnappen. Oder er ist so sauer auf uns, weil wir ihn durchschaut haben, dass er uns bei einem Fluchtversuch doch noch erschießt. Das müssen wir jetzt mal ganz genau planen.«

»Ich hab's«, freute sich Melinda. »Wir lassen ihn in dem Glauben, dass wir nichts kapiert hätten. Ich meine, ewig kann der hier doch nicht rumhängen, Kokain verkauft sich ja schließlich nicht von allein. Wir spielen ein paar Tage mit, das halten wir schon noch aus. Und wir tun richtig eingeschüchtert und fangen manchmal an zu weinen. Und sobald er dann mal das Haus verlässt, sind wir auch weg.«

»Das ist richtig gut«, lobte ich sie. »Aber wir können hier nicht einfach rausmarschieren, auch wenn er weg ist. Was ist mit dieser einen Pflegerin, die hier manchmal herumläuft? Und seine Cousine, diese Schwester Marita, was ist mit der? Wer weiß, vielleicht steckt die mit ihm unter einer Decke.«

Ich dachte eine Weile nach. »Also, ich wüsste da vielleicht etwas«, ließ ich meinen Gedanken freien Lauf, »aber es ist schon ein bisschen eklig. Mittags, wenn die Alten essen, kommt doch der Wagen von der Wäscherei. Und der Fahrer ist heute mit der Pflegerin eine rauchen gegangen. Vielleicht machen sie das jeden Tag so. Wir könnten uns dann in saubere Laken einwickeln und uns zwischen die Wäsche legen.«

»Der Wäschereiwagen. Ein Klassiker«, stimmte Melinda zu. »So machen wir das. Die Olle hat sich eben nach dem Mittagessen auch hingelegt, die dürfte also erstmal nicht merken, dass wir weg sind. Wir fahren per Anhalter nach Hause und vergewissern uns, dass Mama keine Geisel ist. Dann können wir deinen Nick anrufen.«

Meinen Nick. Das gefiel mir.

Endlich mal ein wirklich guter Plan. Und genau so machten wir es. Wir spielten ein paar Tage lang die eingeschüchterten, folgsamen Geiseln, standen in aller Herrgottsfrühe auf, bereiteten die Mahlzeiten zu und putzten, als würden wir für eine Weltmeisterschaft üben. Dabei beobachteten wir unsere Umgebung ganz genau und stellten schnell fest, dass die Gewohnheiten, die uns schon am ersten Tag aufgefallen waren, sich tatsächlich täglich wiederholten. Und immer, wenn uns Vincent über den Weg lief, fuhren wir vor Angst zusammen und bettelten ihn an, unsere arme Mutter zu verschonen. Das schien ihn zu überzeugen.

Nach drei Tagen kam er morgens in die Küche und machte ein ganz besonders böses Gesicht.

»So, ihr beiden, ich muss einen Tag wegfahren. Wenn ihr das ausnutzt und hier schludert, dann erfahre ich das. Und dann wird es schlecht gehen eurer Mutter, wollt ihr das?«

Ich war dran, also schlang ich die Arme um mich und winselte: »O nein, nicht unsere Mutter, nicht unsere arme Mutter! Wir werden nicht schludern, ganz bestimmt nicht. Wir kochen und machen alles ganz sauber!«

Er warf uns noch einen grimmigen Blick zu und verschwand tatsächlich.

»So«, sagte ich zu Melinda, »beim Mittagessen geht es los.«

Pünktlich wie immer fuhr der Wäschereiwagen vor. Manchmal sind deutsche Tugenden wirklich praktisch. Der Fahrer lud bündelweise dreckige Wäsche in seinen Lieferwagen und ging dann zur Pflegerin auf die Terrasse.

»Jetzt oder nie«, raunte ich Melinda zu, und wir rannten zu dem Wagen. Ich reichte ihr eines der sauberen Gummilaken, die wir gleich nach Vincents Abgang in der Küche deponiert hatten. Nach dem Öffnen der Ladeklappe stieg uns ein widerlicher Geruch von Urin und noch Schlimmerem in die Nase. Melinda blieb stehen.

»Komm jetzt«, bat ich sie, »ich weiß, das ist super eklig. Aber entweder wir ertragen das jetzt, oder wir werden bis an unser Lebensende Bäder schrubben und Großküchenessen kochen dürfen.«

Das Argument überzeugte sie. Wir wickelten uns in die Gummilaken und legten uns in die stinkende Wäsche. Nach wenigen Minuten startete der Wagen. Auf ging's in die Freiheit!

Der Wagen fuhr und fuhr, aber immer, wenn eine von uns vorsichtig den Kopf hob und durch das kleine Seitenfenster guckte, sahen wir nur Wald und Felder. Nach ungefähr einer halben Stunde nahm der Straßenlärm zu, wir waren auf einer Art Zubringerstraße.

»An der nächsten roten Ampel springen wir raus«, informierte ich meine Schwester. »Das machen wir ganz natürlich, als ob wir jeden Tag da aussteigen würden, dann findet das niemand, der uns sieht, komisch.«

Wir wickelten uns aus unseren Laken und kauerten uns vor die Hecktüren. Kaum hielt der Wagen, waren wir schon draußen. Vorsichtig schlossen wir die Türen wieder hinter uns und standen auf der Straße. Uns miteinander unterhaltend, gingen wir auf den Bürgersteig und einfach weiter. Und außer ein paar komischen Blicken von müden Berufspendlern passierte wirklich nichts.

»Wo sind wir hier denn überhaupt?«, fragte Melinda.

Das hätten wir wohl vorher mal in Erfahrung bringen sollen. Die Straße, auf der wir standen, sah aus wie jeder andere Autobahnzubringer. Viel Gewerbe und Tankstellen.

»Gute Frage. Lass uns mal da zur Tankstelle gehen, da werden wir schon herausfinden, wo wir sind.«

Plötzlich packte mich Melinda am Arm. »Guck mal, da, an der Zapfsäule.«

Dort stand ein Lieferwagen mit der Aufschrift *Ihr Blitzkurier*. Aber noch besser war das Kennzeichen – der kam ja aus unserer Stadt!

Wir nickten uns bedeutungsschwanger zu.

»Los«, forderte Melinda mich auf, »und immer schön mit den Hüften wackeln.« Sie machte es vor und ging auf einen untersetzten Mann mittleren Alters zu. »Hallo«, strahlte sie ihn an, »Sie sind unsere Rettung, der Himmel muss Sie geschickt haben.«

Er sah schon mal geschmeichelt aus.

»Wissen Sie«, redete Melinda weiter, »wir hatten hier in der Gegend ein Shooting für den *Playboy*. Aber wir haben unser Team verloren, die müssen ohne uns losgefahren sein. Ob Sie uns wohl mitnehmen könnten?«

Der Mann guckte jetzt eindeutig begeistert. »Der *Playboy*? Seid ihr beide welche von den Nacktmodels?«

»Nur ich«, belehrte ihn Melinda. »Sie da ist meine Assistentin.«

Typisch, sie wird sich nie ändern.

»Also klar, ja, aber wo wollt ihr denn hin? Ich hatte eben eine Tour und fahr jetzt wieder nach Hause.«

Perfekt. »Also, wenn Sie uns in der Nähe vom Hauptbahnhof rauslassen könnten, wäre das super«, schaltete ich mich ein.

Kurz darauf saßen wir auf der Rückbank, und es ging Richtung Heimat. Wir hörten unseren Fahrer noch aufgeregt fragen: »Ja, und, erzählt doch mal, wie ist denn so ein Shooting?«, da fielen wir schon in einen Tiefschlaf. So eine harte Woche hatten wir noch nie gehabt, der Schlaf kam ganz automatisch.

Wir wachten erst wieder auf, als der enttäuschte Fahrer uns am Hauptbahnhof herausließ. Melinda schenkte ihm noch ein sehr verführerisches Lächeln, aber das war wohl auch kein Trost mehr für ihn. Egal, wir liefen zur U-Bahn, hofften während der zwanzigminütigen Fahrt, dass uns kein Kontrolleur erwischen würde, und hatten wieder Glück. Unbehelligt stiegen wir an unserer Haltestelle aus und gingen nach Hause.

Mamas Auto stand vor der Tür, Papas Klempnerwagen nicht. Ein gutes Zeichen, aber wir beschlossen, vorsichtig zu sein, und schlichen erstmal ums Haus. Soweit sah alles ganz normal aus. Durch das Fenster im Wohnzimmer sahen wir, dass es leer war. Danach duckten wir uns vor dem Küchenfenster und schoben ganz langsam unsere Köpfe hoch. Und da war unsere Mutter, unbeschwert und fröhlich saß sie am Küchentisch und entsteinte Kirschen. Von einem Geiselnehmer weit und breit keine Spur, alles friedlich. Jedenfalls bis sie unsere halben Köpfe vor dem Fenster sah. Sie schrie unglaublich laut auf, sprang vom Stuhl und schnappte sich die uns wohlvertraute Bratpfanne, die im Abtropfbecken lag.

Mit einem Ruck riss sie das Küchenfenster auf, wobei sie die Bratpfanne wild um sich schwang. »Perverse, Spanner, Triebtäter! Na wartet, euch werde ich es zeigen, nicht mit mir!«

»Mama!«, rief ich laut. »Wir sind es doch nur, jetzt beruhige dich doch.« Die Bratpfanne kam zur Ruhe, meine Mutter noch nicht so ganz.

»Alice? Melinda? Ja, sagt mal, was soll denn das, mich so zu erschrecken? Erst lasst ihr euch tagelang nicht zu Hause blicken, und dann schleicht ihr auch noch wie Verbrecher im Garten herum. Was denkt ihr euch eigentlich dabei?«

»Mach uns bitte mal auf, wir können alles erklären«, bat Melinda. Kurz darauf standen wir in der Küche und guckten unsere Mutter glücklich an.

Ich fiel ihr gleich um den Hals. »Mama«, schluchzte ich, »dir geht es gut, das ist so schön. Dir geht es doch gut, oder? Du tust doch nicht so, weil man dich dazu zwingt, oder?«

»Was?? Warum soll es mir denn nicht gut gehen, mal davon abgesehen, dass ich zwei missratene Töchter in die Welt gesetzt habe?«

»Ach«, sagte Melinda, »wir dachten nur, man würde dich als Geisel halten, aber dann ist ja jetzt alles gut.«

»Ich, eine Geisel? Jetzt verstehe ich überhaupt nichts mehr«, seufzte meine Mutter und setzte sich wieder an den Küchentisch.

»Wir werden dir alles später erklären«, versprach ich ihr, »aber vorher muss ich ganz dringend telefonieren.« Na ja, *alles* würde ich ihr nur dann erklären, wenn ich es gar nicht verhindern konnte. Jetzt lief ich erstmal ins Wohnzimmer, machte die Tür fest hinter mir zu und wollte Nick anrufen. Einen Moment war ich völlig erschrocken, weil mir seine Handynummer nicht einfiel. Und der Zettel mit seiner Nummer drauf lag natürlich noch neben dem uralten Telefon in meinem Häuschen im Dorf. Aber, puh, ich hatte sie damals doch auch in meinem Notizbuch notiert, und das müsste noch oben in meinem Zimmer sein.

Genau, da lag es. Ich sauste wieder runter, vorbei an der offenen Küchentür, wo meine Mutter mich fassungslos anstarrte, und wieder ins Wohnzimmer.

Es klingelte zweimal, dann hörte ich diese Stimme, die ich so sehr vermisst hatte.

»Nick«, fast schrie ich, »ich bin es, es ist alles wieder gut. Ich und Melinda waren nutzbringende Geiseln vom Belgier, aber wir haben es geschafft zu fliehen.«

»Alice«, auch Nick schrie nun, wirkte aber sehr erleichtert, »o verdammt, Alice, geht es dir gut? Wo bist du?«

»Wir sind gerade eben nach Hause gekommen, zu meinen Eltern. Uns geht es gut, und Mama entsteint Kirschen.« Okay, ich redete völligen Blödsinn. Aber ich war so froh, wieder in Nicks Nähe zu sein, und wohl einfach etwas durcheinander.

»Kannst du bitte herkommen? Kannst du mich abholen? Kannst du meine Eltern beschützen? Es könnte sein, dass der dicke Vincent so langsam nach uns sucht.«

»Ich bin schon unterwegs. Rühr dich nicht vom Fleck, geh nicht weg, ich bin in einer halben Stunde da. O Gott, Alice, ich habe mir solche Sorgen gemacht. Geht es dir auch wirklich gut?«

»Ja, wirklich, also meine Hände haben ganz schön was abgekriegt, aber ansonsten bin ich okay.«

Er wiederholte noch mal, dass er sofort losfahren würde, und ich ging zurück in die Küche.

»Also, Nick kommt gleich, und dann wird alles gut, ist das nicht toll?«

Melinda strahlte, meine Mutter nicht. »Würdet ihr mir jetzt bitte sofort sagen, was hier los ist? Alice, du setzt dich jetzt hin, und du stehst nicht eher wieder auf, bis du mir alles erzählt hast.«

Ach je, was sollte ich ihr bloß sagen? Vielleicht würde

sie die Sache mit Simon und den Drogenhändlern noch verstehen, aber sobald sie von meinem Job in der Pornobranche erfuhr, war ich tot.

»Mama«, setzte ich an, »also, das war so. Der dicke Belgier, der hier war, weißt du noch, der mit den Pralinen?«

»Und ob ich das noch weiß, du hast dich damals wie eine Verrückte aufgeführt. Nicht, dass das was Neues wäre«, fügte sie noch kopfschüttelnd hinzu.

»Na ja, jedenfalls der Belgier, der war überhaupt kein Freund von mir, sondern ein Betrüger, der mit Simon unter einer Decke steckte. Die beiden haben zusammen das Finanzamt betrogen. Ich wusste von gar nichts«, setzte ich schrill hinterher, als ich den Blick meiner Mutter sah.

»Und als ich dann in meinem Job bei der Produktionsgesellschaft anfing, stellte sich heraus, dass das gar keine echte Produktionsgesellschaft war, sondern eine verdeckte Ermittlung der Polizei, die haben dort nur so getan, als ob sie Missstände aufdecken wollten. Aber eigentlich wollten sie Simon und den dicken Belgier auffliegen lassen.«

Nun war meine Mutter tatsächlich einmal sprachlos.

»Na ja, und was sollte ich denn dann machen? Ich konnte doch nicht gleich wieder den Job kündigen, das wäre dir doch auch nicht recht gewesen, oder? Und so hab ich mich die letzten Tage mit Melinda zusammen an die Spuren der beiden geheftet, aber wir haben sie nicht gefunden. Und darum kommt Nick jetzt her, um uns wieder dabei zu helfen.«

Das hörte sich doch glaubwürdig an, oder? Ich schielte zu Melinda rüber, die den Daumen hochhielt. Aber meine Mutter hatte da noch die eine oder andere Frage.

»Ja, sag mal, dieser Nick, ist der denn von allen guten Geistern verlassen? Er ist doch der Polizist, habe ich das richtig verstanden?«

Melinda und ich nickten.

»Und warum, bitte schön, lässt er euch beide dann die ganze gefährliche Arbeit machen? Das ist ja unverantwortlich, da fehlen mir einfach die Worte!«

»Das war gar nicht gefährlich«, sprang mir Melinda bei. »Wir waren nämlich nur zur Beobachtung eingesetzt, in einem Alters… äh, Seniorenstift.«

»Ihr beide? In einem Seniorenstift? Was habt ihr da denn gemacht?«

»Oh, wir haben nicht nur beobachtet, sondern auch geholfen«, betonte ich stolz. »Und wusstest du, dass Melinda Gemüsesuppe kochen kann?«

»Wirklich?« Endlich lächelte Mama. »Melly, das ist ja großartig! Ich habe es dir ja immer gesagt, man muss nur wollen, dann kann man viel mehr erreichen, als man denkt.«

Ich sah verstohlen auf die Uhr. Spätestens in zwanzig Minuten würde Nick hier eintreffen, und ich hatte nichts Besseres zu tun, als über Gemüsesuppe zu reden? Hektisch sprang ich auf. »Ich muss unbedingt ins Badezimmer, meine Haare sind bestimmt eine Katastrophe, und geschminkt habe ich mich seit vier Tagen nicht mehr.«

»O Gott«, stöhnte Melinda, »ich auch nicht! Wie sehen wir denn bloß aus?«

Wir verließen hastig meine Mutter und rannten ins Badezimmer. Nacheinander hasteten wir unter die Dusche. Dann wurden hektisch Schminktaschen ausgepackt, Glätteisen aufgeheizt und Klamotten aus den Schränken gerissen.

»Ich habe abgenommen«, rief ich begeistert aus meinem Zimmer, »meine *Seven*-Jeans passt mir endlich wieder!« Ich zog schnell noch einen dünnen, roséfarbenen Seidenpullover mit tiefem V-Ausschnitt an, rannte wieder ins Bad und schminkte mich sehr natürlich, nur mit getönter Feuchtigkeitscreme, Wimperntusche und Lippenstift. Na ja, die Zeit drängte eben. Schnell noch ein paar Mal mit dem Glätteisen durch die Haare, wieder in mein Zimmer gerannt, *ck one* aufgesprüht und fertig. Während Melinda gerade mal beim Lidstrich angekommen war, rannte ich schon wieder die Treppe runter und in die Küche. In dem Moment klingelte es an der Tür.

»Mama, bitte, bitte, versteh es jetzt nicht falsch, aber bitte, bleib mal kurz in der Küche, okay?«

Ich knallte die Küchentür hinter mir zu, riss die Haustür auf und lag ohne Verzögerung in Nicks Armen.

»Alice, meine Süße! Du bist wieder da, dir geht es gut.«

»Jetzt ja«, schniefte ich an seiner Schulter. »Es war gar nicht so schlimm, weißt du?«

»Und was ist mit deinen Händen passiert, was hat der verfluchte Mistkerl mit dir angestellt?« Er nahm meine Hände in seine und begutachtete sie genau.

»Die werden schon wieder, das Raue kommt von dem ständigen Spülen.«

»Dem Spülen?«

»Ja, wir waren ›nutzbringende Geiseln‹, so nannte Vincent das, und wir mussten kochen und putzen. Die ganze Zeit wischen, Klos putzen, Duschen schrubben, Betten abziehen, Gemüse schneiden, abwaschen … Kannst du dir das vorstellen? Darum sehen meine Hände jetzt so schlimm aus. Aber zum Glück ist das nichts, was eine gute Maniküre nicht wieder in Ordnung bringen könnte«, sagte ich tapfer.

Nick nahm mich wieder in die Arme und drückte mich ganz fest.

»Okay, das werden wir alles klären. Aber ich verspreche dir, ab sofort lassen wir dich nicht einen Moment mehr aus den Augen.«

Meiner Mutter war es in der Küche erwartungsgemäß zu langweilig geworden. Sie stand im Flur und schaute Nick böse an, der mich aber trotzdem nicht losließ. Ein mutiger Mann.

»Sie schon wieder. Erst belügen Sie meine Tochter über die Art ihrer Arbeitsstelle und bringen sie in höchste Gefahr. Dann muss sie in einem Seniorenstift arme, alte Menschen ausspionieren. Was haben Sie sich denn als Nächstes für Alice ausgedacht? Soll sie vielleicht Osama Bin Laden durch die Höhlen jagen?«

Meine Mutter war eine friedliebende Frau. Jedenfalls so lange, bis es um die Familie ging.

»Mein Name ist Wegener«, stellte Nick sich ihr vor. Ach, das wusste ich ja auch noch nicht. Alice Wegener, doch, hörte sich gut an.

»Es tut mir leid, dass Sie sich um Alice gesorgt haben. Glauben Sie mir, wir konnten mit vielen Dingen nicht rechnen. Ich darf die Damen bitten, mit mir ins Präsidium zu kommen. Dort werden wir gemeinsam mit meinem Vorgesetzten das weitere Vorgehen absprechen und sicherstellen, dass hier niemand mehr in Gefahr gerät.«

»Wir sollen aufs Präsidium?«, wunderte sich meine Mutter. »Ich steige in keinen Streifenwagen, das können Sie sofort vergessen. Ich habe hier einen Ruf zu verlieren, junger Mann.«

»Keine Angst«, beruhigte Nick sie, »ich bin mit dem schwarzen Mercedes dort vorn gekommen, und damit fahren wir auch ins Präsidium. Und wir parken in der Tiefgarage. Niemand wird Sie sehen, versprochen.«

Damit ließ sie sich beruhigen. Melinda war auch endlich fertig und schwebte die Treppe herunter. Ich stellte ihr Nick vor, und sie warf mir einen anerkennenden Blick zu. »Na, das ist doch ein anderes Kaliber als der Schleimer

Simon. Den würde ich auch nicht von der Bettkante stoßen.«

»Melinda«, entrüstete sich meine Mutter, »wie redest du denn, sei nicht so ordinär.« Mit einem entschuldigenden Lächeln wandte sie sich Nick zu. »Sie meint es nicht so, eigentlich ist sie ein ganz liebes Mädchen.«

Nick musste sich ein Lachen verkneifen. Keiner, der auch nur einen Blick auf Melinda warf, würde glauben, dass sie ein liebes Mädchen wäre.

Das Büro im Präsidium kam mir bekannt vor. Als Nicks Vorgesetzter hineinkam, wusste ich auch sofort, woher ich es kannte.

»Oh, Herr Kommissar Schlüter, nett, Sie mal wiederzusehen.«

Herr Schlüter warf erst mir einen Blick zu und wurde plötzlich leichenblass, als er meine Mutter sah. Auch sie hatte ihn nicht vergessen.

»Sie«, kam es böse aus ihrem Mund, »Sie kenne ich doch, Sie wollten mich verhaften, nur weil ich mir Sorgen um meine Tochter gemacht habe.«

»Was?«, lachte Melinda. »Sie wollten meine Mutter verhaften? Ich scheine ja eine ganze Menge verpasst zu haben. Weiß Papa das eigentlich?«, wandte sie sich unschuldig an meine Mutter.

Nun wurde sie auch blass. Wie aufs Stichwort betrat noch ein uniformierter Polizist das Büro. »Herr Schlüter, wir haben Herrn Wörthing hergebracht.« Und herein schlich mein Vater, der gar nicht glücklich aussah. Er schaute zuerst zu meiner Mutter, dann zu Melinda und mir, seufzte einmal tief und ließ sich deprimiert auf einen Stuhl sinken.

»Herbert, was machst du denn hier?«, fragte meine Mutter fassungslos. »Herr Schlüter, was ist denn hier los, was soll das alles?«

Herr Schlüter wirkte ähnlich deprimiert wie mein Vater. »Gut, eines nach dem anderen. Nick, wir beide reden bitte mal hier mit Alice Wörthing. Sie anderen warten kurz draußen, ich werde auch gleich mit Ihnen sprechen.«

»Wieso wollen die denn mit dir alleine reden?«, regte meine Mutter sich auf. »Das hatten wir doch alles schon mal. Lernen Sie denn gar nichts aus Ihren Fehlern?«, fragte sie den Kommissar feindselig.

»Mama, reg dich nicht auf, so geht Polizeiarbeit nun mal, kennst du doch aus *CSI New York*«, rief ich ihr nervös zu und beobachtete, wie sie alle drei widerstrebend den Raum verließen.

»Einen Moment noch, Frau Wörthing«, rief Herr Schlüter meiner Mutter nach, »keine Störungen bitte, ja?«

Meine Mutter zog missbilligend eine Augenbraue hoch, erwiderte aber nichts.

»So«, sagte Kommissar Schlüter, als wir nur noch zu dritt waren. »Jetzt mal der Reihe nach. Frau Wörthing …«

»Bitte, nennen Sie mich Alice, ja? Ich komme sonst durcheinander und denke immer, Sie meinen meine Mutter.«

»Von mir aus«, brummte der Kommissar. »Also, wo und wie sind Sie in die Gewalt von Herrn Vincent Laurent gekommen?«

Gut. Ich hatte mir zwar geschworen, nie wieder mit Melinda zu reden. Und umbringen wollte ich sie auch. Aber in den letzten Tagen waren wir uns das erste Mal seit Jahren wieder nähergekommen. Und sie hatte sich toll verhalten in unserer Geiselhaft, jetzt würde ich sie nicht in die Pfanne hauen.

»Mir war so langweilig in diesem kleinen Dorf«, jammerte ich. »Nirgends konnte man da shoppen gehen, mir ist einfach die Decke auf den Kopf gefallen. Darum wollte ich nur mal kurz nach Hause und mit meiner Mutter und meiner Schwester ins Einkaufszentrum gehen. Danach wäre ich auch sofort wieder zurückgekommen.«

Schlüter sah mich irgendwie merkwürdig an, während Nick den Kopf schüttelte und irgendwas von »Ich wusste, dass sie nicht zu dem Friseur auf dem Land geht« murmelte.

Gut. Jetzt hätte ich ihnen alles von der Spieldose und dem USB-Stick erzählen können. Aber ich wusste nach wie vor nicht, was da drauf war. Und ich war sicher, dass Simon mich nicht erst in den letzten Wochen total verarscht hatte. Erst wollte ich selbst Klarheit haben, was er da abgezogen hatte. Danach könnte ich ihnen immer noch davon erzählen.

»Na ja, meine Mutter war zwar nicht da, aber meine Schwester. Und als wir los wollten und die Haustür aufmachten, standen da der Belgier und zwei seiner Kumpane vor der Haustür. Sie drängten uns ins Haus, fuchtelten mit ihren Pistolen herum und schoben uns schließlich raus zu meinem Auto, also zu dem aus dem Dorf. Damit haben sie uns dann zu einer schäbigen Werkstatt in einem üblen Gewerbegebiet gefahren.« So. Ab jetzt konnte ich bei der Wahrheit bleiben. Ich erzählte von dem Pieks und wie wir erst im Seniorenstift wieder zu uns gekommen waren und vor allem von unseren Pflichten.

»Okay, stopp«, sagte der Kommissar, »habe ich das richtig verstanden? Sie waren Geiseln, die sich um den Haushalt des Seniorenheimes gekümmert haben?«

»Ja, so war das«, erwiderte ich. »Der Vincent hat das erfunden. Er nennt das ›optimierte Nutzhaltung von Geiseln‹.«

Beide sahen mich fassungslos an. Der Kommissar fand als Erster die Sprache wieder. »So etwas Absurdes habe ich noch nie in meinem Leben gehört. Aber bei Ihnen scheint ja einiges anders zu sein als normalerweise. Nur, wenn Sie und Ihre Schwester dort gearbeitet haben, dann müssen Sie sich doch zumindest im Haus frei bewegt haben können. Hatten Sie denn nicht früher die Möglichkeit zur Flucht oder wenigstens die Chance, ein Telefonat zu führen?«

»Nein, nein«, lachte ich, »so doof ist der Vincent ja nun auch nicht. Natürlich hat er uns weisgemacht, dass er auch unsere Mutter als Geisel hätte und ihr etwas antun würde, wenn wir fliehen oder jemanden informieren sollten.«

»Ihre Mutter war auch eine Geisel?«, fragte Schlüter schwach.

Der Mann hörte einfach nicht zu. »Sie war natürlich keine Geisel. Wir sollten das nur denken. Und das haben wir auch. Also, jedenfalls eine Zeitlang. Doch dann wurde uns klar, dass er uns wahrscheinlich angelogen hatte.«

Schlüter seufzte. »Ich fasse mal zusammen. Vincent Laurent und zwei weitere Männer haben Ihnen und Ihrer Schwester vor dem Elternhaus aufgelauert. Sie haben Sie mit einer Waffe bedroht und Ihnen eine Droge gespritzt. Daraufhin schliefen Sie ein und wachten erst wieder im Seniorenstift auf. Dort arbeiteten Sie vier Tage in der Küche und den Zimmern, bis Ihnen die Flucht in einem Wäschereiwagen gelang und Sie anschließend per Anhalter nach Hause fuhren. Ist das so weit richtig?«

Ich strahlte. »Genau so war es, Herr Kommissar.«

»Nick, was meinst du?«, fragte er.

»Tja, Hans, mir geht es wie dir. Ich habe so etwas auch noch nie gehört. Du weißt, wie lange ich schon bei der Truppe bin. Ich habe Drogendealer erlebt, die sich gegenseitig wegen Kleinigkeiten erschossen haben. Durchgeknallte, die Leute verstümmelten, weil einen Tag zu spät gezahlt wurde. Aber so was – nein. Doch ich würde sagen, so etwas kann nur unserer Alice hier passieren.«

Wenigstens zwinkerte er mir bei diesen Worten heimlich zu.

»Nun denn«, sagte Schlüter, »eine unangenehme Geschichte, aber mit glücklicherweise gutem Ende. Bitten Sie doch jetzt Ihre Schwester herein. Aber nur die Schwester, nicht Ihre Mutter.«

Hörte sich an, als hätte er am liebsten noch ein »bitte, bitte« angehängt.

Ich ging auf den Flur zu Melinda, sagte meiner Mutter, dass sie auch gleich drankäme, und zog Melinda an mich: »Ich habe dich nicht verpetzt, die haben uns zu Hause aufgelauert, habe ich gesagt.«

»Danke«, flüsterte Melinda zurück, und gemeinsam gingen wir wieder ins Büro.

»So, Frau Wörthing«, begrüßte Schlüter sie, »von Ihnen brauchen wir nur die Bestätigung der Aussage Ihrer Schwester.«

»Okay«, gab Melinda zurück, »aber können Sie mich bitte Melinda nennen, sonst komme ich durcheinander und denke, Sie meinen meine Schwester.«

Schlüters rechtes Augenlid begann zu zucken. »Gut, Melinda, erzählen Sie mir kurz, was in den letzten vier Tagen vorgefallen ist.«

Dank meiner Hilfe erzählte sie so ungefähr das Gleiche wie ich. Allerdings setzte sie noch hinzu, dass mir die Milch angebrannt war. Das hätte sie sich definitiv sparen können.

Nick versuchte, sein Grinsen zu unterdrücken und wandte sich wieder an seinen Vorgesetzten. »Ich gebe dir recht, Hans, schlimme Geschichte, aber wenigstens mit gutem Ende. Vor allem wissen wir jetzt, von wo aus Vincent Laurent operiert. Wir lassen die Kollegen dieses Heim ausfindig machen, und dann schlagen wir zu. Immerhin haben wir ihn jetzt wegen bewaffneter Geiselnahme und Zwangsarbeit dran. Alice, gibst du mir mal bitte die Adresse von dem Heim?«

Oh.

»Äh, Melinda, hast du gerade die Adresse zur Hand?«

»Ich? Wie kommst du denn da drauf? Woher soll ich denn wissen, wo das war?«

Schlüter schlug seinen Kopf auf den Tisch. »Nein, nein, nein! Erzählen Sie mir jetzt nicht, dass Sie sich nicht dafür interessiert haben, wohin man Sie gebracht hat. Erzählen Sie mir jetzt nicht, dass Sie nicht wenigstens mal im Büro waren und dort in Bestellungen oder Briefen nachgesehen haben, wohin man Sie gebracht hat.«

Kaum war er fertig mit Schreien, sprang die Tür auf, und meine Mutter stürzte herein. Doch bevor sie irgendetwas sagen konnte, lief Schlüter rot an und schrie noch lauter: »Raus hier, *sofort* raus hier. Nur ein Wort von Ihnen, und ich vergesse mich.«

Das war deutlich. Und vor meinem Vater wollte sie wohl keine Szene machen, jedenfalls verschwand sie tatsächlich sofort wieder.

Er blickte uns mit blutunterlaufenen Augen an.

»Also, jetzt hören Sie aber mal«, empörte sich Melinda. »Schreien Sie uns gefälligst nicht an. Wir sind nicht daran gewöhnt, aus unserem eigenen Haus verschleppt, mit Pistolen bedroht und mit Zwangsarbeit bestraft zu werden. Was erwarten Sie denn von uns, wir sind doch nicht Super-Girl. Vier Tage haben wir in lähmender Angst verbracht, wir konnten keinen klaren Gedanken mehr fassen.«

Nick rieb sich die Stirn. »Entschuldige, Melinda, er wollte euch nicht anbrüllen.«

»Wollte er doch«, gab Schlüter dumpf zurück.

Nick achtete nicht auf ihn. »Aber als ihr aus dem Wäschereiwagen ausgestiegen seid, habt ihr da nicht ein Ortsschild gesehen? Oder das Kennzeichen von dem Wäschewagen vielleicht? Und nachdem ihr an der Tankstelle die Mitfahrgelegenheit gefunden hattet, da muss euch doch auf der Fahrt irgendwas aufgefallen sein.«

»Wie denn?«, fragte Melinda. »Da war kein Ortsschild. Und hallo, wir waren Geiseln auf der Flucht, da spielen wir doch nicht ›woher kommt das Auto‹. Und die Fahrt, wie gesagt, es war alles so traumatisch für uns, kaum saßen wir im Auto, haben wir auch schon geschlafen. Wach geworden sind wir erst wieder am Hauptbahnhof.«

»Moment mal«, schaltete ich mich ein, »ich weiß was. Also, das Haus lag ländlich, und es war sehr grün drum herum. Und wir sind so gegen zwölf Uhr dreißig da weg. Gegen eins waren wir in diesem Ort mit der Tankstelle. Und um drei Uhr waren wir am Hauptbahnhof. Das heißt …«, ich lächelte triumphierend in die Runde, »das Haus liegt ländlich ungefähr zweieinhalb Stunden von hier entfernt.«

Melinda guckte mich bewundernd an. Der Schlüter leider nicht.

»Prima, Mädel, prima, dann wissen wir ja jetzt alle Bescheid. Nick, ruf die Bundeswehr, die gesamte Hundestaffel und auch noch die Kavallerie. Alle sollen sich am Hauptbahnhof treffen und von dort genau zweieinhalb Stunden in alle Richtungen ausschwärmen.« Bei den letzten Worten hob er seine Stimme wieder.

»Ich wollte nur helfen«, sagte ich beleidigt. »Außerdem brauchen Sie gar keine Bundeswehr, so was kann man heute alles am Computer berechnen, müssen Sie nur bei *Google maps* eingeben.«

Mittlerweile zuckten bei Kommissar Schlüter beide Augenlider.

»Nick, du machst hier allein weiter. Ich kann nicht mehr, das ist zu viel, nein, ich kann nicht mehr, ich will auch nicht mehr.« Mit diesen Worten taumelte er aus seinem Büro.

»Hast du gesehen?«, kicherte Melinda. »Der hat doch geheult, oder?«

»Ja«, lästerte ich, »glaub ich auch. Und so einer ist bei der Polizei. Na, da hat aber einer einen falschen Job erwischt, was?«

Nick schaute mich an. »Ach, Alice, besonders leicht macht ihr beide es uns aber wirklich nicht. Wir müssen jetzt mit euren Eltern reden. Ich glaube nach wie vor nicht, dass sie sich in Gefahr befinden, da wir immer ein Auge auf sie haben, aber sie müssen informiert werden.«

»Äh, Nick, könnte ich das übernehmen, das mit dem informieren? Mama kennt nicht die ganze Geschichte, also nicht so in allen Details, und mein Vater weiß bisher fast gar nichts. Ich könnte ihnen alles etwas schonender beibringen als du.«

»Von mir aus, ich hör mir das mal an.« Er ging zur Tür und bat meine Eltern herein. Mein Vater hatte die Sprache wiederentdeckt.

»Wann kann ich bitte wieder in meine Werkstatt? Ich habe heute Nachmittag noch drei Außentermine, meine Kunden warten auf mich.«

»Wird nicht mehr lange dauern«, beruhigte ihn Nick. »Ihre Tochter erzählt jetzt mal, warum Sie hier sind, und dann können Sie zu Ihren Kunden.«

Das beruhigte meinen Vater fürs Erste, und er hörte aufmerksam zu.

»Also, ich habe Mama ja so weit schon alles erzählt, und dir hat sie es ja eben bestimmt auch gesagt. Mehr gibt es eigentlich gar nicht zu wissen. Die Polizei glaubt vielleicht ein ganz kleines bisschen, dass ich eventuell ganz am Rande einer fernen Gefahr stehen könnte. Darum verbringe ich ein paar Tage auf dem Land, keine große Sache. Und ihr habt auch nichts zu befürchten. Stimmt doch, oder, Nick?«

»Nun ja, nicht so ganz. Also, Frau Wörthing, Herr Wörthing, tatsächlich gehen wir davon aus, dass Sie nicht in Gefahr schweben. Die Leute, hinter denen wir her sind, darunter auch der Expartner Ihrer Tochter, können mit Ihnen nichts anfangen. Nur, eine Garantie kann Ihnen darauf niemand geben. Und darum würden wir es sehr begrüßen, wenn Sie vielleicht mal eine kleine Reise machen würden. Nur zur Sicherheit.«

»Eine Reise?«, strahlte meine Mutter. »Herbert, ich wollte doch immer diese Kreuzfahrt auf dem Mittelmeer machen. Also, wenn nicht jetzt, wann dann? Das wäre doch eine tolle Gelegenheit, und die Werkstatt läuft doch auch mal zwei Wochen ohne dich. O bitte, Herbert, das bist du mir schuldig.«

Papa sah meine Mutter an und überlegte offensichtlich, warum er ihr eine Reise schuldete. Da ihm nichts einfiel, blieb er stumm.

»Oh, Herbert, wie schön, dann ist das also abgemacht. Lass uns gleich ins Reisebüro gehen, wir buchen mal, wie heißt das noch, ach ja, ›Last Minute‹, ganz spontan.«

»Halt!«, rief Melinda. »Und was ist mit mir? Ich bin nämlich in richtiger Gefahr, ich war ja sogar schon eine Geisel.« Sie wandte sich mit einem professionellen Augenaufschlag an Nick. »Wäre es vielleicht drin, dass mich die Polizei auf einer Schönheitsfarm in Sicherheit bringt? Wenn ihr euren Job richtig gemacht hättet, wäre mir kein Schaden an Leib und Seele widerfahren. Also wären zwei Wochen Wellness doch nur fair, oder?«

Bevor Nick antworten konnte, fuhr meine Mutter hoch. »Was soll das heißen, ›du warst eine Geisel‹?«

Ich warf Melinda einen wütenden Blick zu und antwortete für sie: »Sie meint, eine Geisel der Polizei, Mama. Weil sie doch in dem Seniorenstift arbeiten musste.«

»Genau«, triumphierte Melinda. »Die Polizei hat mich da reingesetzt und mich zur Arbeit gezwungen. Also, Nick, wie ist es denn nun?«

Eines musste man Nick lassen, er schaltete schnell. »Tut mir leid, Melinda. Wie schon gesagt, du befindest dich nicht in direkter Gefahr. Die Polizei kann dir leider keinen Wellnessurlaub bezahlen.«

»Dann eben nicht«, fauchte sie ihn an. Doch schon kam das Lächeln zurück. »Mama, ich komme mit auf die Kreuzfahrt.«

»Was? Hast du eine Ahnung, was das kostet? Und kannst du dir nicht vorstellen, dass Papa und ich auch mal Zeit für uns haben möchten?«

Nö, das konnte Melinda nicht. »Mama, bitte«, heulte sie, »ich bin traumatisiert, ich habe die Hölle hinter mir. Das kann dir doch nicht egal sein. Meine Nerven müssen sich erholen.«

»Ach Gott, Melly, so schlimm kann es doch nicht gewesen sein. Also ich weiß nicht.« Sie sah Melinda an, die wirklich gekonnt eine gebrochene Frau darstellte. »Wir können uns ja mal im Reisebüro erkundigen, wie teuer das werden würde, vielleicht gibt es bei drei Reisenden ja Rabatt.«

Arm in Arm schlenderten die beiden aus dem Büro. Mein Vater schlurfte mit gesenktem Haupt hinterher.

Nick schaute mich an. »Weißt du was? Ich leg Hans jetzt eine Nachricht hin, dass ich mich ins Wochenende verabschiede, und dann hauen wir beide hier ab. Was hältst du davon?«

»Viel, sehr viel sogar«, lächelte ich ihn an. »Fahren wir wieder in mein Häuschen?«

»Müssen wir wohl. Ich habe ja die Verantwortung für das Haus, und es weiß ja jeder, dass Häuser viel Pflege bedürfen, oder?«

Wir wussten beide, worauf das hinauslaufen würde. Und beide sahen wir aus, als ob wir uns unglaublich darauf freuten.

»Dann fahr mich bitte eben kurz bei meinen Eltern vorbei, ich muss noch ein paar Sachen einpacken, und dann geht's los, ja?«

Wir fuhren aus der Tiefgarage auf die Straße und sahen noch Melinda und meine Mutter vergnügt Richtung U-Bahn gehen. Wir sahen auch meinen Vater, der immer noch hinter ihnen herschlurfte.

»Armes Schwein«, murmelte Nick, guckte dann aber erschrocken zu mir. »Sorry, war nicht so gemeint.«

Mir war das egal, eigentlich war mir im Moment alles egal. Ich musste nicht mehr kochen und putzen, allen ging es gut, und nun saß ich neben Nick und hatte ein langes Wochenende mit ihm vor mir. Was kümmerten mich andere Leute?

Ich hatte gehofft, schnell allein ins Haus laufen und die Spieldose holen zu können, aber Nick ließ mich wirklich nicht mehr aus den Augen. Er klebte wie ein Kaugummi an mir. Ich konnte ihn erst vor meiner Zimmertür abwimmeln, indem ich ihm erklärte, ich hätte dort drin eine Überraschung für ihn, die ich mitnehmen wollte. Ich packte schnell ein paar Klamotten ein und angelte dann unter dem Bett den Schuhkarton hervor. Gott sei Dank, da war sie noch, die geheimnisvolle Spieluhr. He, und sogar noch zwei Hundert-Euro-Scheine, dies würde wirklich mein Wochenende werden.

Ich packte das Geld und die Spieluhr mit in die kleine Reisetasche, die meine Mutter hoffentlich nicht für ihre Kreuzfahrt benötigte, und ließ mich von Nick zurück in »mein« Dorf chauffieren.

Dort angekommen, kam es mir so vor, als wäre ich nie weg gewesen. Kaum waren wir im Haus, hämmerte Anneliese schon begeistert gegen mein Küchenfenster. Zaghaft öffnete ich die Tür einen Spalt, ich hatte nun wirklich gerade Besseres zu tun, als einen Kaffeeklatsch mit Anneliese abzuhalten.

»Alice, Mensch, toll, dass du wieder hier bist. Wo warst du denn so lange? Dein Malerfreund hat dich überall gesucht, der hat hier an jeder Tür geklingelt und uns gefragt, ob wir dich gesehen hätten. Ein bisschen aufdringlich, oder? Nicht, dass er sich was einbildet, nur weil ihr zusammen Akte malt.«

»Ach, na ja, weißt du, es ist nicht so leicht, ein Aktmodell zu finden. Wir wollen heute Abend auch gleich wieder ein bisschen üben.« Hoffte ich jedenfalls. Und ich hoffte auch, dass sie nicht wissen wollte, wo ich die letzten Tage gewesen war. Ich wusste ja bald nicht mehr, wem ich was erzählt hatte.

»Wie schade, als ich euch beide eben gesehen habe, kam mir die Idee, dass wir einen Spieleabend machen könnten. Roland würde sich auch freuen.«

Roland, den Mann von Anneliese, hatte ich auf Bauer

Erichs Grillabend kennengelernt. Schwer zu sagen, ob er sich über irgendetwas freuen konnte, er wirkte sehr schüchtern und ruhig. Aber vielleicht kam er in Annelieses Nähe ja einfach auch nicht zu Wort.

»Du, ein anderes Mal gern, aber der kreative Fluss hat heute eine ganz starke Strömung, da müssen wir am Ball bleiben.«

»Das verstehe ich«, gab Anneliese klein bei, »dann wollen wir euch auch nicht stören. Wir sehen uns ja morgen bestimmt, dann machen wir was aus, ja?«

Mittlerweile fing es draußen an, dunkel zu werden. Nick stand in der Mitte des Wohnzimmers und wirkte etwas unsicher. »Und? Was möchtest du jetzt machen? Vielleicht fernsehen oder …«

Weiter kam er nicht. Ich lief zu ihm, legte ihm meine Arme um den Hals und sagte: »Oder. Ich möchte ›oder‹ machen.«

Kaum hatte er angefangen, mich zu küssen, zog ich ihn mit auf das Sofa. Meine Knie waren so weich, dass ich ihnen nicht mehr so recht traute.

Dort ging das Geknutsche weiter. Von was für Deppen hatte ich mich bloß bisher in meinem Leben küssen lassen? Hätte ich gewusst, wie super so ein Kuss sein konnte, wäre ich wählerischer gewesen.

Nick zog sich ein kleines Stück von mir zurück, und dann tat er etwas, was ich mir schon immer gewünscht hatte. Genau gesagt, seit ich sechs Jahre alt gewesen war und den Film *Love Story* gesehen hatte. Er hob erst mein Gesicht mit dem kleinen Finger unter meinem Kinn etwas an, und dann nahm er es in beide Hände. Himmel, das war so romantisch!

»Alice, ich habe eine Riesenangst um dich gehabt. Ich

bin fast durchgedreht, als keiner wusste, wo du warst. Dann wurde der *Polo* in der Stadt gefunden, und es war klar, dass du nicht einfach einen kleinen Ausflug gemacht hattest. Und ich habe gemerkt, ich meine, ich wusste plötzlich …« Nun geriet er ins Stottern. Während ich ihn gespannt ansah, sprach er weiter: »Na ja, also, ich glaube, ich hab mich in dich verliebt.«

Heißa! Ich hörte nicht nur die Trompeten spielen und die Harfen klingen, ich konnte das ganze verdammte Orchester *sehen*!

»Wirklich?«, strahlte ich über beide Ohren. »Mir geht es ganz genauso.«

»Du hast dich auch in dich verliebt?«, fragte der Blödmann grinsend.

»Halt die Klappe«, sagte ich nur, und mir fiel auch sofort ein, wie ich ihn zum Schweigen bringen konnte.

Es gab keine Diskussionen mehr über Vorschriften oder Schutzbefohlene. Arm in Arm wankten wir die Treppe hoch ins dunkle Schlafzimmer. Zum Glück konnte man nicht allzu viel sehen, denn die innenarchitektonische Gestaltung dieses Raumes war alles andere als anregend. Obwohl, ich glaube, in diesem Moment hätten wir uns auf einer Müllhalde befinden können, und es hätte uns nicht gestört. Wir nahmen nichts anderes außer uns beiden mehr wahr. Ich weiß nicht mehr, wie lange wir uns völlig losgelöst zwischen der geblümten Bettwäsche getummelt haben. Es kam mir gleichzeitig vor wie Tage oder aber auch nur wie ein paar Minuten. Nichts war zu spüren von der Peinlichkeit des ersten Mals, der Unbeholfenheit, wenn man noch nicht weiß, was dem anderen gefällt. Wir passten zusammen, so, als würden wir schon jahrelang üben, aber mit diesem prickelnden Gefühl der ersten Verliebtheit.

»Nick?«, sagte ich leise zu ihm. »Das war einfach unglaublich, ich meine, so habe ich das noch nie erlebt.«

Nick antwortete mit einem Knurren. Moment mal, er knurrte? O nein, er war tatsächlich eingeschlafen. Okay, er war ein Traummann, aber in manchen Dingen war er wohl auch einfach nur ein Mann. Ich lag neben ihm und träumte mit offenen Augen vor mich hin. Mir kam meine Beziehung mit Simon in den Sinn, und ich wusste, die ganzen drei Jahre mit ihm waren bedeutungslos gegenüber dieser einen Nacht mit Nick. Was ja eine Menge über unsere Beziehung aussagte. Die hatte ich wohl ein bisschen sehr rosa gesehen. Diese Nähe, die ich jetzt im Moment zu Nick fühlte, die war zwischen Simon und mir nie so da gewesen. Spätestens jetzt sah ich die letzten Jahre klar. Ich war ein nettes, lustiges Aushängeschild für Simon gewesen, durch meine Arbeit bei ihm auch noch nützlich, aber von einer echten Partnerschaft waren wir so weit entfernt wie *Vera am Mittag* vom Idealgewicht. Ich überlegte, ob ich Nick wecken sollte, damit wir das Ganze noch mal wiederholen konnten. Aber dann dachte ich an die Spieldose.

Leise stahl ich mich aus dem Bett und dem Schlafzimmer und huschte hinunter in den Flur. Ich wühlte vorsichtig in meiner Tasche und fand das gute Stück. Auf Zehenspitzen schlich ich damit in die Küche und schaute sie mir an. Also, hübsch war sie wirklich, sie hatte einen verspiegelten Aufsatz, auf dem ein tanzendes Paar stand. Ich suchte nach der Schraube zum Aufziehen und drehte kräftig daran. Das war ja echt niedlich. Das Paar tanzte über die verspiegelte Fläche zur Melodie des Schneewalzers. Die übrigens recht laut erklang.

Schnell wickelte ich die Dose in ein Geschirrhandtuch und legte sie in den Kühlschrank. So, besser, nun war nur noch ein leises Summen zu hören. Sobald die Dose Ruhe gab, holte ich sie wieder raus und lauschte nach oben. Nichts zu hören, Nick schlief tief und fest. Nun musste ich nur noch rauskriegen, wie man sie aufbekam. Ich suchte und probierte alles Mögliche, aber ich konnte nichts entdecken. So ein Mist, die war so hübsch, ich konnte sie doch nicht einfach kaputtmachen. Dann kam mir eine Idee – vielleicht gab es ja gar keinen versteckten Mechanismus oder einen kleinen, geheimen Kniff. Vielleicht musste man einfach nur mal drehen? Und wirklich, der Aufsatz ließ sich problemlos abdrehen, und der USB-Stick war tatsächlich drin. Ihn jetzt an den Computer anzuschließen war mir zu riskant, also drehte ich die Dose wieder zu, steckte sie wieder in meine Tasche, versteckte diese in der Besenkammer und ging zurück nach oben.

Ich legte mich ins Bett und rutschte ganz dicht an Nick heran. Wieder kam dieses Knurren, aber immerhin hob er den Arm und zog mich an sich. Eigentlich wollte ich noch ausprobieren, ob er dieses Küssen im Schlaf noch mal wiederholen würde, aber nun machte sich dieser verrückte Freitag auch bei mir bemerkbar. Zum zweiten Mal an diesem Tag fiel ich in einen tiefen Schlaf.

Als ich am nächsten Morgen aufwachte, schlief Nick immer noch. Ich stützte mich auf meinen Ellenbogen und beobachtete ihn. Die dunklen Haare fielen ihm ins Gesicht, auf dem sich eine Menge Bartstoppeln tummelten. Hm, sehr männlich. Ich wollte ihn gerade ganz vorsichtig auf den Mund küssen, als mein Ellenbogen irgendwie auf diesem komischen, gestärkten Laken wegrutschte und ich mit meinem ganzen Oberkörper auf Nick fiel. Der schoss hoch und riss mich dabei zur Seite. »Was? Was?«, schrie er wild, bis er mich neben sich sah.

»Alice?«, grinste er schlaftrunken. »Ist das deine Art, einen Mann liebevoll zu wecken, oder habe ich dir etwas getan?«

Ich lächelte ihn an. »Sowohl als auch. Aber ich glaube, du hast noch nicht genug getan, da besteht ganz dringender Handlungsbedarf.«

»So ist das«, murmelte er, sein Gesicht schon an meinem Hals, »dann muss ich wohl ganz schnell mal was tun.«

Das tat er auch, und es war genauso wunderschön wie in der Nacht zuvor. Danach könnte ich direkt süchtig werden.

»Aber du bleibst jetzt bitte wach, ja?«, bat ich ihn, nachdem wir wieder zur Ruhe gekommen waren.

»Oje, ich bin gestern ziemlich schnell eingeschlafen, was? Tut mir leid, du wirst noch merken, dass mir das eigentlich nicht passiert, aber die letzten Tage waren echt hart.«

Aha. Ich werde das noch merken. Er sah für uns eine Zukunft. Am liebsten hätte ich gebrüllt vor Glück, stattdessen stellte ich ihm eine Frage. »Erzählst du mir, warum du beschlossen hast, dich nun doch nicht mehr an eure Vorschriften zu halten?«

»Weil manche Vorschriften einfach dämlich sind«, grinste Nick. »Du hattest recht, wir tun niemandem weh. Und ich glaube, wir haben beide gerade gemerkt, dass das Leben verdammt kurz sein kann. Zu kurz, um sich über alles einen Kopf zu machen. Aber in einem hattest du unrecht.«

So? Das hörte ich aber gar nicht gerne. »Und an was denkst du dabei?«

»Na ja, deine Theorie des Stockholm-Syndroms ist wohl überholt, oder?«

Ich musste grinsen. Nein, es war ganz sicher nicht die Situation gewesen, die mich zu Nick hingetrieben hatte, sondern nur er allein. Es hatte mich vom ersten Moment an voll erwischt. Aber alles musste er ja nun auch nicht wissen.

Nachdem Nick losgefahren war, um uns ein Frühstück zu besorgen, räumte ich den Kühlschrank aus. Als ich gestern Nacht kurz die Spieldose hineingetan hatte, war mir ein sehr unangenehmer Geruch aufgefallen. Den Grund dafür erkannte ich jetzt in verfaulten Tomaten und Wurst, die sich in der Folie schon aufrollte. Ich warf alles in den Mülleimer, der leider auch nicht gerade wie ein Tannenwald duftete.

Kaum war ich mit dem Inhalt draußen an der Mülltonne angelangt, stürmte Anneliese schon aus ihrer Haustür. Stand diese Frau eigentlich nur am Fenster?

»Oh, guten Morgen, so ein Zufall, dass ich dich hier treffe«, freute sie sich. »Wie sieht es denn heute mit einem Spieleabend aus? Susi und Michael wollen auch kommen.«

»Ach, weißt du«, sagte ich bedauernd, »unsere Kunstlehrerin hat gestern Abend noch angerufen. Die ist wirklich krank, völlig besessen. Sie hat jeden aus dem Kurs angerufen und uns gesagt, wer ihr bis Dienstag nicht mindestens drei Bilder schickt, der würde hochkant rausfliegen. Und dabei haben wir Ferien, kannst du dir das vorstellen?«

»Na, die ist aber gemein«, bekundete Anneliese ihr Mitgefühl. »Aber was muss, das muss, sag ich immer. Dann malt ihr man schön, aber am Sonntag musst du einfach mal Zeit haben. Da treffen wir uns wieder im Schützenhaus, zur Abschlussbesprechung des Festkomitees.«

Also, da musste ich ja wohl hin, ohne mich waren die doch völlig aufgeschmissen.

»Na klar, ich werde da sein.«

»Super, gleiche Zeit, gleicher Ort«, teilte sie mir mit und ging endlich wieder in ihr Haus.

Später saßen Nick und ich beim Frühstück und strahlten uns zwischen Mettbrötchen und *Nutella*-Croissants immer wieder an. Ich konnte nicht aufhören, ihn anzuhimmeln. Wenn ich mir einen Mann hätte malen sollen, er hätte genauso ausgesehen wie Nick.

Nach dem Frühstück schlug er einen Spaziergang vor, aber davon war ich nicht so angetan.

»Du kennst dich mit dem Dorfleben wohl nicht so aus, wie?«, machte ich mich über ihn lustig. »Wenn wir zusammen die Dorfstraße entlanggehen, können wir uns auch gleich ein Schild um den Hals hängen mit der Aufschrift ›Wir sind ein Paar‹, weißt du?«

»Ich will dir ja deine Unschuld nicht nehmen«, sagte Nick, »aber meinst du nicht, dass sich das hier außer vielleicht dieser Anneliese sowieso jeder denkt? Immerhin übernachte ich hier.«

»Na gut, ja, vielleicht. Aber ich will nicht raus. Auf der Straße hier ist es gefährlich. Man wird zu Spieleabenden oder Grillfeiern eingeladen, zum Kuchenbacken verdonnert oder sogar in Listen eingetragen, die sich mit der Reinigung des Bushäuschens beschäftigen.«

»Nicht dein Ernst!«, tat Nick fassungslos. »Das geht hier ja schlimmer zu als in der Bronx. Lass uns bloß das Haus nicht verlassen!«

Das taten wir auch nicht. Wie ein altes Ehepaar räumten wir zusammen die Küche auf und zogen uns dann auf unser mittlerweile vertrautes Sofa zurück.

»Ich weiß eigentlich ganz wenig von dir«, beklagte ich mich, »erzähl mir doch mal was.«

»Was willst du denn hören?«, fragte Nick.

»Na ja, so Sachen eben, was man sich so erzählt. Wie ist

deine Familie, hast du Geschwister, was machst du …« Ach du meine Güte, da fiel mir etwas ein. »Ich weiß ja nicht einmal, wie alt du bist!« Entsetzt sah ich ihn an.

»Stimmt«, lachte er, »wir haben die traditionelle Kennenlernphase wohl übersprungen. Also, fangen wir ganz von vorne an. Ich bin dreiundfünfzig, aber dank der guten Gene meiner Familie habe ich mich einigermaßen gehalten, oder?«

»Nein! Das ist ja unglaublich. Ich hätte dich keinen Tag älter als einundfünfzig geschätzt«, lachte ich.

»Aua«, grinste der Witzbold. »Also okay, noch mal. Hätten wir uns vor drei Monaten schon gekannt, hätte ich dich zu meinem vierunddreißigsten Geburtstag eingeladen. Da hättest du dann meine Eltern, meine Schwester Maren, ihren Mann und meine Freunde kennengelernt.«

»Wie sind deine Freunde so, kennst du sie schon lange?«

»Ehrlich gesagt, sind meine Freunde alle auch meine Kollegen. Mein Job kann ganz schön belastend sein, dazu kommen die unregelmäßigen Arbeitszeiten. Die Kollegen kennen das alles selbst, das macht das Zusammensein einfacher. Frag mal, warum so viele Polizistenehen kaputtgehen.«

»Sprichst du da aus eigener Erfahrung?«, fragte ich ängstlich.

»Also, verheiratet war ich noch nie«, räumte Nick ein, »aber ich hatte natürlich Freundinnen. Am Anfang war immer alles gut, doch bald schon hatten sie keine Lust mehr, alleine ins Kino oder zu Feiern zu gehen, weil mir mal wieder ein Einsatz dazwischenkam.«

»Na, da waren die aber nicht besonders verständnisvoll, deine Freundinnen«, grummelte ich. »Da konntest du ja nichts für.«

Ich beschloss, dass dies ein guter Zeitpunkt war, meine

Fähigkeiten als Freundin eines Polizisten unter Beweis zu stellen. »Vielleicht kannten sie so etwas aber auch nicht und waren deshalb damit nicht vertraut. Weißt du, wenn ich daran denke, wie oft mein Vater uns allein lassen musste«, seufzte ich und dachte an all die Montage bis Freitage, an denen mein Vater in seiner Werkstatt war. »Aber wenn man solche Erfahrungen schon in der Kindheit gemacht hat, dann entwickelt man natürlich ein ganz anderes Verständnis.«

Nick nahm mich in die Arme und erzählte mir mal wieder, wie süß ich wäre. Darauf folgte eine ausgedehnte Runde Rumgeknutsche. Und darauf folgte wieder etwas anderes. Diesmal schafften wir es allerdings nicht mehr bis ins Bett.

Der Sonntagnachmittag kam viel zu schnell. Ich musste zu meiner Komiteesitzung, und Nick musste ... ja, was eigentlich? Er hatte doch gesagt, ich würde nicht mehr aus den Augen gelassen werden. Hieß das also, er blieb hier, bei mir?

»Du, Nick«, fragte ich ihn, bevor ich mich auf den Weg machte, »wie geht es denn jetzt hier weiter, bleibst du bei mir, oder soll ich wieder mit zurück, oder was passiert?«

»Also, du bleibst auf alle Fälle erstmal hier. Ich muss leider morgen früh zurück, aber bevor ich fahre, löst Jürgen mich ab. Ihr kennt euch ja schon.«

Jürgen, der Buchhalter. Wie schön. Nee, was hatten wir uns gut verstanden. Und mit dem Korinthenkacker sollte ich es jetzt hier aushalten, das waren ja tolle Aussichten.

Ich wollte gerade anfangen, Nick die Ohren vollzujammern und ihm sagen, dass es so gemein wäre, wenn er fahren würde, als mir seine Exfreundinnen einfielen. Mist, ich war ja die Verständnisvolle. Also lächelte ich nur und sagte ihm, wie sehr er mir fehlen würde, dass ich aber natürlich wüsste, dass sein Job dies nun mal erforderte.

Beim Schützenhaus angekommen, machte ich ganz vorsichtig die Tür auf, falls Dagmar und Marion sich wieder mit irgendetwas bewerfen würden. Da sich keine Gegenstände in der Luft befanden, traute ich mich rein und wurde von allen Seiten begrüßt. Das war ja mal wirklich ein Vorteil am Landleben. So wurde ich zu Hause nicht mal von meiner eigenen Familie willkommen geheißen. Susi schob mich auf einen Stuhl und brachte mich kurz auf den neuesten Stand.

»Also, wir haben soweit alles klar, wir gehen heute nur noch mal alles durch und verteilen die letzten Aufgaben. Du bist doch bestimmt zum Jubiläum noch hier, oder? Wir rechnen nämlich fest mit dir.«

Also, wetten würde ich darauf nicht, aber ich wollte auch niemandem die Laune verderben, deshalb sagte ich schnell: »Aber davon gehe ich doch aus, das möchte ich wirklich nicht versäumen.«

»Gut«, sagte Susi und brüllte in die Menge: »Alle mal herhören. Alice ist zum Jubiläum noch da, also ist unser Dixieproblem gelöst.«

Alle applaudierten laut, was mich sehr freute. Gut, ich hatte keine Ahnung, was ein Dixieproblem war, aber ich fand es trotzdem toll, dass ich es gelöst hatte. Fröhlich trank ich mit den Damen noch den einen oder anderen Schnaps und sonnte mich in der allgemeinen Bewunderung.

»Super«, klopfte mir Dagmar auf die Schultern, »da kann man mal sehen, was man alles so für Vorurteile hat. Nur weil jemand aus der Stadt kommt, heißt das ja gar nicht, dass der so etepetete ist.«

»Genau«, stimmte Marion ihr zu, »und nur, weil einer deine Nachbarin ist, bedeutet das nicht, dass die dich nicht trotzdem von vorne und hinten bescheißt!«

»Was willst du damit sagen, du Arschkuh?«, regte Dagmar sich auf. »Willst du etwa behaupten, ich würde dich bescheißen?«

»Aber nein, du blödes Miststück«, gab Marion zurück, »du würdest ja gar nicht wissen, wie man so was macht. Es sei denn, dein Opa mit den klebrigen Fingern hätte es dir beigebracht.«

»Es reicht«, schrie Dagmar und kippte Marion ihr Glas Bier über den Kopf. Als Marion sich mit dem Inhalt der Blumenvase revanchierte, erinnerten die anderen die beiden an die Satzung. Endlich ließen sie voneinander ab. Du meine Güte. Ich verabschiedete mich schnell wieder, Nick und ich hatten schließlich nur noch eine Nacht zusammen. Da war keine Zeit zu verlieren.

Stolz erzählte ich ihm zu Hause, dass ich mittlerweile so etwas wie die Stütze des Festkomitees war und sich alle gefreut hätten, weil ich die Problemlöserin wäre.

»Na, da bin ich aber stolz auf dich«, grinste Nick. »Und welche Probleme löst du so?«

»Ich bin die Dixieproblem-Löserin, ist das nicht toll?«

»Die Dixieproblem-Löserin bist du?«, konnte sich Nick ein Lachen nicht verkneifen. »Und wie genau hast du das Problem gelöst?«

»Ach, so im Detail weiß ich das nun auch nicht. Ich bin eben eingeteilt worden, um das Dixieproblem beim Jubiläumsfest zu lösen, das ist doch die Hauptsache.«

»Alice?«, fragte Nick weiter.

»Was?«, gab ich zurück.

»Kann es sein, dass hier die Rede von *Dixi*-Klos ist und dass du eingewilligt hast, dich genau dafür einteilen zu lassen?«

»Iiiiiigitt«, brachte ich nur noch heraus, »das ist ja widerlich. Meinst du wirklich?«

»Ach nein«, sagte Nick schnell, »eigentlich nicht. Ich glaube, es geht um die Jazzband, die beaufsichtigt werden muss, damit auch der gute alte Dixieland-Jazz gespielt wird und nicht irgendwas aus den Charts.«

Ich war erleichtert. »Puh, Glück gehabt. Da haben sie auch die Richtige ausgesucht, mit Musik kenne ich mich nämlich aus.«

Mangels Alternativen gab es zum Abendessen wieder nur Pizza, aber man konnte es schlechter treffen. Und das Programm für den weiteren Abend hatte ich mir auch schon überlegt. Das Tolle an Nick war, dass er mir das Gefühl gab, ich könnte ihm alles sagen. Und nichts davon müsste mir peinlich sein. Daher traute ich mich auch jetzt. »Du, Nick, da gibt es etwas, was ich mir schon unheimlich lange wünsche«, fing ich an.

»Komm her und sag's mir. Wenn du dir nicht gerade wünschst, mit mir in einen Swingerclub zu gehen, sollst du es haben.«

Dafür musste ich ihn schon wieder küssen.

»Nein, keine Angst, für einen Swingerclub sind wir, glaube ich, noch zu jung. Nein, was ganz anderes. Ich habe mir immer gewünscht, mal am Sonntagabend mit meinem Freund einen *Tatort* anzugucken.«

Nick lachte. »Das ist dein Wunsch? Du möchtest mit mir den *Tatort* sehen? Keine Diamanten, kein gemeinsames Shoppen, einfach nur den *Tatort* sehen?«

»Ja«, gab ich zu. »Weißt du, das ist so normal, so nett irgendwie. Simon fand das total spießig und hat immer nur gesagt, er wüsste was Besseres mit seiner Zeit anzufangen. Aber ich habe mir das schön vorgestellt.«

Nick zog mich an sich. »Also, erstens wird es mit dir nie langweilig, egal, was wir tun. Zweitens, dieser Simon muss ein echter Idiot sein, der dich überhaupt nicht verdient hatte. Und drittens wäre es mir eine Ehre, mit dir gemeinsam den *Tatort* zu gucken.«

Musste man diesen Mann nicht einfach lieben? Wir kuschelten uns auf dem Sofa zusammen, tranken Bier und rätselten, wer der Mörder war. Und das Tollste war, Nick sagte nicht ein Mal so etwas wie: »Ist ja totaler Schwachsinn, so läuft das bei der Polizei überhaupt nicht«. Wir hatten einen wunderbaren Abend, dem eine noch bessere Nacht folgte. Am nächsten Morgen verabschiedete sich Nick ausgiebig von mir, bevor Jürgen ankam. Der kam jedoch nicht alleine, er hatte eine Frau, so um die fünfzig, mitgebracht. Die machten draußen einen ganz schönen Lärm, lobten laut die ruhige Umgebung und die gesunde Luft. Ob das seine Frau war und er seinen Dienst für einen kleinen Urlaub benutzte?

Nick brachte die beiden ins Wohnzimmer. Die Frau stellte sich als Marga vor und begrüßte mich sehr nett. Jürgen nickte mir nur zu.

»Hab ich jetzt gleich zwei Aufpasser?«, fragte ich Nick.

»Nicht direkt«, sagte er. »Es wäre etwas sonderbar, wenn erst ich hier bei dir bin, und dann löst mich gleich der nächste Mann ab. Da würden die Leute hier wohl schon stutzig werden. Daher ist die Geschichte folgende: Die beiden sind ein Ehepaar und gute Freunde von dir, die dich hier besuchen. Allerdings hat sich die gute Marga sehr spät entschlossen, noch einmal zu studieren, und nutzt ihre Zeit hier, ihre Semesterarbeit zu schreiben. Darum wird man sie im Dorf nicht sehen.«

»Ach, das ist ja toll«, sagte ich zu Marga, »find ich super, wenn jemand noch mal ganz neue Wege geht. Was studieren Sie denn?«

Alle drei schauten mich an.

»Äh, Alice, ich sagte, das wäre die Geschichte. Und du erzählst genau die deinen neuen Freunden, damit sie sich nicht wundern, wenn sie die gute Marga nie zu Gesicht bekommen. Denn das werden sie nicht, weil sie mit mir wieder zurückfährt, ja?«

Ah, jetzt kapierte ich. »Das ist aber nett von euch, dass ihr euch so um meinen guten Ruf sorgt«, freute ich mich. »Aber dann müssen wir es auch richtig machen. Ich geh mit den beiden mal zehn Minuten die Dorfstraße rauf und runter, damit sie auch jeder sieht. Bisher hat höchstens Anneliese mitgekriegt, dass sie aus dem Auto gestiegen sind.«

Die drei fanden die Idee nicht doof, also ging ich mit Jürgen und Marga die Straße runter und spielte ihre Fremdenführerin.

»Guckt mal, da wohnt Susi und daneben Marianne. Das hier ist der Hof von Bauer Erich, und da hinten seht ihr schon das Schützenhaus«, rief ich laut. »Ich freue mich ja so, dass ihr beide mich besuchen kommt! Jetzt gehen wir erstmal wieder rein und trinken einen Kaffee, ja?«

Einige Gardinen bewegten sich, das sollte reichen. Wir gingen zurück, und Marga legte sich in der Garage auf den Rücksitz in Nicks Mercedes. Ich kam mir vor wie in einer Spionagekomödie aus den Fünfzigerjahren. Nick erklärte Jürgen, dass das Zimmer oben rechts seins wäre, der daraufhin seine Taschen nach oben brachte.

Nick nahm mich noch einmal schnell in den Arm. »Ich denke an dich und ruf dich an, okay?«

»Ich denke auch an dich«, konnte ich gerade noch loswerden, bis Jürgen wieder herunterkam. Die beiden besprachen sich noch kurz im Wohnzimmer, und dann war Nick weg. Gar nicht gut.

Jürgen kam zu mir in die Küche und fragte: »Wo bitte

finde ich die Putzutensilien? Das Zimmer oben ist in einem schrecklichen Zustand.«

Na klasse. Er war kaum fünf Minuten hier, schon musste er mich beleidigen.

»Tatsächlich, ist es das?«, gab ich zurück. »Nun, dann sollte die Polizei vielleicht mit ihren sicheren Häusern auch gleich sichere Putzfrauen anmieten. Das bin ich nämlich nicht, wenn du dich erinnerst.«

»Sag mir einfach, wo ich die Sachen finde«, erwiderte er mürrisch.

Ich zeigte ihm die Besenkammer, in der der Staubsauger stand.

»Das wird wohl kaum reichen«, murmelte er vor sich hin und öffnete einen Schrank, den ich vorher gar nicht wahrgenommen hatte, und bepackte sich mit Putzlappen, tausend Reinigern und einem Eimer. Das konnte ja lustig werden.

Ich hörte ihn mindestens eine halbe Stunde oben rumoren. Was bitte machte man in so einem kleinen Zimmer eine halbe Stunde lang, fragte ich mich, während ich gemütlich Kaffee in der Küche trank.

Leider war sogar er irgendwann mit Putzen fertig und kam zu mir. Er blickte sich angewidert um. »Also, so kann ich nicht leben. Wenn wir uns dieses Haus hier schon teilen müssen, dann muss jeder darauf achten, dass er alles ordentlich hinterlässt«, sagte er und schaute auf die Arbeitsfläche, auf der höchstens drei kleine Kaffeeflecken zu sehen waren.

»Du bist ja zwanghaft«, sagte ich zu ihm. »Ich glaube, dein Job ist es, auf mich aufzupassen, und nicht, mir Lektionen in Haushaltsführung zu erteilen.«

»Erklär du mir nicht meinen Job«, fuhr er mich an. »Und überhaupt, das eine schließt das andere nicht aus. Auch in so einer Situation kann man Rücksicht aufeinander nehmen.«

Der hatte doch nicht mehr alle Latten am Zaun. Musste mir Nick ausgerechnet einen Aufpasser mit Putzzwang herbringen? Ich verdrehte die Augen.

Da regte er sich sofort wieder auf: »Das habe ich gesehen. Du brauchst gar nicht zu glauben, dass du dich über mich lustig machen kannst. Ich brauche mich ja wohl nicht zu entschuldigen, weil ich Wert auf eine saubere und ordentliche Umgebung lege. Und darum machen wir jetzt einen Putzplan.«

Einen Putzplan? Ich habe in meinem Leben schon einige Krimis gesehen, in denen unschuldige Menschen von der Polizei versteckt wurden. Aber in keinem einzigen war ein Putzplan vorgekommen.

»Also«, redete dieser Besessene schon weiter, »wir machen das so. Jeder ist für seinen eigenen Dreck verantwortlich und macht immer sofort hinter sich sauber. Und vorher nehmen wir eine Grundreinigung vor. Du bringst die Küche und das Bad in Ordnung und ich das Wohnzimmer und den Flur.«

Mit diesen Worten bewaffnete er sich wieder mit seinem ganzen Putzzeug und schleppte alles ins Wohnzimmer. Ich wollte mich nicht gleich am ersten Tag mit ihm komplett zerstreiten, darum fügte ich mich und machte mich auch an die Arbeit.

Gegen Mittag war das Häuschen nicht mehr wiederzuerkennen. Allerdings wirkte es nicht mehr gemütlich, sondern steril wie ein OP-Saal.

»Jetzt fahren wir beide einkaufen«, bestimmte er nach unserer Großreinigung.

»Ach. Und wenn ich das vielleicht gar nicht will? Was ist dann?«

»Dann hast du Pech gehabt und kommst trotzdem mit. Wir fahren jetzt, und denk dran – wir sind Freunde.«

Wie hätte ich das vergessen können?

Kaum waren wir aus der Haustür getreten, kam Susi auf uns zu. »Hallo Alice, ich habe schon gehört, dass du Besuch hast.« Sie wandte sich an Jürgen. »Ich bin Susi, eine Nachbarin von Alice.«

»Jürgen«, stellte der sich vor. »Alice hat uns erzählt, wie schön es hier bei Ihnen ist. Darum hat es uns sehr gefreut, dass sie meine Frau und mich eingeladen hat, ein paar Tage hier zu verbringen.«

Susi freute sich. »Ja, unser Dorf ist echt klasse. Wo ist denn deine Frau, ich will ihr auch mal ›Guten Tag‹ sagen.«

»O Susi, wie nett von dir«, stammelte ich nervös, »aber weißt du, die Marga, die hat sich entschlossen, noch mal zur Uni zu gehen. Und sie ist hauptsächlich hier, damit sie hier in aller Ruhe, ohne Störungen, an ihrer Semesterarbeit schreiben kann.«

Jürgen ging schon zum Auto. »Alice, ich wende schon mal den Wagen«, sagte er mit einem aufgesetzten Lächeln.

»Die studiert?«, fragte Susi. »In dem Alter? Wieso das denn?«

»Keine Ahnung«, gab ich leise zurück. »Und ehrlich gesagt geht sie mir jetzt schon auf die Nerven. Die hockt nur da oben in ihrem Zimmer, und als ich ihr einen Kaffee bringen wollte, brüllte sie nur ›Keine Störungen, keine Störungen‹.«

»Na, das ist aber echt unhöflich«, stimmte Susi mir zu. »So benimmt man sich nicht, wenn man zu Besuch ist. Also, wir sagen hier immer, diese Städter, die haben den Schuss nicht mehr gehört.« Erschrocken stockte sie kurz. »Aber du bist natürlich die Ausnahme«, setzte sie schnell hinzu.

»Danke«, freute ich mich. »Ich fahre jetzt mit ihrem Mann zum Einkaufen, ich kann ja nachher mal rüberkommen, wenn du willst.«

»Klar, das wäre super, bis später!«

Jürgen saß angefressen im Auto. »Oh, die Dame ist auch schon da. Dann können wir ja tatsächlich mal losfahren.«

Ich erklärte ihm nur den Weg und sagte dann nichts mehr. Im Supermarkt luden wir beide den Wagen voll, das war eine sehr interessante Mischung. Zwischen meine Kekse und Fertiggerichte legte Jürgen Bio-Müsli, frisches Gemüse, Sauerteigbrot und Massen an stinkigem Käse. Als ich kurz vor der Kasse noch ein paar Flaschen Wein in den Wagen legte, traf mich ein abwertender Blick, aber er hatte sich schnell wieder im Griff und setzte wieder dieses falsche Lächeln auf. Den Einkauf bezahlte er, nicht ohne erst zehn Minuten den Kassenbon zu studieren und mir dann ein »wir rechnen das alles zu Hause ab« zuzuzischen.

Das tat er dann auch, und zwar auf den Cent genau. »Ich bekomme von dir 37,73 Euro.«

Ich gab ihm einen meiner zwei Hunderter und bekam auch exakt 62,27 Euro wieder. Was für ein Erbsenzähler! Während er sich irgendwas Ekliges mit Weizenkörnern und Bratlingen kochte, schob ich mir eine Tiefkühllasagne in den Backofen. Kaum hatte er seine Kochaktion beendet, nahm er seinen Teller und ging damit ins Wohnzimmer. Mir auch egal, aß ich eben meine Lasagne allein in der Küche.

Ich überlegte, was er bloß gegen mich haben könnte. Von Anfang an hatte er mir deutlich gezeigt, dass er mich nicht leiden konnte. Ich konnte ihn zwar auch nicht ausstehen, aber ich versuchte wenigstens, freundlich zu sein. Zu Nick war er immer total nett gewesen, konnte sogar mal lachen. Nur mir gegenüber benahm er sich einfach unmöglich.

Auf einmal hatte ich es. Natürlich, das war's! Jürgen war schwul und heimlich in Nick verliebt. Und mich sah er als Konkurrentin, er war einfach eifersüchtig. Das machte ihn mir fast symphatisch, immerhin hatten wir beide den gleichen Geschmack. Und bestimmt konnte er sich auch nicht outen, schwule Polizisten waren bestimmt so arm dran wie schwule Fußballspieler.

Ich sinnierte noch über meinem leeren Teller, als er wieder hereinkam und sofort anfing, sein Geschirr abzuwaschen. Das war auch so ein Nachteil an dieser ganzen Kocherei, vorher viel Arbeit und hinterher fast noch mehr. Ich brauchte nur meine Gabel abzuwaschen, das war doch viel praktischer. Nachdem er noch den Herd und die Arbeitsplatte abgewischt hatte, ging er wieder ins Wohnzimmer. Hoffentlich ging das die nächsten Tage nicht so weiter, das wäre ja nicht zum Aushalten. Eine solch angespannte Atmosphäre machte mir Kopfschmerzen. Also schlenderte ich ihm hinterher mit dem Plan, ihn für mich zu gewinnen.

»Du, Jürgen«, fragte ich ihn, »möchtest du vielleicht ein bisschen Musik hören? Wir haben hier zwar nur ein Radio, aber wir finden bestimmt einen Sender, in dem sie Barbra Streisand spielen.«

»Barbra Streisand? Die kann ich nicht leiden und überhaupt, ich will jetzt auch keine Musik hören.«

Komisch. Alle Schwulen liebten doch Barbra Streisand, oder? Aber so schnell gab ich nicht auf. »Na gut, hören wir eben keine Musik. Aber wir könnten uns doch vorstellen, dass dies hier unser Haus wäre, und uns überlegen, wie wir es renovieren würden.«

Jürgen sah mich genervt an. »Warum sollten wir das tun? Ich möchte, ehrlich gesagt, jetzt einfach mal hier in Ruhe sitzen und mein Buch lesen.«

Blöder Langweiler. »Dann will ich dich auch wirklich nicht stören. Liest du eine Biographie über einen Musicalstar?«, fragte ich noch schnell.

»Nein«, schnauzte er mich an, »ich kann Musicals nicht leiden.«

Mach doch, was du willst, blöder Spießer-Schwuler, dachte ich. Laut aber sagte ich: »Spricht denn was dagegen, wenn ich mal kurz zwei Häuser weiter zu Susi gehe?«

Wahrscheinlich hätte er mich auch bis nach Wanne-Eickel trampen lassen, nur, damit ich weg wäre.

»Ist kein Problem«, beschied er mir kurz und vertiefte sich wieder in sein Buch.

Susi war viel freundlicher, sie machte mir schon die Tür auf, als ich noch mitten auf der Dorfstraße war.

»Tolles Timing«, lobte sie mich, »ich habe gerade Bastian zum Fußballtraining gefahren, jetzt habe ich Zeit.«

Ach ja, sie hatte ja Kinder. Also, es ist ganz bestimmt nicht so, dass ich Kinder nicht leiden konnte, aber sie waren mir irgendwie unheimlich. Die starrten einen immer so an. Wie auf Kommando kam da auch schon Susis Tochter die Treppe heruntergehüpft. Sie war vielleicht sechs oder sieben und starrte mich an.

»Rieke, sag Alice ›Guten Tag‹«, forderte Susi sie auf. Rieke starrte nur.

»Sie ist ein bisschen schüchtern, mach dir nichts draus«, tröstete Susi mich. »Komm, wir gehen ins Wohnzimmer, das haben wir gerade renoviert.«

Ihr Wohnzimmer war eigentlich ganz nett, wenn nicht überall Puppen herumgesessen hätten. Sie lagen in Stubenwagen, hockten hinter Blumentöpfen auf der Fensterbank, kuschelten auf dem Sofa und sahen hinter Vorhängen hervor. Gruselig. Leider schaffte ich es nur ganz selten, in solchen Fällen meine ehrliche Meinung zu sagen, darum brachte ich nur ein »Aber das ist ja ganz entzückend« heraus und quetschte mich zwischen zwei Exemplare aufs Sofa.

»Danke«, strahlte Susi, »manchmal denke ich, ich übertreibe es vielleicht ein bisschen mit meiner Dekoliebe, aber dann sagt mir wieder jeder, wie toll das aussieht, und ich lasse es so.«

Ich war wohl nicht allein mit meinem Mangel an Rückgrat.

»Sag mal, diese Sahneschnitte da bei dir, dieser Nick, ist der schon wieder weg?«

»Ja, der muss wieder zur Arbeit, aber er kommt in den nächsten Tagen wieder. Wir malen zusammen.«

Susi lachte. »Nee, is klar. Das kannst du vielleicht Anneliese erzählen. Erzähl mal, wie lange seid ihr schon zusammen? Hat dein Mann das mitgekriegt und sich deshalb mit den Drillingen von nebenan getröstet?«

Nachrichten verbreiteten sich hier schnell und wurden auch gerne mal etwas ausgeschmückt, das hatte ich schon verstanden.

»Es waren keine Drillinge, nur eine Nachbarin. Und nein, ich war immer eine treue und loyale Ehefrau«, entrüstete ich mich, »ich hätte ihn nie betrogen! Er hat angefangen.«

»Na, dann ging das ja schnell zwischen euch beiden, oder?«

»Ja, ich kannte ihn schon aus unserem Malkurs, aber zusammengekommen sind wir erst, nachdem ich meinen Mann erwischt hatte. Und er ist wirklich toll«, schwärmte ich mit leuchtenden Augen. Es war super, endlich mal über ihn sprechen zu können.

»Das glaube ich dir sofort«, stimmte Susi zu. »Und wie

soll das weitergehen mit euch? Lässt du dich jetzt scheiden?«

Darüber hatte ich noch gar nicht nachgedacht, aber doch, ja. Was sollte ich mit einem betrügerischen Ehemann, wenn ich Nick haben konnte?

»Ja, das habe ich vor. Wenn sie dich einmal betrügen, tun sie es immer wieder, stimmt's?«

»Und ob«, sagte Susi, »frag mal Marianne. Ihr Mann betrügt sie nach Strich und Faden, im Moment hat er was mit der Apothekenhelferin aus Olzendorf.«

»Die Ärmste«, bedauerte ich sie, »und sie lässt sich das einfach so gefallen?«

»Na ja«, meinte Susi, »sie weiß es ja gar nicht. Sie glaubt ihm tatsächlich diese ganzen Geschichten von wegen Überstunden und auswärtigen Konferenzen. Schön blöd, oder? Ich meine, wie viele Müllkutscher kennst du, die übers Wochenende an Konferenzen teilnehmen?«

Eher keinen. Arme Marianne, es sind doch immer die Ehefrauen, die es als Letzte erfahren. So war es bei mir ja auch, wer weiß, wer schon alles von meinem Mann und der Nachbarin wusste? Dann fiel mir zum Glück wieder ein, dass ich ja in Wahrheit gar keinen Mann hatte, und beruhigte mich wieder. Andererseits, wer weiß schon, wie treu Simon eigentlich gewesen war?

Bevor ich mich von Susi verabschiedete, wollte ich unbedingt noch eines wissen. »Sag mal, bist du auch Hausfrau und kümmerst dich um deine Kinder, oder schaffst du es noch, nebenbei zu arbeiten?«

Sie seufzte. »Ach, ich war nach den beiden Geburten nur ein halbes Jahr zu Hause, sonst habe ich immer gearbeitet. Zuletzt im Supermarkt, aber ich konnte da nicht mehr bleiben.« Geheimnisvoll sah sie mich an. »Weißt du, hier denkt jeder, ich hätte da aufgehört, weil ich mehr

Zeit für meine Kinder haben wollte. Aber das stimmt gar nicht.«

Gespannt rutschte ich auf dem Sofa nach vorn. »Also, mir kannst du es ruhig sagen, ich erzähl das nicht weiter. Ich komme ja aus der Stadt, da wird nicht so viel geredet.«

»Ehrlich gesagt haben die mich rausgeschmissen, weil sie mich mit dem Vertreter für Frischmilch-Produkte im Kühlraum erwischt haben«, kicherte sie.

»Ist nicht dein Ernst!«, staunte ich. Hier taten sich ja Abgründe auf.

»Doch, so war das«, beharrte sie. »Das war der Hannes, zu dem würdest du auch nicht nein sagen. Das Blöde war nur, dass uns die Brigitte erwischt hat. Die war selbst schon immer scharf auf ihn, und na ja, darum hatte sie nichts Besseres zu tun, als das gleich unserem Chef zu stecken. Und der hat mich rausgeschmissen, weil wir während der Arbeitszeit gevögelt hatten.«

»Und?«, fragte ich. »Trefft ihr euch noch?«

»Nee«, sagte Susi, »der ist ja auch verheiratet. Wir hatten nur mal kurz den Kopf verloren. Aber was soll's, ich find schon wieder einen anderen Job. Aber erzähl es wirklich nicht weiter, okay? Mein Mann muss das ja nicht unbedingt erfahren.«

»Kannst dich auf mich verlassen«, versprach ich ihr und verabschiedete mich. Das war doch mal ein netter Nachmittagsplausch gewesen. Kurz vor meiner Haustür fing mich Anneliese ab.

»Ach, du warst bei Susi?«, fragte sie mich beleidigt. »Ich habe dich ja auch zu mir eingeladen, aber zu mir bist du noch kein einziges Mal gekommen.«

Da hatte sie recht, und das tat mir jetzt auch irgendwie leid.

»Das hatte sich eben so spontan ergeben«, schwindelte

ich, »aber dich würde ich natürlich viel lieber mal besuchen kommen. Ich muss mich jetzt nur um meine Gäste kümmern, auch wenn Marga mich wohl am liebsten gar nicht sehen würde«, seufzte ich. »Aber morgen früh könnte ich zu dir auf einen Kaffee kommen, wie wär's?«

»Ja, super, aber morgen Vormittag muss ich arbeiten. Komm doch so gegen drei, dann sind zumindest die Großen beim Musikunterricht.«

Gut, das würde ich machen. Ich dachte immer, auf dem Land lebten nur glückliche Kinder, die den ganzen Tag auf Bäume kletterten und kleine Staudämme bauen würden. Aber die hier hatten ja einen ganz schön straffen Terminkalender.

Als ich zurückkam, hatte Jürgen das Besteck aus der Vitrine im Wohnzimmer ausgeräumt und war gerade dabei, alles neu zu sortieren.

»Hallo, ich bin wieder da«, begrüßte ich ihn freundlich. »Ist dir dein Buch doch langweilig geworden?«

»Kaum«, antwortete er, »aber ich konnte mich nicht konzentrieren. Ich hatte gesehen, dass die Besteckschublade aussieht wie Kraut und Rüben. Unglaublich, wie man alles einfach so durcheinanderwerfen kann.«

Ob das sein Hobby war? Schränke aufräumen und Gabeln sortieren?

»Ja, das weiß ich auch nicht«, sagte ich. »Was wollen wir denn heute noch so machen?«

Er guckte mich missmutig an. »Alice, ist dir klar, dass wir nicht im Urlaub sind? Und ist dir klar, dass keiner von uns beiden freiwillig hier ist? Also stellt sich wohl auch nicht die Frage, was *wir* machen wollen.«

Bäbäbä. »Ich weiß, dass das hier kein Urlaub ist«, gab ich zurück, »aber da wir schon mal hier sind, können wir doch auch das Beste daraus machen, oder? Was hältst du von einem Beauty-Tag?«

»Ein Beauty-Tag?«, wiederholte er fassungslos. »Wie kommst du denn auf so was? Falls es dir entgangen sein sollte, ich bin ein Mann. Und Männer lackieren sich für gewöhnlich nicht die Fingernägel oder schminken sich.«

Manche schon. Sollte er doch seine Neigung weiter heimlich leben, mir fiel langsam auch nichts mehr ein, wie ich ihn aus der Reserve locken konnte.

»Dann eben nicht. Aber dann will ich jetzt mal das Wohnzimmer für mich haben, ich will am Computer mein Tagebuch schreiben. Und dabei will ich nicht gestört werden.« Nun klang ich schon wie Marga.

»Von mir aus«, murrte er. »Aber du wirst warten müssen, bis ich die Schublade hier fertig habe.«

Verdrossen beobachtete ich ihn dabei, wie er fein säuberlich Messer, Gabeln, Löffel und sonst was für Besteck ordnete. Ich hätte schwören können, dass ich ihn dabei murmeln hörte »So ist es fein, gleich geht es euch wieder viel besser«.

Bevor er fertig wurde, wollte ich schnell den USB-Stick aus meiner Tasche holen. Leise ging ich in den Flur und öffnete die Tür der Besenkammer. Puh, meine Tasche war noch da. Hastig öffnete ich sie, nahm die Dose heraus, schaffte es, sie aufzudrehen, ohne dass sie ihre Melodie abspielte, und griff mir schnell den USB-Stick. In dem Moment kam Jürgen aus dem Wohnzimmer, ging, ohne mich zu beachten, an mir vorbei und schloss die Küchentür hinter sich. Ich drehte schnell noch den Tisch mit dem Computer um. Sollte der Besteckfetischist doch wieder hereinkommen, würde er wenigstens nicht gleich entdecken, was auf dem Bildschirm zu sehen war.

Der Computer passte zum Glück nicht wirklich zum

restlichen Mobiliar, er war nämlich sehr modern. Ich fuhr ihn hoch und schloss den Stick an. Enttäuscht guckte ich den Monitor an. Dort erklangen nämlich keine Mitschnitte von Verbrechergesprächen, sondern es erschien nur ein Kästchen mit der Aufforderung, das Passwort zu nennen.

So ein Mist, verdammter! Konnte bei mir nicht ein einziges Mal irgendetwas einfach glattlaufen? Woher sollte ich denn Simons Passwörter kennen? Und war das wie bei der Geheimnummer mit der EC-Karte? Brach das Ganze nach dem dritten Versuch zusammen, und es hieß nur noch »Game over«? Es half alles nichts, ich musste Jürgen fragen.

Er saß in der Küche und war schon wieder in sein Buch vertieft. Musste ja superspannend sein.

»Du, Jürgen, ich habe da so ein kleines Problem. Ich habe mein Tagebuch mit einem Passwort gesichert, und das weiß ich jetzt nicht mehr. Ich habe aber eine ganze Menge Ideen. Wie viele Versuche habe ich denn frei?«

Seine Mundwinkel gingen nach unten. »Man verwendet nur Passwörter, die man auch behalten kann. Das ist ja der Sinn der Sache, damit man an seine Dokumente auch rankommt. Wie kann man denn so was vergessen?«

»Himmel, das ist doch jetzt egal. Beantworte einfach meine Frage – wie viele Versuche habe ich?«

»Weiß ich doch nicht. Ich vergesse meine Passwörter ja nicht. Musst du wohl einfach ausprobieren.«

Idiot. Ich knallte die Küchentür hinter mir zu und setzte mich wieder vor den Computer. Okay, den ersten Versuch startete ich optimistisch mit »Alice«. Der Computer antwortete mir mit »Falsches Kennwort«. Gut, das wäre ja auch zu einfach gewesen. Aber vielleicht »Lack und Leder«? Nein, auch nicht. Jetzt der dritte Versuch. Ich war sicher, dass ich mit meinem dritten Versuch ins Schwarze treffen würde. Ganz vorsichtig tippte ich »Drogenkartell« ein und schloss schnell die Augen. Als nichts passierte, machte ich sie ganz vorsichtig wieder auf. Puh. Kein sich selbst zerstörender USB-Stick, keine Rauchwolke aus dem Computer. Einfach nur »Falsches Kennwort«. Ich probierte noch eine ganze Weile weiter, aber keiner meiner Versuche war erfolgreich. Das durfte einfach nicht sein, nicht, nachdem ich so viel hinter mir hatte, nur um an diesen Stick zu kommen. Ich dachte ganz intensiv an meine Zeit mit Simon, überlegte mir all seine Vorlieben. Und auf einmal wusste ich das Passwort. Ich tippte »Dolce&Gabbana« ein und tataa, ich war drin. Der Stick zeigte vier verschiedene Dateien an. Ich öffnete eine nach der anderen, aber ein Handygesprächsmitschnitt war auf keiner verzeichnet. Ich sah nur eine Zahlenkolonne nach der anderen. O Mann, von so vielen Zahlen bekam ich immer Kopfschmerzen, aber da musste ich jetzt durch. Ich schaute mir die erste Datei in aller Ruhe an und versuchte, einen Sinn zu erkennen. Erst kamen ein paar Zahlen, dann zwei Wörter, die mir gar nichts sagten, dann wieder Zahlen. Bei den anderen drei Dateien war es genau das Gleiche. Zahlen, eine Satzzeile und noch mal Zahlen. In der ersten Datei standen die Worte »Cayman Offshore«. In der zweiten »Cayman National« und in der dritten und vierten »HSBC Cayman«.

»Offshore« kannte ich, das hieß irgendwas wie »vor der Küste«. Nur was »Cayman« hieß, wusste ich nicht – aber wozu gibt es *Google*? Ich öffnete das Internet, ging auf die *Google*-Seite und gab »Cayman« ein. Als die Ergebnisse kamen, kriegte ich große Augen. Cayman war eine Inselgruppe in der Karibik und galt als fünftgrößter Finanzplatz der Welt. Angeblich war hier das Bankengeheimnis noch größer als in der Schweiz. Schnell gab ich »Cayman National« ein und landete auf der Homepage einer Bank. Auch bei »Cayman Offshore« und »HSBC Cayman« kam ich zu Banken.

Ich schloss die Seiten, druckte alle Dateien auf dem Stick aus und schob den Computer wieder an seinen Platz zurück. Wow. Da musste ich erstmal drüber nachdenken. Ich nahm den Stick und meine ausgedruckten Seiten, rief Jürgen ein »Wohnzimmer ist wieder frei« zu und ging nach oben in mein Zimmer.

Auf meinem Bett streckte ich mich lang aus und roch erstmal am Kissen. Mhh, fast so gut, als wäre Nick noch hier. Dann setzte ich mich auf und dachte nach. Simon hatte mich wirklich belogen. Ich war vielleicht nicht die Hellste, aber selbst ich kapierte, dass der Stick, den er so unbedingt haben wollte, Zugangsdaten zu Bankkonten gespeichert hatte. Von wegen Beweise für seine Unschuld.

Der Belgier, Nick und seine Kollegen hatten in allem recht gehabt. Simon war ein mieser Drogendealer, der auch noch seine Komplizen betrogen hatte. Er hatte Geld beiseitegeschafft und musste wohl so Hals über Kopf fliehen, dass er die Kontodaten nicht mehr mitnehmen konnte. In mir stieg eine enorme Wut auf. Was für ein Drecksack. Ihm war völlig egal gewesen, was mit mir passieren würde. Er hatte sich denken können, dass sich sowohl seine Verbrecherkumpane als auch die Polizei an meine Fersen heften würden. Ob ich in Gefahr war, hatte ihn nicht im Mindesten interessiert, alleine das dreckige Drogengeld war ihm wichtig.

Ich dachte das zweite Mal innerhalb von ein paar Tagen über unsere Beziehung nach. Hatte er mich eigentlich jemals geliebt? So, wie ich ihn jetzt sah, war er dazu wahrscheinlich gar nicht in der Lage. Lieben tat er wohl nur sich selbst. An unseren Familienfeiern hatte er so gut wie nie teilgenommen, das war ihm zu piefig gewesen. Wenn ich mal wegen irgendetwas traurig gewesen war oder ein Problem hatte, konnte er mich gar nicht schnell genug zu Britt oder einer anderen Freundin abschieben. Bloß kein Stress für den Herrn. Eigentlich, das sah ich jetzt ganz klar, hatte sich die ganzen Jahre alles immer nur um ihn gedreht. Was ich wollte, hatte er einfach nicht zur Kenntnis genommen.

Aber was sagte das alles über mich aus? Warum hatte ich mir so eine Behandlung so lange gefallen lassen? Und mir das auch noch schöngeredet? Wahrscheinlich, weil ich überhaupt nicht nachgedacht hatte. Im Gegenteil. Ich fand es cool, Teil eines Powerpaares zu sein. Ich fand es cool, mit ultraschicken Leuten in überteuerte Restaurants und angesagte Clubs zu gehen. Und ich war so blöd, dass ich wirklich glaubte, so laufen Beziehungen von Erwachsenen nun mal.

Die Wut kochte wieder in mir hoch, als ich mich an unser letztes Treffen erinnerte. Er hatte mich nicht nur von vorn bis hinten belogen, er hatte auch noch mit meinen Gefühlen gespielt. Mir vorzumachen, er würde mich immer noch lieben und mit mir ganz neu anfangen wollen, wenn alles überstanden war. Lieben tat er nur den USB-Stick, seine Konten, sein Geld. Ich überlegte, was ich nun machen sollte.

Klar, eigentlich lag es auf der Hand. Ich musste Nick anrufen und ihm von meiner Entdeckung erzählen. Er selbst hatte mir gesagt, dass es nur noch eine Frage der Zeit wäre, bis sie Simon schnappen würden. Da gab es wohl so Spezialpolizisten, die man Zielfahnder nannte, und die würden jeden über kurz oder lang finden. Sie würden Simon verhaften, ihm die Beweise um die Ohren knallen, und ihm würde nichts anderes übrig bleiben, als die ganze Sache zu gestehen. Und wie ich ihn kannte, würde er alles über die Belgier ausplaudern, in der Hoffnung, dadurch selbst besser wegzukommen.

Damit wäre mir zwar auch geholfen, denn ich könnte endlich wieder ein normales Leben führen. Ich müsste keine Angst mehr haben, dass mir an jeder Straßenecke jemand auflauert. Aber Simon hätte gewonnen. Denn kein Gericht würde ihn für das zur Rechenschaft ziehen, was er mir angetan hatte. Ich beschloss, dass ich ihn nicht so leicht davonkommen lassen würde. Er würde verhaftet werden, ja, aber vorher würde er mir Rede und Antwort stehen.

Mit diesem Vorsatz ging es mir besser. Und das viele Denken hatte mich hungrig gemacht. Ich ging in die Küche hinunter, um mir ein Brot zu machen. Jürgen hatte wohl dieselbe Idee gehabt, denn er packte gerade seinen Stinkekäse aus.

»Oh, du machst dir Abendbrot? Schneidest du mir bitte zwei Scheiben Brot mit ab?«, bat ich ihn.

Er sah mich böse an. »Eigentlich habe ich das Brot ja gekauft«, sagte er. »Warum hast du dir nicht selbst Brot gekauft, als wir einkaufen waren?«

So langsam reichte es mir. »Ich bitte vielmals für diese Unterlassung um Entschuldigung«, funkelte ich ihn an. »Was bitte ist dein Problem, dass du wegen zwei Scheiben Brot so blöd reagierst? Was bitte habe ich dir eigentlich getan?«

Er wich keinen Millimeter zurück. »Du hast mir gar nichts getan, ich habe lediglich festgestellt, dass du dir dein eigenes Brot hättest kaufen können. Aber bitte, verlass dich ruhig immer auf andere. Hier hast du deine zwei Scheiben Brot.«

»Weißt du was? Schieb sie dir einfach in den Hintern, mir ist der Appetit vergangen! Und bleib aus dem Wohnzimmer raus, ich will telefonieren.« Ich knallte die Küchentür hinter mir zu und ging ins Wohnzimmer, um Nick anzurufen.

Kaum hörte ich seine Stimme, ging es mir schon besser.

»Hallo Süße, wie geht's dir? Was hast du heute gemacht?«

»Oh, ich war bei Susi, und ich weiß jetzt, warum sie nicht mehr im Supermarkt arbeitet. Aber nein, halt, ich habe ihr versprochen, das nicht weiterzuerzählen, also vergiss, was ich gesagt habe. Sag du mir lieber mal, was für ein Problem dein Jürgen hat. Der macht mich wahnsinnig.«

»Ach, er ist eigentlich ganz in Ordnung, wenn man ihn erstmal besser kennt. Wir haben doch alle so unsere Macken. Ich weiß, er hat da diesen Ordnungstick, und bei ihm muss immer alles genau organisiert sein, aber ansonsten ist er wirklich in Ordnung. Außerdem hat er es auch nicht so leicht.«

»Du meinst, er kommt nicht damit klar, dass seine Frau in ihrem Alter noch angefangen hat zu studieren?«

Einen Moment war es am anderen Ende der Leitung still. Dann fragte er: »Alice? Das war ein Scherz, oder?«

Ich lachte. »Nicht nur du kannst Witze machen, weißt du?«

Er klang erleichtert. »Ja, das scheint mir auch so. Und sonst, außer Jürgen, geht es dir gut?«

»Nein«, sagte ich, »ich vermisse dich. Erzähl mir, dass es etwas Neues gibt und dass diese Zielfahnder Simon ganz dicht auf den Fersen sind.«

»Vielleicht sind sie das wirklich. Es sind ein paar neue Hinweise reingekommen, denen sie nachgehen. Rein gefühlsmäßig würde ich sagen, dass sie ihn bald schnappen.«

Aber nur, wenn ich ihn nicht vorher kriege.

»Das ist ja toll. Ich muss jetzt Schluss machen, ich will noch meine Mutter anrufen und fragen, ob es mit ihrer Kreuzfahrt geklappt hat.«

»Das tu mal. Ich hoffe, ich bin Donnerstag wieder bei dir. Und weißt du was?«

»Was denn?«, fragte ich erwartungsvoll.

»Ich vermisse dich auch.«

Wir turtelten noch ein bisschen rum, bevor wir es schafften aufzulegen. Bestimmt fünf Minuten grinste ich blöd in die Gegend, bis ich mich wieder in den Griff bekam und endlich meine Mutter anrief.

»Mama? Hier ist Alice. Alles klar bei euch?«

»Alice«, freute sie sich, »wie schön, dass du anrufst. Geht es dir gut da draußen? Du erwischst uns gerade noch, stell dir vor, morgen früh geht unsere Reise los.«

»Das ist ja toll. Was habt ihr denn gebucht?«

»Diese Kreuzfahrt, die ich schon immer machen wollte. Wir fliegen nach Mallorca, gehen da aufs Schiff und laufen dann in den zwei Wochen acht Häfen im Mittelmeer an. Ach, ich freu mich ja so!«

»Und Melinda?«, erkundigte ich mich. »Kommt sie denn nun mit?«

»Also, ja«, gab meine Mutter zu, »ich hoffe, du bist uns deshalb nicht böse. Du weißt, wir hätten dich auch mitgenommen, wenn dieser Polizist das erlaubt hätte.«

»Ich bin dir doch nicht böse«, beruhigte ich sie. »Ganz im Gegenteil, ich wünsche euch einen tollen Urlaub!«

»Das ist nett von dir. Und weißt du was? Wenn du

eine Wohnung gefunden hast, bekommst du von uns das Schlafzimmer geschenkt. Als Ausgleich sozusagen. Wie findest du das?«

Das fand ich toll, und das sagte ich ihr auch. Wir verabschiedeten uns, was wesentlich schneller ging als meine Verabschiedung von Nick. Gut, dass die drei nun aus der Schusslinie waren, da brauchte ich mir zumindest wegen ihnen keine Sorgen mehr zu machen. Da war noch genug, über das ich nachdenken musste. Ganz besonders darüber, wie ich an Simon rankommen konnte.

Ich beschloss zunächst einmal Britt anzurufen. Ich wollte ihr meine Geschichte nicht sofort auf die Nase binden, denn sie konnte noch weniger für sich behalten als Anneliese. Aber zum einen hatten wir uns so lange nicht gesprochen, ich wollte wenigstens mal hören, wie es ihr ging, zum anderen wusste sie oder Hubert vielleicht etwas Neues von Simon. Nachdem das Telefon schon sechsmal geklingelt hatte, wollte ich gerade auflegen, als sie sich doch noch atemlos meldete. »Mensch, Alice, das ist ja toll, endlich mal wieder was von dir zu hören. Ich bin erst seit gestern wieder von Mallorca zurück und wollte gerade mit Hubert etwas essen gehen. Wir haben uns nämlich wieder versöhnt. Wie geht's dir denn?«

»Oh, mir geht's gut«, versicherte ich. »Ich bin ein paar Tage aufs Land gefahren, zu einer früheren Arbeitskollegin, um ein bisschen Abstand zu bekommen.«

»Ach so, und ich habe schon gedacht, dass du mit einem neuen Mann unterwegs bist. Ich hatte sogar letztens deine Mutter angerufen, um zu fragen, wo du steckst, aber die hatte auch keine Ahnung.«

»Na ja, es war ziemlich spontan. Ich hatte ein bisschen Ärger hier und musste einfach mal raus. Außerdem bin ich neunundzwanzig, da muss sie ja nicht mehr alles wissen, oder? Wenn ich zurück bin, können wir uns ja mal wieder treffen, dann erzähle ich dir die Geschichte in Ruhe.«

»Ja, gut«, gab sie zurück. »Ach, aber eins noch, ich hab heute Morgen einen ganz komischen Anruf bekommen. Kennst du einen Piotr Karzynski oder so ähnlich?«

»Nee, nie gehört. Wieso, was wollte der denn?«

»Na ja, das war komisch, der hat mich angerufen, aber wollte *dich* sprechen. Hatte eine ganz merkwürdige Stimme, klang irgendwie abgehackt und dumpf. Jedenfalls hatte er auch deine Mutter angerufen. Sie hätte ihm wohl dasselbe gesagt wie mir, dass sie eben nicht wüsste, wo du wärst. Jedenfalls meinte er, dass er dich dringend erreichen müsse, es ginge um eine Wohnungsbesichtigung. Und du solltest ihn unbedingt zurückrufen.«

Das war ja interessant. Ich hatte bei niemandem namens Piotr Karzynski wegen einer Wohnung angefragt.

»Oh«, sagte ich, »das ist ja toll. Hat er dir eine Nummer gegeben?«

Ja, das hatte er, und ich schrieb sie schnell auf, bevor ich mich von Britt verabschiedete. Die Vorwahl begann mit 056. Keine Ahnung, wo das war.

Ich war ganz aufgeregt, nun musste ich unbedingt noch mal meine Mutter anrufen. Die bestätigte mir, was Britt erzählt hatte.

Na gut, dann würde ich jetzt diese Nummer wählen, und dann wäre ich schlauer. Doch bevor ich das tun konnte, kam Jürgen ins Wohnzimmer getrampelt. »So, nun hattest du den Raum ja lange genug für dich. Jetzt darf ich hier vielleicht auch mal rein.«

Mann, der Kerl ging mir so was von auf die Nerven. »Ja, ja, von mir aus. Aber ich guck jetzt Fernsehen, also finde dich damit ab«, sagte ich ihm und machte schnell Nicks tollen Fernseher an. Ich schaltete aufs Erste, weil da jetzt eine Soap anfing. Und so wie ich Jürgen kennengelernt hatte, würde der sofort den Raum verlassen, statt sich so etwas Seichtes anzugucken.

»Musst du das sehen?«, fragte er dann auch.

»Allerdings, das muss ich. Sonst weiß ich ja nicht, wie es weitergeht, kapiert?«

»Na gut«, gab er zurück. »Dann guckst du eben deine Soap, und danach bin ich dran.«

Mist, nun durften wir also gemeinsam verfolgen, wie ein eigentlich schon vor einem Jahr gestorbener Cousin wieder auftauchte. Der Gute war gar nicht tot, er war nur im Urwald verschollen und hatte da bei einem noch unerforschten Naturvolk gelebt. Und brachte aus dem Urwald eine Pflanze mit, die alle Krankheiten heilen könnte. Der Cousin wäre ein gemachter Mann, so viel stand fest.

Viel zu schnell war die Folge vorbei, und Jürgen schnappte sich die Fernbedienung. Ich war sicher, dass wir jetzt eine dieser schrecklichen Wissenssendungen zu sehen bekämen. In denen komische Experimente gemacht wurden, die kein Mensch verstand. Aber stattdessen schaltete er auf *Das perfekte Dinner*. Das war super, das liebte ich auch. Wir guckten zu, wie der Tageskandidat Pfefferkörner im Mörser zerstieß, Salz aus dem Himalaya in eine Kalbsbacke rieb und den Tisch mit sehr teuer aussehenden Tellern deckte.

»Die Teller hab ich auch«, freute sich Jürgen, »und auch die Suppenteller dazu.«

Aha. Hab ich es doch gewusst. Welcher Heteromann kaufte sich denn bitte schön teure Teller?

»So?«, fragte ich. »Und wie richtest du sie an? Nimmst du dazu silberne Platzteller oder diese asiatischen Matten?«

»Warum sollte ich denn meine Teller anrichten?«, fragte

er zurück. »Ich hab einfach nur gesagt, dass ich die auch habe.«

O Mann, der war ja wirklich eine harte Nuss. In der Werbepause beschloss ich, ihm stärker auf den Zahn zu fühlen.

»Sag mal, Jürgen, bist du eigentlich in einer festen Beziehung?«, erkundigte ich mich mit einem aufmunternden Lächeln. Das sollte ihm zeigen, dass er mir vertrauen und offen sprechen konnte.

Er schaute sehr misstrauisch. »Wieso willst du das denn wissen? Warum interessiert dich das? Willst du was von mir?«

Bäh, ganz bestimmt nicht. »Nein, nein, ich wollte einfach nur ein bisschen Konversation machen. Also, bist du's?

»Das geht dich gar nichts an, über mein Privatleben spreche ich nicht«, erwiderte er nur und konzentrierte sich wieder auf den Fernseher.

Also, so konnte ich ihm auch nicht helfen. Ich würde ihm nicht auf den Kopf zusagen, dass er schwul ist. Der erste Schritt musste von ihm kommen.

So saßen wir schweigend vor dem Fernseher, und schon wieder gab es *Wer wird Millionär*. Ich wette, Jürgen würde sich super mit meinen Eltern verstehen. Zum Glück sagte er mir danach, dass er jetzt müde wäre und ins Bett gehen würde. Ich hatte keine Ahnung, von was er so müde sein konnte, dass er um Viertel nach neun schon ins Bett musste. Obwohl, er hatte ziemlich viel gelesen, das war schon anstrengend.

Ich wartete noch ein paar Minuten, für den Fall, dass er doch noch mal herunterkommen sollte, aber alles blieb ruhig. Also schnappte ich mir das Telefon und wählte die Nummer, die Britt mir gegeben hatte.

»*Kurklinik Waldfrieden,* Ilona Schuster am Apparat, was kann ich für Sie tun?«, tönte es aus dem Hörer. Bis jetzt war ich nicht schlauer als vorher.

»Ja, guten Tag, mein Name ist Wegener«, flunkerte ich. Oder ich übte schon mal, das ist ja Ansichtssache. »Ich hätte gerne Herrn Karzynski gesprochen.«

»Herr Karzynski hat bereits Feierabend, aber Sie können ihn morgen früh ab sieben Uhr wieder erreichen. Ich wünsche Ihnen noch einen schönen Abend«, flötete sie.

Ich wusste genau, dass dieser Herr Karzynski irgendetwas mit Simon zu tun haben musste. Woher sonst sollte jemand nicht nur die Nummer von meinen Eltern, sondern auch noch die von Britt kennen? Aber ich kam nicht drauf, welche Rolle eine Kurklinik dabei spielen sollte.

Weil im Fernsehen nichts Interessantes mehr lief, ging ich auch hoch in mein Bett und stellte mir den Wecker auf Viertel vor sieben. Da war ich ja mal gespannt, was ich morgen herausfinden würde.

Noch bevor der Wecker am nächsten Morgen klingelte, war ich hellwach. Um zehn vor sieben schlich ich die Treppe hinunter ins Wohnzimmer. Zu blöd, dass es in diesem altmodischen Haus kein vernünftiges, schnurloses Telefon gab. Ich zog leise die Tür hinter mir zu und wählte diese obskure Nummer wieder.

»*Kurklinik Waldfrieden,* Piotr Karzynski«, kam es aus dem Hörer.

Piotr Karzynski, wie? Na, diese Stimme kannte ich aber unter einem anderen Namen.

»Simon«, flüsterte ich, »ich bin's, Alice. Was soll denn dieser blöde Name?«

»Alice, hast du die Spieldose?«, fragte er statt einer Begrüßung.

Ich erinnerte mich an meinen Plan. Ruhig bleiben, ganz ruhig bleiben: Ich wusste von nichts. Ich dachte immer noch, Simon wäre ein ganz toller Kerl.

»Ja, habe ich, ich habe sie gleich nach unserem Treffen geholt.«

»Gott sei Dank«, sagte er aus vollem Herzen, »jetzt wird alles wieder gut. Du musst sie mir herbringen, ich bin in Bad Bodeshagen, das ist ein kleiner Kurort im Weserbergland.«

»Spinnst du?«, entfuhr es mir, bevor ich mich wieder an meine Rolle erinnerte. »Ich meine, Simon, wie stellst du dir das vor? Wie soll ich denn dahin kommen?«

»Kein Problem, du leihst dir einfach das Auto deiner Mutter. Oder du kommst mit der Bahn, da gibt es eine sehr gute Verbindung mit nur dreimal umsteigen.«

»Ich meine nicht, wie ich praktisch dahin kommen soll«, erwiderte ich ungeduldig. »Ich meine, dass ich nicht einfach weg kann. Ich habe einen neuen Job«, log ich ihn an, »und ich bin noch in der Probezeit, ich kann mir nicht einfach freinehmen.«

»Aber ich brauche diese Dose«, jammerte Simon. Na klar, er fragte mich nicht einmal, was ich für einen neuen Job gefunden hatte.

»Tja, dann wirst du sie dir wohl holen müssen. Ich kenne einen abgelegenen Ort auf dem Land, wo dich niemand sucht und dich auch niemand erkennt.«

Simon überlegte kurz. »Hör mal, ich habe kein Geld, ich habe kein Auto, ich weiß nicht, wie ich das schaffen soll.«

»Wenn es dir so wichtig ist, deine Unschuld zu beweisen«, bei diesen Worten knirschte ich innerlich mit den Zähnen, »dann wirst du sicher einen Weg finden. Ich kann dich da morgen Abend um zehn Uhr treffen. Schreibst du dir die Adresse nun auf oder nicht?«

»Ja, okay, klar, aber bis morgen schaffe ich das nicht. Ich muss mir ein Auto organisieren. Es geht frühestens Donnerstagabend.«

»Ja, von mir aus, dann eben Donnerstag«, erklärte ich mich einverstanden.

»Ich muss jetzt Schluss machen, bis dann«, sagte er hastig, nachdem ich ihm die Adresse diktiert hatte, und legte auf.

Ich hatte ihn zum Schützenhaus bestellt. Das schien mir eine gute Idee zu sein. Im Schützenhaus kannte ich mich inzwischen ganz gut aus, und es war nicht mein Zuhause, sodass Simon hätte erahnen können, dass ich zurzeit hier lebte. Außerdem war es dort abends ruhig, und andererseits befanden sich ein paar Wohnhäuser in der Nähe, falls doch etwas schiefgehen sollte.

Der Tag fing ja interessant an. Und vielleicht war es ganz gut, dass ich noch zwei Tage Zeit hatte, um meinen Plan zu verfeinern. Okay, um überhaupt erstmal einen Plan zu entwerfen.

Zunächst aber ging ich wieder hoch, um zu duschen. Ich stand gerade mal zehn Minuten ganz entspannt unter dem warmen Wasser, als Jürgen auch schon an die Tür hämmerte.

»Hallo! Andere Leute wollen das Bad auch benutzen. Kannst du dich bitte mal beeilen?«

Nur noch zwei Tage, Alice, betete ich mir vor. Nur noch zwei Tage, dann brauchst du diesen zwanghaften Fanatiker nie wiederzusehen.

Ich beeilte mich, fertig zu werden und in die Küche zu kommen, denn ich hatte einen Riesenhunger. Erst jetzt fiel mir auf, dass ich gestern ja gar kein Abendbrot bekommen hatte. Ich beschloss, das wiedergutzumachen, indem ich mir eine Packung Kekse gönnte. Kaum hatte ich den ersten im Mund, hörte ich Jürgen schon wieder zetern, seine Stimme kam aus dem Wohnzimmer. »Alice, würdest du bitte mal sofort herkommen, wäre das vielleicht möglich?«

Ich schlenderte ins Wohnzimmer. »Was ist denn nun schon wieder?«, seufzte ich.

»Ja, was wohl?«, meckerte er mich an. »Wie sieht es denn hier aus? Hatten wir nicht vereinbart, dass jeder seinen Kram wieder hinter sich aufräumen würde? Und? Sieht es hier aufgeräumt aus?«

Ehrlich gesagt, ja, genau so sah es aus. Zwei Kissen waren vom Sofa verrutscht, die Fernbedienung lag auf dem Boden, und eine Flasche Wasser stand auf dem Tisch. Da konnte ja wohl kein normaler Mensch von Unordnung sprechen.

Jürgen aber doch. »Ich darf dich bitten, hier Ordnung zu schaffen. Und hinterlasse dieses Zimmer bitte nicht noch mal so, ich halte es nicht aus, wenn ich schon morgens früh in so ein Chaos komme.«

Lieber Herr im Himmel, gib mir Kraft! Ich stellte alles wieder an seinen Platz, nahm die Wasserflasche in die Hand und überlegte im Hinausgehen, ob ich den Kissen auch noch so einen Schlag mit der Handkante verpassen müsste. Da verzichtete ich dann aber drauf. Ich nahm meine Kekse mit hoch in mein Zimmer und dachte nach. Also, Simon würde auf alle Fälle kommen. Ohne die Dose beziehungsweise die Zugangsdaten zu seinen Konten konnte er sich nicht absetzen. Gut. Er wäre also übermorgen hier. Und dann?

Ich beschloss, eine Liste zu machen. Ich holte mir aus dem Wohnzimmer Papier und einen Stift. Jürgen saß schon wieder da und las. Er beachtete mich nicht, und darum sagte ich auch nichts und verschwand schnell wieder nach oben. Gut. Eine Liste. Ich würde jetzt Punkt für

Punkt alles aufschreiben, was mir einfiel, und dann, am Ende, hätte ich einen Plan.

Ich fing an zu schreiben. *Punkt 1: Was will ich von Simon? Punkt 2: Wie bekomme ich das, was ich will? Punkt 3: Was tue ich, wenn ich habe, was ich will*? Ich lobte mich selbst für meine tolle Liste und beschloss, dass ich mir jetzt erstmal eine Pause verdient hatte.

Zu Jürgen sagte ich, dass ich mal kurz weg wäre, und holte noch schnell meine Handtasche. Da stand der schon vor der Tür.

»Alice. Du kennst die Regeln, du darfst nirgendwo allein hin. Hast du vergessen, was das letzte Mal passiert ist? Also, wo willst du hin?«

»Mann, nur mal kurz nach Olzendorf, zum Supermarkt und in die Apotheke. Da kidnappt mich schon keiner.«

»Das weißt du nicht«, belehrte er mich. »Ich komme mit.«

Ich fragte mich, was er wohl tun würde, wenn mir wirklich jemand zwischen Konserven und Cornflakes auflauern würde. Ihm mit seinem Buch eins über den Schädel ziehen? Oder ihn darauf hinweisen, dass das Betreten des Supermarktes ohne Einkaufswagen nicht gestattet wäre? Mittlerweile bezweifelte ich ernsthaft, dass er Polizist war. Schließlich hatte er bei *Big Balls* ja auch die Buchhaltung gemacht, das musste er ja irgendwo gelernt haben. Aber egal, sollte er eben mitkommen. Wir fuhren zum Supermarkt, wo ich beim Bäcker einen gefüllten Butterkuchen kaufte. Den wollte ich nachmittags mit zu Anneliese nehmen. Und wenn ich schon mal da war, konnte ich auch noch mal durch den Supermarkt schlendern. Ich war gefühlte Monate nicht mehr shoppen gewesen, da war ein *Edeka*-Markt zwar ein schwacher Ersatz, aber besser als nichts. Ich kaufte Mengen an Chips, Süßigkeiten und Zeitschriften. Und zwei Flaschen Sekt, man musste sich Trost dort holen, wo man ihn bekommen konnte.

Als ich meinen Einkauf bezahlt hatte und mit einer Plastiktüte in jeder Hand aus dem Laden kam, wandte ich mich an Jürgen. »Jetzt muss ich noch in die Apotheke, und da gehe ich alleine rein.« Da die Apotheke genau gegenüber dem Supermarkt lag, würde er wohl nicht darauf bestehen, auch dort noch hinter mir herzutrotten. Glücklicherweise sah er das auch so.

Ich wollte gerade die Apotheke betreten, als ich im letzten Moment eine kleine Stufe davor bemerkte. Allerdings war »letzter Moment« relativ, denn in dem Moment, in dem ich die Stufe sah, war ich auch schon darüber gestolpert und regelrecht in die Apotheke geflogen. Meine Tüten fielen mir aus den Händen, und der Inhalt ergoss sich durch den ganzen Laden. Ich hatte keine Ahnung, was mich dazu bewegte, aber als ich lag, hob ich den Kopf und sagte freundlich »Guten Tag«.

Die Angestellte sah mich erschrocken an und eilte zu mir. »Ach du meine Güte, ist Ihnen etwas passiert? Haben Sie sich verletzt?«

Verletzt war zum Glück nur mein Stolz, denn wer ist schon so blöd, erst in eine Apotheke zu fallen und dann »Guten Tag« zu sagen? Ich rappelte mich auf und versicherte ihr, dass alles okay war. Sie half mir, meine Tüten wieder einzupacken, und fragte noch ein weiteres Mal, ob wirklich alles in Ordnung war. Entweder war sie einfach ein sehr freundlicher Mensch, oder aber sie hatte begriffen, dass eine Stufe vor einer Apotheke nicht die beste Idee war.

»Danke, alles gut«, beruhigte ich sie. »Haben Sie hier auch Pflegeprodukte?«

Die hatten sie sogar in großer Auswahl. Auch wenn

Jürgen nicht mitmachen wollte, ich hielt einen Beauty-Tag für eine großartige Idee. Nick hatte mich schon viel zu oft viel zu natürlich gesehen. Ich kaufte ein Bodypeeling, duftende Bodylotion, eine Gesichtsmaske und einen Faltenauffüller. Gut, wirklich Falten hatte ich noch nicht, aber bei meinem Lebenswandel in der letzten Zeit wollte ich vorbereitet sein. Mit dem, was der kleine *Edeka*-Markt an Make-up vorrätig hatte, hatte ich mich dort schon eingedeckt. Das war nicht viel gewesen, aber ich wurde bescheiden nach so langer Zeit auf dem Land.

Wieder zurück am Auto, sah ich Jürgen hinter dem Lenkrad sitzen und eine Zeitung lesen. Er lachte mich weder aus, noch hielt er mir einen Vortrag, dass man immer genau hinschauen müsste, wo man langging, also hatte er nichts gesehen. Das war gleichermaßen beruhigend wie auch beunruhigend. Beruhigend, weil er Nick nicht erzählen konnte, was für ein Paddel ich war. Und beunruhigend, weil das mein Gefühl von Sicherheit in seiner Gegenwart nicht gerade erhöhte.

Zu Hause packte ich erst meine Lebensmittel und den Sekt aus. Es war alles heil geblieben, nur der Butterkuchen war etwas angematscht. Meine Tüte aus der Apotheke brachte ich in mein Zimmer. Wo ich nun schon mal da war, konnte ich ja gleich mit meiner Liste weitermachen. Organisiert, wie ich bin, begann ich mit *Punkt 1: Was will ich von Simon?*

Ich schrieb auf. Er sollte zugeben, dass er mich in unserer Beziehung ausgenutzt hatte. Dass er einsah, mich und meine Gefühle nicht ernst genommen zu haben. Dass er sich selbst immer in den Vordergrund gestellt und meine Bedürfnisse nicht anerkannt hatte. Und vor allem sollte er sich bei mir entschuldigen. Das wäre für mich ein Abschluss.

Punkt 2 war eigentlich auch gar nicht schwer. *Wie würde ich bekommen, was ich will?* Simon würde mit mir über unsere Beziehung reden, weil er mich und seinen USB-Stick brauchte. Da könnte er es sich nicht leisten, mich wie früher mit einem »Dein Problem, wenn es dir nicht gefällt« abzuspeisen.

Nur *Punkt 3* bescherte mir Kopfschmerzen. *Was tue ich, wenn ich habe, was ich will?* Komplizierte Sache. Da musste ich doch besser noch mal wieder eine Pause machen. Ich legte meine Liste unter die Bettdecke, Jürgen traute ich zu, auf der Jagd nach Staubflusen auch vor meinem Zimmer nicht haltzumachen. In der Küche machte ich mir nur eine *Weight Watchers*-Suppe warm, ich wollte auch nächste Woche noch in meine *Seven*-Jeans passen. Jürgen sah ich über irgendwelche Papiere vertieft im Wohnzimmer sitzen. Dem Mann hatte definitiv noch niemand beigebracht, wie man Spaß hatte. Ich blieb lieber in der Küche und las dort in meinen Zeitschriften. Die *Cosmo* hatte ich gekauft, weil in ihr ein Test mit dem vielversprechenden Titel: »Wie sexy sind Sie wirklich?« war. Und auch noch ein Artikel über die ultimativen Verführungstricks. Sehr nützlich! Ich begann mit dem Test. »Wenn Sie ein Tier wären, wären Sie a) ein Elefant; b) eine Gazelle; oder c) ein Libelle?« Das war einfach, welche Frau wäre nicht gern eine Gazelle? Die zweite Frage war schon schwieriger: »Sie haben das erste Date mit einem tollen Mann. Sie laden ihn a) sofort zu sich nach Hause ein und verbringen die Nacht mit ihm oder b) Sie danken ihm vor der Haustür mit einem forschen Händedruck für den netten Abend oder c) um interessant zu bleiben, schützen Sie sofort nach dem Hauptgang einen beruflichen Notfall vor und verlassen das Restaurant.« Hm, also weder noch, wo ist die Antwort »Sie verabschieden sich vor der Haustür mit einem heißen Kuss«? Aber diese Tests sind tiefenpsychologisch entwickelt, die Leute wissen, was sie tun. Darum entschied ich mich für Antwort b. Bevor ich mich an die dritte Frage machen konnte, hörte ich Jürgen nach mir rufen. Sollte ich vielleicht einen Kekskrümel in der Sofaritze vergessen haben?

Nein, zum ersten Mal hatte er etwas Angenehmes für mich! Als ich ins Wohnzimmer kam, sagte er: »Telefon für dich« und setzte sich wieder in den Sessel. Der kannte nicht nur keinen Spaß, der kannte auch keine Privatsphäre. Am Telefon war Nick.

»Na, wie sieht's aus bei dir, Süße?«

»Ich würde sagen, den Umständen entsprechend«, erwiderte ich. »Wenn der Vogel trillert, lauscht die Welt.«

»Was?«, gab er zurück.

Himmel, seit wann war der so schwer von Begriff? Ich versuchte es mit etwas anderem. »Kennst du den Film *Zusammen ist man weniger allein*?«

»Nein, kenne ich nicht. Warum, willst du die DVD haben?«

»Ich bin nicht allein«, zischte ich in den Hörer und sah verstohlen zu Jürgen hinüber, ob er das mitbekommen hatte. Zumindest tat er so, als wäre er in sein Buch vertieft.

»Ach so«, lachte Nick, »sag das doch.«

Ja, klar, und was würde der liebe Jürgen dann denken?

»Ich ruf auch nur an, um dir zu sagen, dass ich Donnerstagabend wieder bei dir bin, wie findest du das?«

»Nun«, sagte ich, »das halte ich für eine sehr gute Nachricht.«

»Ach ja? Und hältst du es auch für eine sehr gute Nachricht, dass ich vorhabe, dich dann ganz langsam auszuziehen?«

Puh, jetzt wurde mir heiß. »Das hört sich ganz fantastisch an!«

»Ja? Und wie hört es sich an, wenn du das Gleiche bei mir machst? Bis ich gar nichts mehr anhabe?«

O mein Gott. »Wunderbare Neuigkeit«, schnaufte ich in den Hörer.

Nick lachte. »Ich freu mich so auf dich. Wir sehen uns Donnerstag, ja?«

»Ja, vielen Dank, dann weiß ich ja Bescheid«, stammelte ich noch und eilte mit heißem Kopf in die Küche, sobald ich aufgelegt hatte. Der Mann wusste, wie man eine Frau scharfmachte. Ich freute mich jetzt schon ganz furchtbar auf Donnerstag. Aber halt – Donnerstag? Was für ein blödes Timing. Jürgen, dem langweiligen Frühschläfer, wäre es gar nicht aufgefallen, wenn ich mich abends aus dem Haus schlich. Mit Nick sähe das ganz anders aus.

Aber mit dem Problem würde ich mich beschäftigen, wenn es so weit war.

Jetzt wartete erstmal Anneliese auf mich. Ich nahm meinen Matschkuchen und sagte Jürgen Bescheid. Ich kam mir vor, als wäre ich wieder acht Jahre alt. Zum Glück verzichtete er darauf, mich zu begleiten.

Anneliese riss über das ganze Gesicht strahlend die Haustür auf. Sie war zwar nicht die Hellste, aber dafür wirklich nett, das hätte ich zuerst gar nicht gedacht. Auch hier kam ein kleines Mädchen die Treppe hinunter, als ich in den Flur trat. Aber wenigstens starrte es mich nicht an.

»Jacqueline, das ist die Alice, sag ›Guten Tag‹«, forderte Anneliese sie auf. Jacqueline starrte den Butterkuchen an und sah aus, als würde ihr gleich der Speichel aus dem Mund laufen. Und sie sah aus, als ob sie zu keinem Kuchen nein sagen würde, sie war ein wenig, nun ja, korpulent. Einmal weniger ins Butterbrot beißen, würde ihr vermutlich nicht schaden. Aber, Himmel, wer war ich, dass ich anderen Leuten ihr Essverhalten vorwerfen durfte. Heute Mittag war es bei mir natürlich auch nicht bei der *Weight Watchers*-Suppe geblieben. Wozu hatte ich schließlich tütenweise Chips eingekauft?

»Ich will Kuchen«, informierte Jacqueline ihre Mutter mitten in meine Überlegungen hinein.

»Später, jetzt gehst du erstmal zu Rieke spielen«, gab Anneliese zurück und schob sie energisch aus dem Haus. »Mach dir nichts draus, sie ist ein bisschen schüchtern«, wandte sie sich an mich, als die Tür hinter dem Mädchen zu war.

So eine Information hatte ich auch schon von Susi über ihre Tochter erhalten. Entweder waren also alle Mädchen in dem Alter schüchtern oder eben einfach merkwürdig.

Wir gingen in Annelieses Küche, die aussah, als wären hier täglich drei Profiköche am Werk. So viele Küchengeräte hatte ich noch nie gesehen, nicht mal bei meiner Mutter, und bei wenigstens der Hälfte hatte ich keine Ahnung, was sie darstellen sollten oder wofür man sie brauchte.

»Sieh mal, mein neuer Dampfgarer. Habe ich zum Geburtstag bekommen. Benutzt du auch einen?«

Also, ich wüsste nicht, wofür. »Oh, nur manchmal«, flunkerte ich.

»Du musst darin mal Pastinaken garen, die schmecken dann richtig toll.«

Was, bitte schön, waren Pastinaken? Hier musste ganz schnell mal das Thema gewechselt werden. Warum musste Nick mich auch als Hausfrau auftreten lassen, viel lieber wäre ich eine toughe Karrierefrau gewesen, die ihre Angestellten den ganzen Tag herumscheucht.

»Du«, sagte ich zu Anneliese, »Susi hat mir was erzählt.«

Sofort war der Dampfgarer Schnee von gestern.

»Ach, was denn, was hat sie denn gesagt?«

»Dass sie im Supermarkt aufgehört hat, weil sie mehr Zeit für ihre Kinder haben wollte.«

»Und das glaubst du?« Kopfschüttelnd schaute sie mich an. »Die haben sie rausgeschmissen, da halte ich jede Wette.«

»Ach, mir kam das eigentlich ganz glaubhaft vor. Was arbeitest du denn eigentlich?«

»Ich bin beim *Roten Kreuz*, in der mobilen Altenpflege. Das macht echt Spaß, und außerdem kann ich das gut mit den Kindern vereinbaren.«

Spaß stellte ich mir persönlich zwar anders vor, aber trotzdem, Hut ab vor Anneliese. Das war sicher kein leichter Job, aber sie war bestimmt nett zu den alten Leuten, und wenn sie dann noch Spaß dabei hatte, umso besser. Wir saßen eine knappe Stunde in ihrer Küche und unterhielten uns über dies und das, bis mir etwas einfiel: »Sag mal, hast du mir nicht erzählt, dein Mann würde irgendwas mit Computern machen?«

»Ja, er ist bei *Walters Bürowelt* und da zuständig für alles, was mit Computern zu tun hat.«

»Ob er mir einen USB-Stick mitbringen könnte?«, bat ich sie. »Du weißt doch, meine Freundin ist zu Besuch, und die braucht einen.«

»Ach ja, hat Susi mir ja erzählt. Die schreibt den ganzen Tag, oder? Aber mal muss sie doch auch an die frische Luft.«

»Oh, ja, manchmal macht sie das auch, heute Morgen war sie eine Stunde im Garten«. Genau, während du zur Arbeit warst. »Aber das ist wohl sehr kompliziert, was sie da alles schreiben muss, deshalb sehe ich sie selbst kaum.«

»Was studiert sie denn?«, fragte Anneliese.

Das würde ich auch gern wissen. »Psychologie« war das Erste, was mir einfiel.

»Oh, dann glaube ich, dass sie viel zu tun hat, es muss echt schwer sein, anderen Leuten in die Köpfe zu gucken. Mir gelingt das ja oft nicht mal bei mir selbst.«

Da hatten wir etwas gemeinsam. Nachdem wir die Hälfte des Butterkuchens gegessen hatten, ging ich wieder rüber zu mir. Anneliese wollte gleich ihren Ronald anrufen, damit der mir den Stick mitbrachte. Denn Simon sollte zwar einen von mir bekommen, aber bestimmt nicht seinen.

Jürgen war in der Küche und schnitt Gemüse. Sein freier Nachmittag ohne mich hatte ihn wohl mal milder gestimmt. »Ich koche mir eine Gemüsesuppe, wenn du möchtest, kannst du einen Teller abhaben.«

Das war eine gute Idee, abends eine Gemüsesuppe ließ den Nachmittagskuchen vergessen. Drei Stunden später aßen wir sogar zusammen in der Küche, als es klingelte. Anneliese stand mit dem Stick vor der Tür.

»Hier, dein Stick, brauchst du auch nichts für bezahlen, das ist ein Werbegeschenk. Wir hier auf dem Dorf halten eben zusammen.« Den Spruch hatte ich schon einige Male gehört, und auch jetzt fragte ich mich, wogegen sie denn zusammenhielten. Standen feindliche Truppen vor den Dorfmauern? Wollten Nudisten ein Camp bei ihnen errichten?

Sie drängelte sich an mir vorbei und ging gleich durch in die Küche. Sicher, mein Haus ist auch dein Haus.

»Hallo«, sagte sie zu Jürgen, »wir kennen uns ja noch gar nicht. Ich bin die Nachbarin von Alice, ich wohne gleich gegenüber.«

Jürgen begrüßte sie höflich und fragte sie sogar, ob sie mit uns Suppe essen wollte.

»Nein«, lachte sie, »das geht nicht, ich esse gleich mit meiner Familie. Aber kann ich vielleicht mal mit deiner

Frau sprechen? Meine Tochter erzählt zurzeit immer so wilde Geschichten, da wollte ich sie mal fragen, ob das normal ist. Weil sie doch Psychologie studiert.«

Jürgen setzte ein bedauerndes Gesicht auf. »Oh, leider nicht, sie ist so in ihrer Arbeit vertieft, sie wollte nicht mal mit uns essen. Aber ich kann sie gerne später fragen, und Alice sagt Ihnen dann morgen Bescheid.«

Damit war Anneliese zufrieden und wünschte uns noch einen schönen Abend. Jürgen informierte mich darüber, dass ich für den Abwasch zuständig wäre, da er gekocht hatte, und verzog sich vor den Fernseher. Hätte mich auch gewundert, wenn ich von ihm irgendetwas umsonst bekommen hätte. Ich wusch also Töpfe und Teller ab und setzte mich dann auch vor den Fernseher. Als Jürgen in die Küche ging, um sich eine Flasche Wasser zu holen, war er schon wieder ganz der Alte. »Alice, was soll denn das hier?«

Seufzend ging ich zu ihm. »Was ist denn nun schon wieder, habe ich die Teller in der falschen Reihenfolge auf das Abtropfgitter gestellt?«

»Nein. Du hast sie überhaupt da reingestellt. Die müssen doch abgetrocknet und weggeräumt werden. Man kann die doch nicht einfach so nass da stehen lassen. Wie sieht denn das aus?«

Ich glaube, das war sein Lieblingssatz. Dieses »Wie sieht denn das aus?« hatte ich schon mindestens fünfzig Mal gehört. Er war einer von den Leuten, die sich ständig selbst Arbeit machten. Wenn die Sachen über Nacht auch von allein trockneten, warum sollte man es dann selbst machen? Aber bevor er wieder einen neuen Putzplan ersinnen würde, versetzte ich die Küche, so gut ich konnte, wieder in den von ihm so geliebten sterilen OP-Saal-Zustand.

Als ich nach einer gefühlten Stunde wieder zurück ins

Wohnzimmer kam, sah er sich irgendetwas Langweiliges über den Zweiten Weltkrieg an. Ich nahm mir eine Flasche Sekt aus dem Kühlschrank, ein Glas aus dem Schrank und ging hoch in mein Zimmer. Wie deprimierend das hier war. Na ja, konnte ich mich wenigstens wieder mit meiner Liste beschäftigen. Das war immer noch schwierig. Vielleicht würde mir mehr zu *Punkt 3* einfallen, wenn ich ein bisschen Sekt trinken würde. Aber halt, mein Test, den musste ich erstmal zu Ende machen. Zufrieden sah ich, dass ich fast die höchste Punktzahl hatte und somit ein »Sie sind nicht nur sexy, Sie sind eine Waffe« erzielte. Das hob meine Laune ganz beträchtlich.

Guter Dinge blätterte ich den Rest der Zeitschrift durch und trank dabei zwei Gläser Sekt. Ich wollte die Flasche gerade wieder in den Kühlschrank bringen, als ich noch auf der Treppe das Telefon hörte. Ich rief Jürgen ein »Ich geh ran« zu und hob den Hörer ab.

Diesmal war es Susi. »Hey, Alice, tut mir leid, dass ich so spät noch störe.«

So spät? Es war gerade mal halb neun. »Aber Anneliese hat mir erzählt, dass deine Freundin ihr bei Jacqueline helfen würde, und da hab ich mich gefragt, ob du ihr auch mal von meinem Problem erzählen könntest.«

»Du meinst, das Problem mit dem Frischmilchprodukt-Vertreter?«, fragte ich.

»Nein, es geht um meinen Sohn, den Bastian. Er hat in der Schule ein bisschen Ärger, sein Lehrer behauptet, er wäre aggressiv und würde die anderen Kinder ständig ärgern. Fragst du sie mal, was sie dazu meint?«

»Aber natürlich, das ist doch gar kein Problem«, log ich. O Mann, ich ritt mich hier aber auch immer tiefer rein.

Sie bedankte sich bei mir, und ich stellte schnell die Flasche Sekt in den Kühlschrank. Nicht, dass Jürgen das gute

Zeug noch wegwarf, weil es nicht am richtigen Platz stand. Der machte gerade den Fernseher aus und sagte mir »Gute Nacht«. Langweiler.

Ich blieb im Wohnzimmer und grübelte hier über *Punkt 3* nach. Auf der einen Seite konnte ich Nick nicht sagen, was ich vorhatte. Aber auf der anderen Seite sollte er Simon festnehmen, sobald er mir Rede und Antwort gestanden hatte. Warum hatte ich Simon bloß zum Schützenhaus bestellt, ich Doofe? Das war viel zu weit weg von meinem Haus. Könnte ich ihn vielleicht nach unserer kleinen Besprechung zwingen, mich zu meinem Haus zu begleiten, wenn ich ein Küchenmesser dabeihätte? Nein, das würde nie funktionieren. Entweder würde er es mir aus der Hand schlagen oder einfach zu seinem Auto laufen und wegfahren. Mit einer Pistole könnte es vielleicht klappen, aber die hatte ich nicht. Und hier im Dorf lieh man sich vielleicht Milch und Kontaktlinsenreiniger aus, aber sicher keine Waffen. Da kam mir eine Idee. Leise zog ich meine Schuhe an und schlich aus dem Haus. Keine hundert Meter von meinem Häuschen entfernt befand sich der Stall von Bauer Erich. Vorsichtig öffnete ich die Stalltür und huschte hinein. Ich erwartete einen furchtbaren Gestank, aber eigentlich roch es richtig gut. Rechts und links standen Kühe und sahen mich freundlich an. Das war niedlich. Sie hatten ganz viel Platz, nur vor dem Gang in der Mitte war rechts und links ein Band gesperrt. Aber ich suchte nicht den Kuh-, sondern den Schweinestall. Also sagte ich den Kühen »Gute Nacht« und ging wieder raus. Allerdings war ich dabei nicht ganz so leise, wie ich mir das vorgestellt hatte. Das zweite Mal an diesem Tag stolperte ich, diesmal über eine Gießkanne aus Blech. Ich erwischte sie im Fallen noch mal mit dem Fuß, sodass sie laut klappernd über den ganzen Hof flog. Gerade wollte ich die Beine in die Hand nehmen und rennen, so schnell ich konnte, als auch schon die Haustür aufgerissen wurde und Bauer Erich leibhaftig in einem karierten Pyjama vor mir stand. In der Hand hielt er ein Maschinengewehr, und ich kriegte vor Schreck keine Luft mehr.

Er senkte seine todbringende Waffe und guckte mich an. »Hey, wir kennen uns doch vom Grillen, Sie sind Alice. Was machen Sie denn in meinem Kuhstall?«

»Oh, bitte, entschuldigen Sie vielmals, es tut mir so leid. Wissen Sie, ich bin doch mit meinem Bekannten in diesem Malkurs, erinnern Sie sich? Und unsere neue Aufgabe ist es, ein Tier zu malen. Da habe ich mir gedacht, ich störe ja niemanden, wenn ich nur mal schnell in Ihren Stall laufe und mir eine Kuh genauer anschaue, so von Mensch zu Tier, verstehen Sie?«

»Ach ja, Anneliese hat mir erzählt, dass Sie eine Künstlerin sind. Aber fragen Sie mich das nächste Mal doch einfach, ja? Vor einigen Jahren gab es hier in der Gegend Viehdiebe, die nie geschnappt wurden, und seitdem habe ich meine Schrotflinte immer griffbereit.«

Schrotflinte, Maschinengewehr, so groß war der Unterschied ja wohl nicht.

»Also, könnte ich Sie dann vielleicht jetzt gleich fragen? Es ist so, die Kühe haben mich nicht inspiriert, ich glaube, ich möchte lieber ein Schwein malen.«

»Kommen Sie morgen früh einfach rüber, wenn wir füttern, dann können Sie sich in aller Ruhe Skizzen machen. Weil, jetzt müsste ich nämlich wieder schlafen.«

»Vielen Dank und entschuldigen Sie nochmals die Störung, ich werde morgen früh da sein. Ich hab auch nur noch eine Frage. Sind Ihre Kühe so gut erzogen, dass sie nicht einfach mal die Seite wechseln?«

»Welche Seite wechseln?« Er verstand mich nicht.

»Na ja, da ist ja nur so ein dünnes Band, das könnten die doch bestimmt einfach wegschieben.«

»Ach so. Nun, das Band ist zwar dünn, aber es enthält einen Elektrodraht. Wer dagegen kommt, der kriegt einen heftigen Schlag. Also nicht so, dass es gefährlich wäre, aber es zwiebelt ganz schön.«

»Funktioniert das nur bei den Kühen? Weil, wenn Sie da mal rein müssen, tut es bei Ihnen dann nicht weh?«

»Strom ist Strom«, sagte Bauer Erich philosophisch. »Dafür gibt es isolierte Griffe, die kann man anfassen.«

Ich wurde hier noch zu einer richtigen Landfrau. Was es nicht alles gab!

Nun, da meine Neugier, nein, mein Wissensdurst befriedigt war, verabschiedete ich mich und eilte wieder nach Hause. Ich musste heute also wohl wieder früh ins Bett, denn anscheinend wartete der nächste Frühaufstehertag auf mich. Konnte mir nicht vorstellen, dass Bauern ihre Tiere zu zivilen Zeiten, wie zum Beispiel um elf Uhr, fütterten.

Diesmal stellte ich meinen Wecker noch früher, auf sechs Uhr. Dann las ich im Bett noch die *Gala*, bis mir die Augen zufielen.

Am nächsten Morgen wurde ich durch ein wütendes Hämmern an der Tür geweckt. »Alice, mach verdammt noch mal endlich diesen Krach aus, hier gibt es Leute, die noch schlafen wollen!«, hörte ich Jürgen brüllen. Erst jetzt bemerkte ich den Radiowecker, der anscheinend schon seit ungefähr fünfzehn Minuten auf voller Lautstärke die neuesten Charts spielte. Ich hatte schon immer einen tiefen Schlaf, und der wurde durch die gesunde Landluft bestimmt noch verstärkt. Müde machte ich den Wecker aus und setzte mich verschlafen auf. Himmel, war ich fertig.

Die armen Schweine bestimmt auch, ich wette, die hätten ihr Frühstück lieber später.

So schnell es in meinem Zustand möglich war, zog ich mir Jeans und ein T-Shirt an. Das war wohl für einen Besuch im Schweinestall angemessen. Schnell griff ich mir noch die Spieluhr und flitzte zu Bauer Erich rüber. Dort angekommen, kam mir sein Sohn entgegen, der offenbar Richtung Bushaltestelle wollte. Meine Güte, selbst die unschuldigen Kinder werden hier mitten in der Nacht aus dem Haus gejagt. Der war aber richtig niedlich, er starrte mich nicht an, sondern wies mir den Weg zum Schweinestall, nachdem ich ihn danach gefragt hatte.

»Da, siehst du, die Halle neben dem Kuhstall, da sind die Schweine drin. Und eine Sau hat gerade Ferkel bekommen, die sind so niedlich. Wenn du willst, darfst du mal mit mir zusammen mit ihnen spielen.«

Ich sagte ihm, dass ich mich darauf schon sehr freuen würde, und ging auf die besagte Halle zu.

Der Geruch im Schweinestall war nicht so angenehm wie der im Kuhstall. Nee, im Gegenteil, igitt, hier stank es aber richtig. Die Frau von Bauer Erich, Kirsten, war gerade dabei, eine Schubkarre voll ekligem Schleimzeug in die Tröge der Verschläge zu leeren. Sie wünschte mir freundlich einen »Guten Morgen«. »Erich hat mir gesagt, dass du hier ein paar Skizzen machen willst. Hast du denn gar keinen Block dabei?«

Blöd. Den hatte ich vergessen. »Weißt du, wenn es möglich wäre, würde ich hier einfach gerne ein bisschen auf und ab gehen, um so ein Gefühl für die Atmosphäre zu bekommen. Skizzen kann ich dann immer noch machen.«

Ich bezweifelte, dass ich das konnte. Über Strichmännchen war ich nie hinausgekommen.

»Ja, klar, mach nur, wie du willst«, ermunterte sie mich und wandte sich wieder ihren Schweinen zu.

Ich wusste genau, wonach ich suchte. Beim Grillen hatten sich ein paar Leute darüber unterhalten, dass der Zuchteber von Bauer Erich für vier Wochen ausgeliehen war. Ich hatte zwar keine Ahnung, wer sich einen Eber lieh, alles konnte ich schließlich auch nicht wissen, aber ich hatte mir überlegt, dass so ein Zuchteber bestimmt allein wohnte. Und da der sicher lieber zu den Säuen wollte, als sich in seinem einsamen Verschlag zu langweilen, müsste der einen ausbruchsicheren Stall haben. Und da kam *Punkt 3* ins Spiel. Wo ein Eber nicht rauskam, kam Simon bestimmt auch nicht raus.

Ich würde Simon noch mal anrufen, ihn statt zum Schützenhaus zum Schweinestall von Bauer Erich bestellen und ihn dann im Haus vom Eber einsperren. Da könnte Nick ihn dann abholen.

Ein guter Plan! Ich war ganz begeistert von meiner Idee, nur leider fand ich nirgendwo einen Platz, an dem ein Eber hätte leben können. Keinen abgeriegelten Hochsicherheitstrakt, noch nicht einmal ein Schild an der Wand, auf dem zum Beispiel »Hier wohnt unser Kuno« oder so etwas gestanden hätte. Ich ging zu Kirsten, die gerade mit Füttern fertig war und sich nun dranmachte, die Ställe auszumisten. Nun wurde der Gestank ganz furchtbar. Ich musste schnell hier raus, bevor sie mich noch bitten würde, ihr zu helfen. Schließlich hielten wir Leute vom Dorf ja zusammen.

»Na, hast du einen Eindruck gewonnen«, fragte sie mich.

»Ja, ein bisschen schon. Aber sag mal, wo ist denn der Stall von Kuno?«

»Von wem?«, fragte sie ratlos zurück.

»Na, von eurem Eber, ich finde, Kuno wäre ein klasse Name für einen Eber.«

Sie lachte. »Ja, mag sein, aber wir geben unseren Tieren hier keine Namen. Jedenfalls ist er nicht bei den Säuen, das würde nicht gutgehen. Aber ich kann ihn dir gerne mal zeigen, wenn es dir hilft.«

O ja, das würde mir helfen. »Super«, freute ich mich, »können wir da gleich mal hingehen?« Wenn ich hier nicht bald rauskäme, würde ich in Ohnmacht fallen, das wusste ich genau.

Sie ging mit mir über den Hof und zur anderen Seite des Kuhstalls. Dort war eine schmale Tür, die sie öffnete. »Siehst du? Hier ist unser Eber normalerweise untergebracht.«

Hinter der Tür befand sich ein kleiner Vorraum. Links war eine Pforte, die bestimmt zum Kuhstall führte, und rechts lag der Stall des Ebers. Er war perfekt, so ungefähr drei mal vier Meter und, das Wichtigste, mit Gitterstäben bis fast an die Decke. Auch der Eingang war mit einer hohen Gittertür gesichert.

»Darf ich mal?«, fragte ich und wartete die Antwort gar nicht erst ab. Ich versuchte, die Tür zu öffnen, aber die bewegte sich keinen Millimeter.

»Die wird nicht aufgemacht wie eine normale Tür, das ist eine Schiebetür, du musst sie zur Seite ziehen«, informierte mich Kirsten. Hatte ich da einen leichten, misstrauischen Schimmer in ihren Augen gesehen?

Schnell probierte ich das Ziehen, und die Tür stand auf. »Das ist so nett von dir, dass du dir so viel Zeit für mich nimmst. Ich weiß …«, dabei lachte ich aufgesetzt, »wir Künstler wirken auf unsere Umgebung manchmal etwas seltsam. Aber ich brauche Atmosphäre, authentisches Umfeld, das Unverfälschte. Nun hab ich ein Gefühl dafür, wie ein Schwein lebt, und erst jetzt kann ich es auch malen.«

Das beruhigte sie. »Ja, eigentlich ist es eine Schande, dass unsereins so gar keine Zeit für die schönen Dinge des Lebens hat. In der Schule habe ich mich auch für Kunst interessiert, aber mein Mann würde mir was erzählen, wenn ich Bilder malen würde, statt den Stall auszumisten. Das muss ich jetzt auch weitermachen. Du kannst aber gerne noch hierbleiben und die Atmosphäre auf dich wirken lassen.«

Diese ganzen netten Leute würden mir wirklich fehlen. Ich hatte noch nie so viel Freundlichkeit auf einem Haufen erlebt. Und sie hatten nicht mal was davon, sie waren einfach von Natur aus so. Ich beschloss, mir in meinem zukünftigen Leben daran ein Vorbild zu nehmen und auch ein besserer Mensch zu werden.

Aber zurück zu meinem Plan. Also, ich würde Simon hierher bestellen. Dadurch, dass der Eingang nach hinten raus lag, abgewandt vom Wohnhaus, sollte uns keiner hören können. Ich würde mit ihm im Vorraum stehen und reden. Dann, während des Gesprächs, käme ich in Rage. Das würde ich sicher nicht spielen müssen, sauer wie nichts Gutes war ich nämlich jetzt schon auf ihn. Dabei würde ich wild gestikulieren und ihn dadurch in den Stall des Ebers drängen. Sobald er drin wäre, würde ich den Stick nehmen und ihn mit den Worten »Da hast du das Scheißding, ist ja sowieso alles, was dich interessiert« in die hinterste Ecke werfen. Und, voilà, während er ihn sich holte, würde ich die Stalltür verriegeln. Ein todsicherer Plan. Ich war so stolz auf mich und hätte zu gerne jemandem davon erzählt, aber das ging ja leider nicht. Ich musste einfach erstmal mit Simon allein reden, bevor ich ihn der Polizei übergeben konnte. Ich nahm noch die dick eingewickelte Spieluhr aus der Tasche und versteckte sie im Vorraum in einem Futtereimer. Da Kuno in Urlaub war, würde ihn auch keiner füttern.

Nachdem nun alles klar und vorbereitet war, ging ich beschwingt zurück in mein Häuschen und nahm erstmal eine ausgiebige Dusche, um den Schweinegeruch loszuwerden. Eigentlich wollte ich noch schnell Simon anrufen und ihn zum Hof von Bauer Erich bestellen, aber ich war zu müde. So frühes Aufstehen konnte nicht gesund sein.

Kaum lag ich im Bett, schlief ich auch schon, und zwar bis mittags. Als mir beim Aufwachen einfiel, dass nun bald alles vorbei wäre, stand ich vergnügt auf. Zur Feier des Tages wollte ich mir Tiefkühltortellini gönnen.

In der Küche traf ich auf Jürgen, der mit einer Autozeitschrift am Küchentisch saß. Klar, Tarnung war alles.

»Moin«, begrüßte ich ihn fröhlich.

»Mahlzeit«, kam es trocken zurück.

»Interessierst du dich für die Innenausstattung der Autos?«, fragte ich ihn. »Ich hatte mal ein Auto, das hatte rote Sitze und rosa Teppiche im Fußraum.«

»Schön für dich«, sagte er nur, »aber so eins kaufe ich mir bestimmt nicht.«

»Ach, suchst du ein neues Auto? Kennst du den *Mini* als Cabrio? Der ist total süß.«

»Ich kann *Minis* nicht leiden. Ich suche etwas Vernünftiges, Solides. Aber solche Tugenden sind dir sicher fremd.«

»Ja, zum Glück«, erwiderte ich, »vernünftig und solide kann ich immer noch sein, wenn ich achtzig bin. Ich glaube, du hast eine schlimme Enttäuschung hinter dir, und darum bist du so verbittert, stimmt's?«

»Ich bin überhaupt nicht verbittert«, sagte er erbost. »Ich bin einfach nur ein Mensch, der die Dinge durchdenkt und sich nicht unüberlegt in wilde Abenteuer stürzt.«

»Also suchst du eine feste Beziehung und nichts für eine Nacht?«

Er schaute mich fassungslos an. »Davon habe ich doch

überhaupt nicht gesprochen, außerdem habe ich dir schon mal gesagt, dass dich mein Privatleben nichts angeht.«

»Bitte, bitte, ich wollte nur helfen. Aber du kannst nicht erwarten, aus deinem Dilemma herauszukommen, wenn du dich nicht öffnest«, sagte ich beleidigt.

»Ich stecke in keinem Dilemma!« Nun wurde er wirklich böse. »Mir geht es gut, verstehst du? Und ich habe keine Ahnung, was du von mir willst!« Mit diesen Worten stürmte er nach oben.

So verstockt können auch nur Männer sein. Selbst schwule machten da offenbar keinen Unterschied. Ich zuckte mit den Schultern, schob mir meine Tortellini in den Ofen und ging zum Telefon, um Simon von der Planänderung zu informieren. Leider wurde mir gesagt, dass Herr Karzynski nicht mehr im Kurhotel *Waldfrieden* tätig war. Auf meine Frage, wo ich ihn denn erreichen könnte, erhielt ich nur die Auskunft, dass sie das nicht wüssten und es sie auch nicht interessieren würde. Da hatte der Gute wohl nicht nur bei mir verbrannte Erde hinterlassen.

Jürgen kam später wieder runter und telefonierte. Anschließend informierte er mich, dass Nick und Marga am nächsten Tag gegen Nachmittag kämen und er dann wieder zusammen mit Marga zurückfahren würde. Juchhu! Was für eine wunderbare Nachricht.

Ich begleitete ihn ins Wohnzimmer und informierte ihn darüber, dass mir langweilig war. »Können wir nicht mal in die Kreisstadt fahren? Da gibt es doch bestimmt ein paar Läden, ich versauere hier ja total.«

»Kommt nicht in Frage«, antwortete er mir. »Wie gesagt, dies hier ist kein Urlaub, und ich bin nicht dein Chauffeur. Du wirst dich ja wohl auch mal ein paar Tage ohne Einkaufen beschäftigen können.«

Also holte ich meine Nudeln aus dem Ofen und schaltete den Fernseher ein. Fernsehen am Mittag, Fernsehen am Nachmittag, Fernsehen am Abend. Abends um elf kriegte ich nichts mehr zusammen, was da auf dem Bildschirm lief. Alle Sendungen und Filme, die ich seit Stunden ohne Pause gesehen hatte, liefen in meinem Kopf durcheinander. Also ging ich ins Bett und stand am nächsten Morgen erst um Viertel vor elf wieder auf. Nach einem leckeren Frühstück mit Cornflakes und Keksen bereitete ich meinen Beauty-Tag vor. Mit einer Kurpackung in den Haaren und einer Feuchtigkeitsmaske im Gesicht lag ich in der Badewanne und entspannte mich total. Anschließend war das Bodypeeling dran, und dann rasierte ich sämtliche überflüssigen Körperhaare ab. Eingerieben mit meiner neuen Bodylotion fühlte ich mich schon viel wohler. Nach Haaren ausspülen und Maske abwaschen waren Maniküre und Pediküre an der Reihe. Jetzt sah ich langsam wieder aus wie ich. Meine Haare föhnte ich über eine dicke Rundbürste, und mein Gesicht bekam ein perfektes Make-up. So eines, das aussehen sollte, als wäre ich kaum geschminkt. Nun noch die richtigen Klamotten, das war gar nicht so einfach. Ich wollte toll aussehen, aber nicht aufgemotzt. Ein dünner Rock mit Blumenmuster und ein rosa Shirt mit tollem Ausschnitt machten das Rennen. Perfekt, jetzt konnte Nick kommen.

Ich drückte anschließend fast eine Stunde lang meine Nase vor dem Fenster platt und wartete, bis ich sein Auto sah. Mein Herz klopfte wie verrückt, und ich fragte mich, ob ich überhaupt schon mal in meinem Leben so sehr verknallt gewesen war. Ich blieb oben, bis ich hörte, wie er und Marga aus der Garage in den Flur traten.

Trotz meiner Aufregung spazierte ich ganz lässig die Treppe hinunter. Na ja, fast ganz lässig. Auf der dritten Stufe verfing sich mein Absatz in dem alten Teppich, und fast wäre ich wie ein Trottel die Treppe heruntergefallen.

Aber ich kriegte zum Glück noch das Geländer zu fassen und tat, als wäre nichts gewesen.

Nach Nicks Blick zu urteilen, hatte sich mein Beauty-Tag absolut gelohnt. Er sah mich voller Begehren an, bis er sich, viel zu schnell für meinen Geschmack, wieder im Griff hatte.

»Alice, hallo, schön, dich zu sehen«, begrüßte er mich locker. »Ab heute übernehme ich wieder, Jürgen wird zu Hause gebraucht.«

»Macht für mich keinen Unterschied«, behauptete ich, »ich bin nur froh, wenn das alles hier vorbei ist. Wer so lange mit mir die Zeit totschlägt, ist mir egal.«

»Eine vernünftige Einstellung«, zwinkerte Nick mir zu, bevor er mit Jürgen und Marga ins Wohnzimmer ging. Dabei machte er auch noch die Tür hinter sich zu! Ich lungerte in der Küche herum und wartete ungeduldig, bis die Besprechung endlich wieder vorbei war und die beiden abhauen würden. Viel länger würde ich mich nicht mehr beherrschen können, allein der Gedanke an Nicks Geruch brachte mich fast dazu, ins Wohnzimmer zu stürmen und ihn von oben bis unten abzulecken. Der doofe Jürgen würde mir dann sicherlich nicht nur einen Vortrag über die Vorschriften für Schutzbefohlene halten, sondern auch noch einen über Hygiene.

Endlich kamen sie wieder raus. Nicks und meine Blicke trafen sich, und mir wurde schon wieder ganz heiß. Entweder kam ich in die Wechseljahre, oder dieser Mann machte mich einfach fertig. Er ging mit Jürgen in die Küche, und Marga trat zu mir. »Können wir vielleicht mal draußen ein paar Schritte gehen? Ich bin ganz verspannt von der Autofahrt.«

Klar, warum nicht. Wir gingen durch den Garten auf die Straße.

An die Konsequenzen hatte ich allerdings nicht gedacht. Kaum standen wir draußen, rauschte Anneliese auf uns zu. »Oh, hallo, du bist Marga, oder? Gönnst du dir jetzt doch mal eine Pause?«

Marga antwortete ihr, dass sie mit ihrer Semesterarbeit fertig wäre und gleich wieder mit ihrem Mann nach Hause fahren würde. »Außerdem ist der Bekannte von Alice vorhin gekommen, da wollen wir nicht stören.«

»Nee«, sagte Anneliese, »dann halten wir uns auch immer zurück. Weil, wenn die kreativen Säfte fließen, brauchen sie ihre Ruhe.«

Ich bekam einen hochroten Kopf. Kräfte hatte ich gesagt, Kräfte, nicht Säfte. Marga versuchte mühsam, sich das Lachen zu verkneifen.

Anneliese merkte das gar nicht. »Du, aber sag mal, hat Alice dich schon wegen Jacqueline gefragt?«

Ich griff schnell ein. »Klar hab ich Marga gefragt, warum deine Tochter in letzter Zeit immer so wilde Geschichten erzählt. Eine Psychologiestudentin müsste so etwas doch wissen, habe ich zu Marga gesagt, nicht wahr?«

Marga war nicht doof. »Wie alt ist deine Tochter denn?«

»Sie wird im Oktober sieben.«

»Also, dann würde ich mir gar keine Sorgen machen. In dem Alter leben Kinder noch teilweise in einer Fantasiewelt, die sie nicht immer von der Realität trennen können. Die Geschichten, die sie erzählt, sind nur eine latente Konnotation.«

Wir schauten sie beide an und fragten wie aus einem Mund: »Hä?«

»Also, ich meine, die Geschichten sind nur eine Begleiterscheinung dieser Fantasiewelt. Sei stolz auf deine Tochter, dass sie noch so viel Fantasie besitzt, vielen Kindern ist die heute schon verloren gegangen.«

Sichtlich beeindruckt ging Anneliese wieder nach Hause. Ich sah Marga mit großen Augen an. »Hast du tatsächlich Psychologie studiert?«

»Nein«, lachte sie, »jedenfalls nicht richtig. An der Polizeihochschule hatten wir zwei Semester Psychologie, aber ich habe selbst Kinder, und meine Tochter war in dem Alter genauso.«

Trotzdem, ganz schön gebildet, diese Marga.

Als wir wieder reingehen wollten, kam Susi gerade mit dem Auto angefahren. Kaum sah sie uns, bremste sie und stieg aus.

»Hey, Alice, ist das deine Freundin, die Psychologin?«

»Ja«, sagte ich, »das ist Marga.«

»Schön, dich zu treffen. Was sagst du denn zu Bastian?«

»Ist er denn immer noch aggressiv in der Schule und ärgert die anderen Kinder?«, fragte ich schnell.

»Ja, jedenfalls behauptet das sein Lehrer. Ich kann mir das aber gar nicht vorstellen, er ist ein sehr lieber Junge.«

»Tut mir leid«, sagte Marga, »dazu kann ich mich nicht äußern, das wäre unseriös. Ich müsste mich einige Male mit deinem Sohn unterhalten und ihn kennenlernen. Aber ich würde dir empfehlen, dich mal mit ihm zusammenzusetzen und ihn nach seiner Sicht der Dinge zu fragen. Dann sprich noch mal mit dem Lehrer, danach solltest du schon ein klareres Bild haben.«

Mann, die war ja richtig gut. Susi fand das auch, sie sah Marga bewundernd an und bedankte sich, bevor sie wieder ins Auto stieg.

Jürgen kam mit seiner Tasche und einem kleinen Koffer aus dem Haus. Das sollte wohl Margas sein, die dachten ja wirklich an alles. Während er die Sachen ins Auto lud, saß ich wie auf Kohlen. Egal, wie nett Marga war, die sollten jetzt endlich verschwinden. Doch anstatt einzusteigen, kam Jürgen wieder zur offenen Tür und redete weiter mit Nick. Ich winkte Marga zu, gönnte Jürgen nur ein knappes Nicken und ging ins Wohnzimmer. Himmel, nun haut doch endlich ab!

Nach einer halben Ewigkeit hörte ich das Auto anspringen und wegfahren. Nick schaffte es gerade noch, die Haustür zuzumachen, da hing ich schon an seinem Hals. Wir küssten uns, als wären wir Teenies und hätten gerade erst das Knutschen für uns entdeckt. Ineinander verschlungen wie Fußballspieler nach dem WM-Sieg, schafften wir es irgendwie die Treppe hoch und in mein Bett zu kommen. Von langsam ausziehen war nicht mehr die Rede, unsere Klamotten flogen nur so durch die Gegend. Hatten wir uns bei unserem letzten Abschied langsam und fast staunend geliebt, fielen wir jetzt regelrecht übereinander her. Mann, machte das einen Spaß mit ihm.

Danach zog er mich ganz eng an sich. »Du riechst so gut, und du bist so sexy«, flüsterte er mir ins Ohr.

»Ich bin nicht nur sexy, ich bin eine Waffe«, verkündete ich stolz. »Ich kann dir meinen Test in der *Cosmo* zeigen, ich habe fast die höchste Punktzahl.«

Nick lachte. »Davon bin ich überzeugt. Kommst du mit mir unter die Dusche?«

Das tat ich, und es war nicht alles, was ich dort tat. Danach zogen wir uns notgedrungen wieder an, man wusste hier einfach nie, wer mich wann besuchen kam. In der Küche trank ich den Rest meines Sektes und Nick ein Bier. Später legten wir uns aufs Sofa im Wohnzimmer und genossen einfach unsere Nähe. Dabei kam mir auch eine sehr gute Idee, wie ich später unbemerkt das Haus verlassen konnte. Langsam meldete sich aber mal wieder mein Magen: »Du musst dich erholen«, teilte ich Nick mit, »darum mache ich uns jetzt etwas zu essen, und du darfst hier liegen bleiben.«

In der Küche schob ich zwei Baguettes in den Ofen und freute mich an den Krümeln, die auf die Arbeitsplatte gefallen waren. Am liebsten hätte ich ein Foto davon gemacht und es Jürgen geschickt. Schnell lief ich noch mal hoch, um zu sehen, was die Dusche mit meinen Haaren angestellt hatte, und beseitigte die schlimmsten Schäden.

Eine Weile später saßen Nick und ich mit unseren Baguettes vor dem Fernseher. Aber ich bekam absolut überhaupt nicht mit, was da lief. Doch diesmal war nicht Nick daran schuld, sondern das, was mir heute Abend noch bevorstand. Ich hatte nur die Uhr im Auge. Kaum war es halb neun, bückte ich mich vor Nick und tat, als wolle ich etwas aufheben. Das wurde in der *Cosmo* als heißer Anfang einer Verführung angepriesen. Und ja, Nick guckte schon mal interessiert. Ich machte den Fernseher aus und zog mir mein Shirt über den Kopf. »Puh, ist mir nur so heiß, oder ist es hier drinnen so warm?«, fragte ich ihn und zeigte ihm meinen besten BH, der meinen Busen wunderbar hochhob und mindestens einen Cup größer aussehen ließ.

Nick sah mich mit funkelnden Augen an. »Ich glaube, hier drin ist es ganz furchtbar warm. Mir wird auch so komisch«, sagte er und begann, mich zu küssen. Ich nahm seine Hand und ging mit ihm nach oben. Okay, das dritte Mal Sex an diesem Tag war von mir nicht ganz ohne Hintergedanken eingeleitet, aber das tat dem Spaß keinen Abbruch.

Als wir zur Ruhe gekommen waren, brauchte ich nur zwei Minuten zu warten, und dann hörte ich es – das ersehnte Knurren. Ich hatte mir gedacht, wenn ein Mann nach einer

Runde Sex schon so gerne einschläft – wie wäre es dann erst nach dreimal innerhalb von sechs Stunden? Nun, es war so, wie ich es mir erhofft hatte, Nick schlief tief und fest.

Ich wartete noch ein bisschen und schlich erst ins Badezimmer und dann nach unten in die Küche. In der Besenkammer hatte ich mir bereits am Morgen mein Outfit für diesen Abend zurechtgelegt.

Ganz leise machte ich die Haustür auf und hinter mir wieder zu. So weit, so gut. Es war Viertel vor zehn, und die Dorfstraße lag in fast völliger Dunkelheit. Nur oben bei Marianne brannte noch Licht, wahrscheinlich wartete die Ärmste darauf, dass ihr Gatte von einer Müllmännerkonferenz nach Hause kam. Ich schlich um Annelieses Haus, hinter dem ein kleiner Feldweg verlief. Das Risiko, dass mich um diese Zeit jemand auf der Dorfstraße erwischte, war zwar gering, aber ich wollte kein Risiko eingehen.

Es war schrecklich dunkel auf dem Feldweg, und mir wurde etwas mulmig. Im Dunkeln hatte ich mich noch nie wohl gefühlt, aber da musste ich jetzt durch. Nach dreihundert Metern machte der Feldweg eine Biegung und führte wieder ins Dorf. Jetzt konnte ich das Schützenhaus schon sehen, und in weniger als fünf Minuten stand ich davor.

Mein Herz klopfte wie verrückt, und einen Moment dachte ich daran, alles abzublasen und so schnell wie möglich zurück zu Nick zu rennen. Aber dann drückte ich die Schultern durch und nahm den Kopf hoch. Simon hatte keine Ahnung, dass ich von seinen Betrügereien wusste. Also hatte ich auch nichts zu befürchten. Außerdem hatte ich einen Plan, was sollte schon schiefgehen? Ich wartete und wartete. Was, wenn es stimmte, was er gesagt hatte, dass er kein Geld und keine Möglichkeit hatte hierherzukommen?

Jetzt hatte ich mich schon getraut, im Dunkeln herumzulaufen, jetzt wollte ich es auch hinter mich bringen.

Gerade sah ich zum zwanzigsten Mal auf meine Uhr, die nun kurz nach halb elf anzeigte, als ein Auto langsam auf den Parkplatz des Schützenhauses fuhr. Kurz darauf wurden die Scheinwerfer ausgeschaltet. Ganz leise ging eine Autotür auf und wieder zu, und eine Minute später stand Simon vor mir. Als ich ihn sah, verstand ich überhaupt nicht mehr, was mich so an ihm gefesselt hatte. Mein Herz machte keinen Hüpfer, er war mir tatsächlich egal geworden.

Bevor er etwas sagen konnte, nahm ich ihn am Arm. »Los, komm mit, hier können wir nicht bleiben. Vor zehn Minuten ist ein Streifenwagen vorbeigefahren, scheinbar ist das Schützenhaus nachts ein Treffpunkt der Jugendlichen, die hier heimlich trinken. Ich habe versucht, dich anzurufen und dir den neuen Treffpunkt zu sagen, aber du warst unter der Nummer nicht mehr zu erreichen.«

»Gib mir einfach die Spieldose, und ich bin schon weg«, flüsterte Simon.

Das würde ihm so passen.

»Die konnte ich nicht mitnehmen, ich hatte Angst, die Polizei würde mich hier sehen und nach Alkohol filzen«, antwortete ich ihm.

»Scheiße, so jung siehst du nun auch wieder nicht aus. Ich brauch die verdammte Dose jetzt. So ein Dreck«, fluchte er.

»Jetzt komm schon mit, wir müssen nur ein paar Minuten gehen, dann kriegst du doch die Dose.«

Ich führte ihn den Feldweg zurück, den ich gekommen war, nur gingen wir nicht bis zu Anneliese, sondern bis zum Hof von Bauer Erich. Alles war dunkel, also schob ich Simon schnell Richtung Kuhstall und dann in die Wohnung von Kuno.

Hier machte ich die kleine Funzelbirne, die an der Decke hing, an und atmete erstmal durch.

»Himmel noch mal, Simon, mit dir macht man auch was mit«, hob ich an, aber er unterbrach mich sofort.

»Jetzt gib mir endlich die Dose«, fuhr er mich an.

»Tja, dann hast du Pech gehabt. Die Zeit wirst du dir nehmen müssen, denn ich will erst mit dir reden. Danach gebe ich dir die Dose, aber vorher nicht.«

»Weiber«, stieß Simon aus und lehnte sich im Vorraum an die Wand. »Also gut, dann rede.«

»Erstmal will ich wissen, was die Geschichte mit diesem Piotr Karzynski sollte«, forderte ich ihn auf.

»Ja, bist du nur blöd oder was? Weil die Scheißbullen mir nicht glauben und du nicht in der Lage warst, mir einfach die Dose zu besorgen, war ich auf der Flucht, kapierst du das? Und das ohne einen Pfennig Geld. Also habe ich erstmal gesehen, dass ich wegkam. Ich bin per Anhalter gefahren und in Bad Bodeshagen gestrandet.«

»Okay, und dann?«

»Dann habe ich da alle Hotels und Kurheime abgeklappert und gefragt, ob sie Arbeit für mich haben. Im *Waldfrieden* brauchten sie jemanden für die Küche, und bei Schwarzarbeitern fragt niemand nach Papieren. So wurde ich eben Piotr Karzynski.«

»Du hast auch in der Küche gearbeitet?«, fragte ich erstaunt. »Musstest du auch Gemüsesuppe kochen?«

»Scheiße, nein, wen interessiert das? Ist deine Neugier jetzt befriedigt, kann ich jetzt endlich hier weg?«

Ich wurde wütend. »Warum denn so eilig? Als wir uns das letzte Mal gesprochen haben, hast du mir erzählt, du würdest mich lieben, und wir würden noch mal ganz von vorn anfangen. So hört sich das jetzt hier aber nicht an. Wieso bist du denn so gemein zu mir?«

Simon fuhr sich durch die Haare. »Alice, jetzt nerv mich nicht. Vielleicht haben Flüchtende in deinen Herz-Schmerz-Filmen ja Zeit rumzusülzen, ich hab sie jedenfalls nicht. Wir werden das alles klären, wenn ich meine Unschuld bewiesen habe.«

»Nein«, sagte ich, »das werden wir jetzt tun. Ich will wissen, ob du mich überhaupt jemals geliebt hast.«

»Das kann doch alles nicht wahr sein«, murmelte Simon. Dann fasste er sich und sah mich an. »Aber natürlich habe ich dich geliebt. Und ich habe dir doch erzählt, warum ich dich verlassen musste. Also, gib mir die Dose und vertraue mir.«

»Ich weiß nicht, ob ich das noch kann. Ich glaube, du benutzt mich nur. Das hast du wahrscheinlich auch die ganzen letzten Jahre gemacht, oder? Ich war ganz praktisch für dich und ein nettes Aushängeschild, aber auf meine Bedürfnisse bist du nie eingegangen.«

»So, jetzt reicht's mir.« Simon guckte auf einmal richtig böse. »Wenn du mir nicht sofort die Dose gibst, dann werde ich dich wirklich benutzen. Und ich glaube nicht, dass dir das gefallen wird. Also, was ist jetzt?«

Verdammt, das lief alles überhaupt nicht so, wie ich es mir vorgestellt hatte. Und mittlerweile hatte ich echte Angst. So wie heute hatte ich Simon noch nie erlebt. Gut, ich wusste mittlerweile von seinen Machenschaften, aber trotzdem hatte ich mir die Illusion erhalten, dass er im Grunde noch der Simon war, den ich kannte. Aber diesen Mann hier kannte ich nicht.

»Du blöder Lügner«, schrie ich ihn panisch an. »Du liebst mich gar nicht, du willst nur an dein Scheißgeld rankommen!«

O nein, das hatte ich doch nicht wirklich gesagt? Es blieb einen Moment still, bis Simon mit einem ganz fiesen Grinsen zu mir sagte: »Mein Scheißgeld, ja? Hat da vielleicht jemand geschnüffelt? Und in seinem Erbsenhirn das erste Mal eins und eins zusammengezählt und zwei rausbekommen?«

Er griff in seine Jackentasche und holte eine Pistole raus. Woher hatte der denn eine Pistole, damit hatte ich überhaupt nicht gerechnet. Simon und eine Pistole? Eigentlich könnte man meinen, dass ich mittlerweile an einen solchen Anblick gewöhnt wäre, aber tatsächlich war dies das erste Mal, seit der ganze Mist angefangen hatte, dass ich wirklich Todesangst hatte.

»So, als Erstes gibst du mir jetzt die Dose.«

Mit zitternden Händen öffnete ich den Futtereimer und gab ihm die Spieldose. Wenn er jetzt einen einzigen Blick hineinwerfen würde, wäre ich tot. Denn der Stick, der in der Dose lag, sah nicht im Entferntesten so aus wie seiner. Der hier war glänzend blau und trug die Aufschrift *Walters Bürowelt*.

In dem Moment muhte die erste Kuh. Anscheinend waren sie es nicht gewohnt, mitten in der Nacht in ihrem Schlaf gestört zu werden. Simon schüttelte die Dose mit der linken Hand und hörte das Klappern des Sticks. Danach steckte er sie sich in die ausgebeulte Jacke, aber die Pistole blieb weiter auf mich gerichtet. »Wir beide machen jetzt einen kleinen Ausflug«, forderte er mich auf.

»Mensch, Simon, denk doch mal nach. Du hast doch jetzt das, was du wolltest, da brauchst du dich doch nicht mit mir auf deiner Flucht zu belasten. Lass mich einfach hier, ich werde auch mit niemandem über unser Treffen reden.«

»Glaubst du, ich bin blöd? Du steckst doch mit den Bullen unter einer Decke, wahrscheinlich haben die schon diesen Scheißstall hier umstellt«, schrie er mich an. Worauf die nächste Kuh muhte.

»So, raus hier jetzt.« Er schob mich vor sich und hielt mir nun die Pistole an den Kopf. Ich war ganz sicher, gleich würde ich hyperventilieren. O Gott, ich hätte mir selbst eine reinhauen können für meine Blödheit. Das hatte man davon, wenn man seinem Exfreund vertraute.

Irgendetwas musste mir einfallen und zwar ganz schnell. Sobald wir auf dem Feldweg waren, hätte ich überhaupt keine Chance mehr. So, wie ich Simon mittlerweile einschätzte, würde er mich in dem Moment erschießen, in dem er sicher am Auto angekommen war. Hatte ich ihm nicht selbst gesagt, dass er sich nicht mit mir zu belasten bräuchte? Aber ich wollte nicht sterben. Gut, ich meine, niemand will das. Aber ich hatte doch gerade erst Nick gefunden. Das erste Mal seit ewigen Zeiten verstand ich mich wieder mit meiner Schwester. Ich wollte eine Zukunft haben.

»Halt«, sagte ich, »nicht hier raus. Wir müssen durch den Kuhstall, dann sind wir gleich auf einer Weide, und dort wird dich niemand sehen.«

Er schwenkte um und schob mich durch den Stall. Die Kühe guckten mich mit ihren großen Augen an. Fast glaubte ich, Mitleid in ihnen zu erkennen.

»O Gott, mir wird schlecht. Ich muss mich übergeben«, sagte ich und blieb stehen.

»Weiter«, zischte Simon in mein Ohr, »du wirst jetzt nicht kotzen, wir müssen hier raus.«

»Lass mich nur eine Sekunde ausruhen, dann geht es gleich wieder«, bat ich ihn und tastete vorsichtig nach dem Griff des Elektrobandes. Wenn ich es in dem ziemlich dunklen Stall richtig erkannt hatte, müsste ich eigentlich direkt vor einem der Griffe stehen. Wenn dem nicht so wäre und ich an das Band kam, würden wir beide einen Schlag bekommen. Und wie Bauer Erich mir gesagt hatte, wäre der nicht so stark, jemanden außer Gefecht zu setzen. Aber wohl stark genug, damit Simon erkennen würde, was ich hier tat. Ich gab ein paar Würgegeräusche von mir, und in dem Moment, in dem Simon mich wieder nach vorne schob, nahm ich meinen ganzen Mut zusammen und langte zu. Ich hielt tatsächlich den Griff und nicht das Band in der Hand.

Da Simon mich weiter den Gang hinunterschob, zog ich im Gehen ganz automatisch den Griff aus der Schlinge. Jetzt oder nie. Ich warf das Band mitten in die Kühe, die panisch hochschreckten. Fast war ich erstaunt, dass Simon nicht abdrückte und mich erschoss. Stattdessen stolperte er zurück und schrie: »Scheiße, die Kühe sind frei. Die werden mich tottrampeln!« Im Gegensatz zu ihm war ich vorbereitet und sprang nach vorne zur Tür. Kaum hatte ich sie aufgerissen und war zur Seite gesprungen, drängten sich die Kühe schon hektisch in den Mittelgang. Sie hatten einen Heidenrespekt vor dem in ihre Mitte fliegenden elektrischen Band und traten entsetzt die Flucht nach vorne an. Sie taten mir sehr leid, und ich beschloss, sobald ich dafür Zeit hätte, das wiedergutzumachen. Aber erstmal sah ich zu, dass ich nicht zwischen sie geriet und schrie, so laut ich nur konnte: »Viehdiebe! Die Viehdiebe sind wieder da!«

Erst gingen überall im Haus und dann auf dem Hof die Lichter an, und Bauer Erich stürzte aus der Haustür. In der einen Hand hielt er die Schrotflinte, in der anderen eine Pfeife, in die er hektisch hineinblies. Ein schriller Ton erklang. Ich raste zu ihm, um mich hinter ihm und seiner Schrotflinte in Sicherheit zu bringen. Panisch blickte ich zurück und erwartete, dass Simon mit seiner Pistole um sich ballern würde. Aber mindestens eine dieser lieben, lieben Kühe musste ihn beim Ausbruch gerammt haben.

Er hinkte mit schmerzverzerrtem Gesicht und, soweit ich es sehen konnte, ohne Pistole in der Hand, aus dem Stall.

»Er ist es«, schrie ich schrill, »das ist der Viehdieb!« Während Bauer Erich seine Schrotflinte durchlud, gingen in allen Häusern die Lichter an, und die Nachbarn rannten zu uns. Alle im Schlafanzug und die meisten ebenfalls mit einer Schrotflinte bewaffnet. Oha, ein bis an die Zähne bewaffnetes Dorf. Aber hatte Anneliese mir nicht mal erzählt, dass hier fast jeder Mann zur Jagd ging? Eigentlich konnte ich Jäger gar nicht leiden, aber heute liebte ich sie.

Simon war vor der Stalltür zusammengesunken und schrie jetzt auch. Allerdings vor Schmerzen, denn wir hörten ihn »Mein Bein, mein Bein, die Scheißkuh hat mir mein Bein gebrochen« rufen. Aber auch ohne gebrochenes Bein wäre er nicht mehr weggekommen, sieben Nachbarn und Bauer Erich standen vor ihm und zielten mit ihren Gewehren auf ihn.

Langsam konnte ich wieder klar denken. Aber je klarer mir meine Situation wurde, umso deutlicher wurde mir auch die Gefahr, in der ich gesteckt hatte. Meine Beine waren ganz weich. Du darfst jetzt nicht schlappmachen, sagte ich mir, warte damit, bis die Polizei kommt und Simon abtransportiert. Während ich mir diesen Satz vorbetete, sah ich aus den Augenwinkeln einen Mann auf den Hof stürzen. Und dieser Mann war Nick, nur mit einer Jeans bekleidet und in der Hand seine Dienstwaffe.

»Polizei, was ist hier los?«, brüllte er.

Bauer Erich drehte sich zu ihm um. »Alice hat den Viehdieb entdeckt«, rief er. Nick warf einen Blick auf den vermeintlichen Viehdieb und dann auf mich. Also, mich hatten schon mal nettere Blicke getroffen, so böse hatte er mich noch nie angesehen.

»Haltet ihn weiter in Schach, ich bin sofort wieder da«,

sagte Nick zu den Männern und kam wirklich in kürzester Zeit wieder, mit Handschellen. »Herr Berger, ich verhafte Sie wegen Verstoßes gegen das Betäubungsmittelgesetz, Steuerhinterziehung und Hehlerei.« Während er ihm die Handschellen umlegte, erklärte er ihm seine Rechte. Danach nahm er sein Handy und sprach hektisch hinein. Und dann kam leider der Moment, in dem er sich an mich wandte: »Mir fällt im Moment gar nichts ein, was ich dir sagen könnte, und das ist vielleicht auch besser so. Was hast du dir nur dabei gedacht?«, fuhr er mich wütend an.

Vor meinen Augen begann sich alles zu drehen. Ich blickte zu Nick auf und sagte nur noch: »Ich wollte doch einen Abschluss.« Und dann fiel ich in Ohnmacht.

Ich kam wieder zu mir, weil mir ein scharfer Geruch in die Nase stieg. Susi und Anneliese knieten neben mir und wedelten hektisch mit einem offenen Päckchen *Fisherman's Friend* vor mir herum. Ich schob die Tüte weg und setzte mich auf.

»Hab ich dir doch gesagt, dass das wirkt«, hörte ich Anneliese triumphierend sagen. »Dein *Cillit Bang* hat das nicht geschafft.«

Tatsächlich, Susi war mit einer Putzmittelflasche bewaffnet.

»Geht's dir gut?«, fragte sie. »Wir sind alle so stolz auf dich, dass du den Viehdieb erwischt hast. Wie hast du den denn entdeckt?«

»Das ist eine lange Geschichte«, seufzte ich, »und ich verspreche euch, dass ich sie euch morgen erzähle. Aber ich glaube, ich müsste jetzt mal zu Nick.«

»Hast du uns gar nicht gesagt, dass er Polizist ist«, beklagte sich Anneliese.

»Also ich habe mir das von Anfang an gedacht«, prahlte

Susi, »schau ihn dir doch mal an, er wirkt so entschlossen und durchtrainiert.« Sehnsüchtig blickte sie auf Nicks nackten Oberkörper.

Wir beide taten es ihr nach und sahen, wie er auf den eintreffenden Streifenwagen und den Rettungswagen zuging.

»Was du für ein Glück hast«, stöhnte Susi, »der ist einfach fantastisch.« Ob er das über mich auch noch sagen würde, war ich mir nicht sicher. Nachdem er mit den Polizisten gesprochen hatte, gingen die mit den Sanitätern zu Simon und brachten ihn auf einer Trage zum Rettungswagen. Begleitet wurde diese Prozession von bösen Blicken und Rufen.

»Lass dir das eine Lehre sein, das geschieht dir ganz recht«, rief einer und ein anderer: »Mit Viehdieben machen wir hier kurzen Prozess, bist noch glimpflich davongekommen.«

In der Aufregung hatte wohl niemand zugehört, als Nick ihn verhaftete, von Viehdiebstahl war, glaube ich, nicht die Rede gewesen.

Simon sah die Leute verständnislos an, schloss resigniert die Augen und ließ sich in den Wagen schieben. Nun kam Nick zu uns.

»Meine Damen, danke, dass Sie sich um Alice gekümmert haben. Nun muss ich sie leider mitnehmen, wir haben einige Fragen an sie.«

»Ich könnte ihn beißen, einfach so«, flüsterte Susi mir zu und sah Nick lüstern an. Der achtete aber leider nicht auf Susi, sondern nur auf mich. »Alice, gleich kommt noch ein Streifenwagen, der ist für dich.«

»Ich bin verhaftet?«, quiekte ich entsetzt. Susi und Anneliese rückten näher an mich ran.

»Natürlich nicht«, sagte Nick, »obwohl ich nichts dagegen hätte. Nein, der bringt dich ins Präsidium. Du kannst dir denken, dass wir eine Menge Fragen an dich haben.«

Ich schniefte. »Warum muss ich denn mit fremden Polizisten fahren? Kannst du mich nicht mitnehmen?«

Ein kalter Blick traf mich. »Nein, Alice, das kann ich nicht. So, ich sehe, dein Wagen kommt, bist du bereit?«

»O Mann«, raunte Susi mir zu, »der ist aber sauer, was? Lass dich bloß nicht unterkriegen, wir denken an dich.«

»Ja«, bestätigte Anneliese und drückte meine Hand. »Und morgen erzählst du uns dann, wie es war, ja?«

Ich versprach es ihnen und ging auf den Streifenwagen zu. »Einen Moment noch bitte«, bat ich die Polizisten, »ich bin sofort wieder da, ich muss nur schnell etwas holen.«

Ich lief ins Haus und holte Simons USB-Stick unter meiner Wäsche hervor. Bevor ich zu dem Polizisten ins Auto stieg, drückte ich ihn Nick noch in die Hand. »Hier, den wollte ich dir heute Abend geben. Der gehört Simon, und darauf findest du eine Menge Beweise.«

Nick steckte ihn wortlos ein. Dann sagte er dem Fahrer, dass er nun losfahren könnte, und wandte sich ab. Kein Wort zu mir.

Warum war er denn nur so dermaßen sauer auf mich? Gut, mir war spätestens im Kuhstall klar geworden, dass mein Plan ziemlich hirnrissig gewesen war. Und dass ich verdammt viel Glück gehabt hatte, so unbeschadet aus der Geschichte herausgekommen zu sein. Aber durch mich war Simon jetzt verhaftet, und ich hatte auch noch die Beweise gefunden. Das musste doch auch zählen, oder nicht? Aber Nick sah so unversöhnlich aus, so ganz anders als sonst. Ich hing meinen Gedanken nach, und der Polizist am Steuer sagte auch kein Wort. So fuhren, wir schweigend durch die Nacht und kamen nach einer guten Stunde im Präsidium an.

Mein Fahrer hielt vor der Pforte und sagte zu dem Mann, der da stand: »Ich sollte Alice Wörthing herbringen, übernehmen Sie jetzt?«

Toll, ich war ein Paket geworden.

Im Gegensatz zu Nick verabschiedete er sich wenigstens von mir, bevor er wendete und wieder zurückfuhr. Sehnsüchtig sah ich ihm nach, ich wollte auch zurück, ich wollte nicht ins Präsidium. Aber der Wachmann sprach schon in sein Funkgerät, und kurz darauf wurde ich von einem anderen Beamten abgeholt und in das mir bereits bekannte Büro gebracht.

Hier warteten Herr Schlüter, Jürgen und Marga auf mich. Die beiden Erstgenannten bedachten mich mit ähnlichen Blicken wie zuvor Nick. Nur Marga kam zu mir, tätschelte mir den Arm und sagte leise: »Wird schon werden.« Diese freundliche Geste brachte mich sofort zum Heulen.

»Das kannst du dir jetzt auch sparen«, fuhr Jürgen mich an. Marga warf ihm einen bösen Blick zu und sagte: »Das bringt uns jetzt auch nicht weiter«, und gab mir ein Taschentuch. Kaum hatte ich mich wieder beruhigt, kam Nick ins Büro. Diesmal war es noch schlimmer, er schaute mich nicht wütend oder enttäuscht an, er schaute mich gar nicht an.

»So«, sagte Kommissar Schlüter, »dann sind wir komplett. Bevor wir anfangen, Nick, erzählst du mir bitte erstmal, wie es sein kann, dass Frau Wörthing nachts das Haus verlässt.«

Bevor Nick auch nur den Mund öffnen konnte, hatte ich schon eine Antwort parat: »Das ist allein meine Schuld, Herr Schlüter. Ich habe ihm einen Tee gemacht und zwei Schlaftabletten hineingetan. Und ganz viel Zucker, damit er es nicht schmeckt.«

Schlüter bekam einen roten Kopf. »Sie haben einen Polizeibeamten im Dienst außer Gefecht gesetzt? Dafür werden Sie sich verantworten müssen!«, brüllte er mich an.

Nick schüttelte nur den Kopf und sagte gar nichts. Wieder schaltete sich Marga ein: »So, wir wollen uns jetzt alle mal beruhigen. Diese Schreierei bringt ja nichts. Alice, erzähl uns bitte mal ganz in Ruhe, was passiert ist und wie Herr Berger überhaupt in das Dorf gekommen ist.«

Ich wandte mich an Marga. Ihr könnte ich die Geschichte erzählen. »Ich wollte einfach mein Leben wiederhaben. Und darum musste ich selbst handeln, denn der Polizei durfte ich ja nicht helfen. Ihr habt mir gesagt, dass ihr niemanden, der nicht Polizist ist, als Lockvogel einsetzt. Und was hätte ich denn machen sollen, vielleicht hättet ihr Simon nie erwischt. Und dann? Ich konnte einfach nicht mehr nur herumsitzen und warten.« Und dann erzählte ich alles von Anfang an, von unserer Trennung, von dem dicken Belgier, von Simons Anrufen, unserem Treffen in der Laube der Liebe, der Geschichte mit dem USB-Stick bis zum Ende im Kuhstall.

»Ach Alice«, sagte Marga, »ich kann dich ja ein kleines bisschen verstehen. Aber warum hast du dich denn nicht wenigstens Nick anvertraut? Ihr beide scheint doch einen guten Draht zueinander zu haben. Du hattest die Beweise, und du hattest Kontakt zu Herrn Berger. Da wäre doch diese gefährliche Aktion heute Abend völlig überflüssig gewesen.«

Ich fing wieder an zu weinen. »Jetzt weiß ich das doch auch«, heulte ich, »aber Simon hat mich so mies behandelt, all die Jahre. Und das Schlimmste daran war, dass ich das alles so hingenommen habe. Ich habe sein Verhalten mir gegenüber sogar immer entschuldigt. Er war nie für mich da, und ich fand das auch noch normal. Mir ist das alles erst bewusst geworden, als ich im Dorf zur Ruhe gekommen bin. Und da wollte ich einfach unbedingt, dass er einsieht, wie falsch sein Verhalten war. Ich war sicher, wenn er zugibt, dass ich diese Behandlung von ihm nicht verdient hatte und wenn er mich um Verzeihung gebeten hätte, dann hätte ich damit abschließen können. Und mir auch selbst verzeihen können, dass ich drei Jahre lang ein Fußabtreter war. Es wäre das erste Mal gewesen, dass ich mal die Macht gehabt hätte.«

»Das ist ja wohl das Dämlichste, was ich je gehört habe«, regte sich Jürgen auf. »Wegen irgendwelcher alberner Gefühlsduseleien hast du uns fast den ganzen Fall vermasselt, an dem wir seit über zwei Jahren sitzen!«

»Jürgen, halt einfach mal die Klappe.« O mein Gott, das hatte Nick gesagt. »Dass ihr Verhalten nicht richtig war, wissen wir alle hier, deine Angriffe machen es aber auch nicht besser.«

Jürgen guckte beleidigt und sagte nichts mehr.

»Hans, hier ist der USB-Stick, von dem wir gesprochen haben. Ich würde sagen, wir machen noch schnell zwei Kopien, und dann vertagen wir uns auf morgen. Herr Berger ist bereits auf der Krankenabteilung im Gefängnis, der läuft uns nicht mehr weg. Und ich glaube, wir könnten jetzt alle ein bisschen Schlaf gebrauchen.«

Kommissar Schlüter stimmte ihm zu. »Frau Wörthing, ich gehe davon aus, dass Sie sich die nächsten Tage im Haus Ihrer Eltern aufhalten?«

Ich nickte.

»Gut, sollten wir noch Fragen haben, rufen wir Sie an. Und an die anderen – wir sehen uns morgen, nein, heute schon, um neun Uhr hier im Büro.«

Er verließ mit Jürgen im Schlepptau das Büro. Ich hoffte, dass Marga nun auch bald gehen würde, damit ich endlich mit Nick allein war. Ich wollte ihm so viel sagen und mich vor allem bei ihm entschuldigen. Aber dazu kam ich nicht.

»Marga, der Rübezahlweg ist für dich doch nur ein kleiner Umweg, oder? Könntest du Alice vielleicht eben zu Hause vorbeifahren? Ich bin völlig kaputt, ich will nur noch ins Bett.«

»Klar, kein Problem, mach ich. Bis morgen dann. Alice, kommst du?«

Das war eindeutig. Ich sah zu, wie Nick erst aus dem Büro und dann aus meinem Leben verschwand. Das konnte einfach nicht sein. Ja, ich hatte einen Fehler gemacht. Aber könnte er mich nicht wenigstens mal anhören, mir eine Chance geben? Konnte er seine Gefühle für mich einfach so abstellen, innerhalb von einer Stunde? Also, ich konnte das ganz bestimmt nicht, und darum fing ich schon wieder an zu heulen.

Marga kam zu mir und legte den Arm um mich. »Komm, lass uns fahren. Morgen sieht die Welt schon wieder ganz anders aus. Ich weiß, dass ist ein blöder Spruch, aber er stimmt. Du brauchst jetzt erstmal Ruhe nach dieser Nacht.«

Wir gingen zu ihrem Auto, und sie brachte mich nach Hause. Auf dem Weg dahin fiel mir noch etwas ein.

»Warum darf ich denn jetzt allein im Haus übernachten? Was ist mit Vincent Laurent, der ist doch immer noch hinter mir her, oder?«

Marga sah mich erstaunt an. »Richtig, das weißt du ja noch gar nicht. Er ist heute Nachmittag verhaftet worden.« Sie lachte. »Es sind doch immer die kleinen Dinge, die einen Menschen zu Fall bringen. Bei ihm war es eine Pflegerin aus seinem Altersheim. Die beiden hatten ein Verhältnis, und er hatte ihr versprochen, sie zu heiraten. Na ja, und als die Dame erfuhr, dass ihr Verlobter bereits verheiratet war, hat sie das nicht ganz so gut aufgenommen. Daher hat sie ihn angezeigt, weil er sich vor ihr immer gebrüstet hatte, viel zu schlau zu sein, um in Deutschland Steuern zu zahlen.«

»Und wie habt ihr ihn zu fassen gekriegt?«

»Das war nur noch Routine. Vereinfacht gesagt, wenn eine Abteilung jemanden sucht, setzt sie ihn im Polizeicomputer auf eine Art Liste. Und wenn derjenige dann irgendwo auftaucht, wird diese Abteilung informiert. So ist es hier auch passiert, daher hatten wir seine Adresse und konnten ihn festnehmen.«

»Das freut mich«, sagte ich und brach erneut in Tränen aus.

»Ach Alice.« Tröstend sah sie mich an. »Darf ich dir mal einen Rat geben?«

»Ja, bitte«, schniefte ich.

»Nick beruhigt sich schon wieder, gib ihm ein bisschen Zeit.«

»Was?«, fragte ich sie. »Wie meinst du das?«

»Dass die Männer nichts mitgekriegt haben, wundert mich nicht. Aber ich bin doch nicht blöd, ich hab doch gesehen, dass was zwischen euch läuft.«

»Aber nun läuft gar nichts mehr«, heulte ich. »Er ist so sauer auf mich, und du hast ja gesehen, er will nichts mehr mit mir zu tun haben.«

»Wie gesagt, lass ihm Zeit. Ich kenne Nick seit zehn Jahren. Er fühlt sich im Moment wie der letzte Trottel, weil er sich von dir hat austricksen lassen. Einfach ausgedrückt, sein männlicher Stolz ist angekratzt. Aber ich habe ihn erlebt in der Woche, als du verschwunden warst. Glaub mir, er empfindet mehr für dich, als er es sich momentan eingesteht.«

Oh, wie ich hoffte, dass sie recht hätte. Ich verabschiedete mich von ihr und ging in das leere Haus meiner Eltern. Nach einer heißen Dusche fiel ich in einen erschöpften Schlaf.

Marga war eine kluge Frau, aber in einem hatte sie unrecht: Die Welt sah am nächsten Morgen nicht anders aus. Ich hatte richtige Magenschmerzen, und meine Gedanken kreisten nur um Nick. Was, wenn Marga sich irrte? Wenn er wirklich nichts mehr mit mir zu tun haben wollte? Ich konnte mir mein Leben ohne Nick nicht mehr vorstellen. Wir kannten uns erst kurz, aber mir kam es so vor, als wären wir schon immer zusammen gewesen. Ich dachte an all die Momente, die wir gemeinsam erlebt hatten, an seine Art, seinen Körper und an sein Lachen. Ich würde verrückt werden, wenn ich das nicht mehr haben konnte. So einfach war das.

Den ganzen Tag trödelte ich nur herum und konnte mich auf nichts konzentrieren. Ständig wartete ich darauf, dass das Telefon klingelte, aber nichts tat sich. Auch am Abend passierte nichts, und als ich am nächsten Morgen aufwachte, war mir klar, dass ich selbst etwas unternehmen musste. Dieses Im-Haus-Herumgehocke machte alles noch schlimmer.

Ich rief Kommissar Schlüter an, der offenbar immer im Präsidium steckte, schließlich war heute Samstag, und fragte ihn, ob er mich in den nächsten Tagen bräuchte. Das war nicht der Fall.

»Ich weiß, Herr Schlüter, Sie sind nicht gut auf mich zu sprechen. Aber ich möchte Sie trotzdem um einen Gefallen bitten. Dürfte ich vielleicht für einen Tag noch mal in dem Haus im Dorf wohnen? Ich muss sowieso noch meine Sachen abholen, und ich habe da ein Versprechen einzulösen.«

»Frau Wörthing«, sagte Schlüter, »Sie haben wirklich einen riesigen Zirkus veranstaltet. Wir alle hätten so viel leichter und gefahrloser durch den Fall kommen können, wenn Sie sich uns nur anvertraut hätten. Aber ich kann auch nicht leugnen, dass Sie uns am Ende geholfen haben, Herrn Berger zu verhaften. Also, von mir aus, fahren Sie hin, aber spätestens bis Montagmorgen muss das Haus geräumt sein und die Schlüssel bei mir auf dem Schreibtisch liegen.«

»Ich danke Ihnen«, sagte ich aus ganzem Herzen. Nach einer Dusche und einem Frühstück setzte ich mich in das inzwischen wiederhergestellte Auto meiner Mutter und brauste los. Nach nur wenigen Metern stieg ich hektisch auf die Bremse und rannte ins Haus zurück. Mein Handy durfte ja wieder in mein Leben zurückkehren, und vielleicht hatte Nick mir ja da eine Nachricht hinterlassen. Ich holte es aus meinem Zimmer, aber es war aus, Akku leer. Nun musste ich noch das Aufladekabel suchen. Als ich es endlich gefunden hatte, rannte ich zurück zum Auto und steckte es in den Zigarettenanzünder.

Ich gab meine PIN-Nummer ein und wartete ungeduldig, bis es zum Leben erwachte. Endlich erschien das Display – aber auch nur das. Kein Briefumschlagsymbol, kein Anruf in Abwesenheit. Ich checkte trotzdem noch mal alle eingegangenen Anrufe und Nachrichten, aber von Nick war nichts dabei. Bevor mir schon wieder die Tränen kamen, gab ich Gas und fuhr an den Ort, an dem man mich schätzte und brauchte.

Es war sehr dichter Verkehr, sodass ich fast zwei Stunden unterwegs war. Endlich war ich da und parkte vor der Garage. Ich war noch gar nicht ganz aus dem Auto raus, da kam Anneliese schon angelaufen. »Mensch, Alice, super, du bist ja wirklich zurückgekommen. Wir hatten schon Angst, dass du uns vergessen hast.«

Nun kam auch Susi angerannt. »Alice, toll, dass du hier bist!« Sie drückte mich an sich. »Hab ich dir doch gleich gesagt, dass sie sich unser Jubiläum nicht entgehen lässt«, wandte sie sich an Anneliese.

Die beiden gingen mit mir zu Annelieses Haus. »So, jetzt musst du uns aber alles mal ganz genau erzählen. Wie hast du den Viehdieb entdeckt, und warum musstest du deswegen mit dem Streifenwagen mitfahren?«

Erwartungsvoll sahen mich die beiden an. Und in dem Moment beschloss ich, die Wahrheit etwas zurechtzurücken. Sie waren so vertrauensvoll und auch ein bisschen naiv, warum sollte ich ihre heile Welt erschüttern?

»Das war eine tolle Geschichte«, setzte ich an. »Ihr erinnert euch doch, dass ich ein paar Tage zu Hause war, nicht?« Na gut, eigentlich im Seniorenstift, aber das tat jetzt nichts zur Sache. »Jedenfalls habe ich da einen früheren Bekannten getroffen und ihm erzählt, dass ich zurzeit hier auf dem Dorf lebe. Er war sehr nett und wollte alles Mögliche wissen. Na ja, und so hab ich ihm von der Ruhe hier erzählt und was für nette Leute hier wohnen und auch von dem Jubiläum. Dann kam der Donnerstag, und ich konnte nicht schlafen. Also wollte ich noch mal eine kleine Runde spazieren gehen, damit ich müde wurde. Und da sehe ich doch meinen Bekannten, den Simon, bei Bauer Erich in den Stall schleichen. Ich habe gar nicht nachgedacht, sondern bin einfach hinterher, um ihn zu fragen, was er da macht.«

»Und«, wollte Anneliese mit großen Augen wissen, »was hat er da gemacht?«

»Sich die Kühe angeguckt. Da wurde ich natürlich misstrauisch und hab ihm gesagt, entweder er rückt jetzt sofort mit der Sprache raus, oder ich hole Bauer Erich. Da blieb ihm nichts anderes mehr übrig, als zuzugeben, dass er die Kühe begutachten und zählen wollte. Und sein Abnehmer sollte morgen, wenn wir alle das Jubiläum am Schützenhaus feierten, mit einem Viehtransporter kommen und alle Kühe mitnehmen.«

»Nicht möglich«, staunte Susi, »was für eine kriminelle Energie. Und du musstest mit dem Polizisten mitfahren, um deine Aussage zu machen?«

»Ja, genau«, kehrte ich zur Wahrheit zurück.

»Dein Nick war bestimmt so sauer, weil du allein in den Kuhstall gegangen bist und ihn nicht geholt hast, oder?«

Keine Frage, auch Susi kannte die Männer.

Nun hatte Anneliese einen Geistesblitz. »Dann ergibt das ja auch alles einen Sinn!«, rief sie. »Erich hat gesagt, dass Nick diesen Simon verhaftet hat wegen irgendwelcher Verstöße und Steuerhinterziehung. Der hat das gestohlene Vieh an seine Hehler verkauft und das Geld schwarz eingesteckt, stimmt's?«

»Ganz genau«, gab ich ihr recht. »Aber wisst ihr was? Das sollten wir jetzt alles hinter uns lassen. Simon ist im Gefängnis, der klaut nirgendwo mehr Vieh. Und wir wollen doch morgen Jubiläum feiern. Ist dafür alles fertig, oder fehlt noch irgendwas?«

»Nee, alles paletti. Aber weißt du …«, Susi druckste verlegen rum, »wir haben doch noch ein bisschen was geändert. Du bist jetzt nicht mehr für die *Dixis* verantwortlich, sondern für die Kuchenverteilung und den Kaffeeausschank eingeteilt. Wir können ja unsere Heldin des Tages nicht zur Klofrau machen.«

Puh, hatte Nick doch recht gehabt, da hatte ich ja Glück.

Den Nachmittag verbrachte ich mit den anderen Frauen im Schützenhaus. Wir schmückten, deckten lange Kaffeetafeln und hingen draußen große Girlanden auf. Ich war froh über die Gesellschaft, hier hatte ich gar keine Zeit zum Grübeln.

Am nächsten Morgen weckte mich der Spielmannszug, der sich am Dorfeingang aufgebaut hatte. Ich zog mich schnell an und lief raus. Das ganze Dorf war auf den Beinen, vorneweg der Spielmannszug, dann die Männer in Schützentracht, dahinter die Frauen. Sehr konservativ alles, aber mir gefiel es trotzdem. Ich winkte ihnen begeistert zu und ging schnell noch mal rein, um meine Haare zu fönen und mich wenigstens ein bisschen zu schminken. Überall im Dorf waren Stände aufgebaut. Es gab einen kleinen Flohmarkt, eine Hüpfburg für die Kinder und natürlich einen Bierwagen, der schon gut besucht war.

Kurz vor zwei machte ich mich auf ins Schützenhaus, hier wurden ab drei Uhr alle zum Feiern erwartet. Susi erwartete mich schon und erklärte mir die riesige Kaffeemaschine. Ich füllte eine Thermoskanne nach der anderen und genoss das Gefühl, voll und ganz dazuzugehören.

Das Schützenhaus füllte sich immer mehr, und ich hatte gut damit zu tun, die Kuchenplatten für die Tische zu füllen. Ich hantierte gerade mit Tortenstücken und Butterkuchen, als eine Stimme fragte: »Werden hier nur Mitglieder bedient, oder habe ich auch eine Chance auf ein Stück Kuchen?« Mir fiel vor Schreck der Tortenheber aus der Hand.

»Nick, du bist da«, stammelte ich. »Ich meine, du bist hier.«

»Komm mal her, Süße«, sagte er nur.

Darum brauchte er mich nicht zweimal zu bitten. Ich raste um den Tresen herum und direkt in seine Arme. »Nick«, heulte ich, »Nick, es tut mir alles so leid. Ich war so dämlich, ich weiß das ja. Aber bitte, ich will alles wiedergutmachen, nur geh nicht wieder weg.«

Er drückte mich fest an sich. »Wir beide gehen jetzt mal raus und unterhalten uns, ja? Kannst du hier weg?«

Bevor ich ihm antworten konnte, ertönte ein greller Pfiff.

Ich drehte mich um und sah Susi, die gerade die Finger wieder aus dem Mund nahm. »Los, schnapp ihn dir, sonst tue ich es«, brüllte sie.

Nick nahm mich an die Hand, und wir gingen langsam die Dorfstraße runter zu »meinem« Häuschen. Die Tür ging hinter uns zu, und wir sahen uns an.

»Kannst du auf deine Standpauke noch etwas warten?«, fragte Nick mit rauer Stimme. »Ich glaube, ich habe jetzt etwas viel Dringenderes zu tun.« Daraufhin küsste er mich, bis mir die Luft wegblieb.

EPILOG

Zusammen mit meiner Mutter saß ich an ihrem Küchentisch, beide hingen wir mit offenen Mündern über einem Artikel in der *Bunten*. Unter der Überschrift: *Neues Glück für Profifußballer?* prangte ein Foto von Melinda, dann folgte der kurze Text: »Der beliebte Nationalspieler brachte sich aus seinem Urlaub auf der *MS Santos* sein ganz persönliches Souvenir mit. Die zweiundzwanzigjährige Melinda W., sehr erfolgreich als Bodyguard tätig, sagte auf Nachfrage nur: ›Es ist alles noch sehr frisch, aber ja, wir sind sehr glücklich.‹ Wünschen wir ihr, dass sie ihre Liebe stets beschützen kann.«

Meine Mutter und ich lachten. »Sehr erfolgreich als Bodyguard tätig! Also wirklich«, prustete ich. »Zweiundzwanzig«, kicherte meine Mutter, »das Mädchen wird sich nie ändern.«

Es war ein sonniger Dienstag. Mein Vater war bereits in seinem Klempnerbetrieb, meine Mutter schickte sich an, ihre *Tupper*-Tasche zu packen, und ich machte mich fertig für ein Vorstellungsgespräch. Ja, richtig, ich wohnte immer noch bei meinen Eltern, aber ich war ja schon wieder arbeitslos. *Big Balls* gab es nicht mehr. Und obwohl ich mit Nick glücklich war wie ein Schwein im Schlamm, hatte ich doch ein bisschen was gelernt. Und darum sein süßes Angebot, zu ihm zu ziehen, abgelehnt. Vorerst.

»Ich möchte am liebsten immer mit dir zusammen sein, von morgens bis abends. Aber ich will nicht wieder abhängig sein von einem Mann. Jetzt suche ich mir erstmal einen Job. Und wenn ich dann auf eigenen Beinen stehe, dann komme ich zu dir, wenn du mich dann noch willst.«

»Ich will dich immer, Süße«, antwortete er mir und bewies es mir an Ort und Stelle.

Ich hatte mich an dem Sonntag im Dorf so oft entschuldigt, dass er es irgendwann nicht mehr hören konnte. Darum sagte er, wir würden diese Geschichte jetzt vergessen, unter der Bedingung, dass ich ihm in Zukunft vertrauen würde.

Natürlich war ich sofort einverstanden. Ich würde jedem Satz bedingungslos zustimmen, in dem die Worte »Nick« und »Zukunft« vorkamen.

Später am Tag machte ich mich auf den Weg zu meinem Vorstellungsgespräch. Der Job wäre perfekt für mich. Der Marketingleiter eines Schuhversands suchte eine Assistentin. Ich kannte den Versandhandel, und ich hatte eine Menge Ahnung von Schuhen, was sollte da noch schiefgehen?

Herr Becker war ein kleiner, dünner Mann, der etwas nervös wirkte. Vor sich auf dem Schreibtisch lag meine Bewerbung und obenauf mein Lebenslauf.

»Also, Frau Wörthing, das liest sich doch zumindest auf dem Papier ganz gut. Sie kommen aus der Branche und haben zusätzlich noch einige Monate bei der Polizei assistiert.« Er kicherte. »Nehmen Sie es mir nicht übel, aber ich habe ein Faible für die Polizei. Was genau haben Sie dort gemacht?«

»Nun ja«, begann ich, »meine Hauptaufgabe bestand darin, dem Kommissar zuzuarbeiten und ihn zu entlasten.«

»Hatten Sie auch Handschellen?«, wollte er wissen.

»Äh, nein, ich habe ja im Büro gearbeitet.«

»Und eine Uniform? Hatten Sie eine Uniform?«

Langsam bekam ich ein Déjà-vu-Gefühl.

»Wie gesagt, ich habe im Büro gearbeitet«, versuchte ich ihm zu erklären, aber da sprang er auch schon auf.

»Frau Wachtmeisterin, ich habe schlimme Dinge getan. Ich gestehe alles, bestrafen Sie mich, bestrafen Sie mich mit aller Härte des Gesetzes, na los, jetzt schlagen Sie mich schon.«

In meinem nächsten Leben werde ich viele Dinge anders machen, so viel steht fest.

Ende

Und das wollte ich auch noch sagen:

Ich danke:

Zuerst Joachim Jessen, dem besten Agenten, den sich eine Autorin wünschen kann und dem gesamten Team der Thomas Schlück Agentur

Nicola Bartels, Berit Böhm, Lisa Hollerbach und dem gesamten Team von Blanvalet – bei so viel Unterstützung und Engagement fällt das Schreiben leicht.

Eva Seifert – ohne ihr Lektorat wäre dieses Buch ziemlich konfus geraten …

Manfred Eiben – für seine Unterstützung zur richtigen Zeit

Meiner Schwester Claudia, der einzig wahren Charlotte

Meinem Dennis, ohne dessen ständiges Drängeln dieses Buch nie fertig geworden wäre. (Nein, du gehst jetzt NICHT shoppen, du schreibst jetzt!!)

Torsten, den ich immer wieder heiraten würde!

Und Mladen Petric – ich weiß, eines Tages wirst Du mir Dein Trikot schenken!